봄이 오는 소리

봄이 오는 소리

초판 1쇄 인쇄일 2014년 5월 7일
초판 1쇄 발행일 2014년 5월 9일

지은이 김종숙
펴낸이 양옥매
디자인 최원용
교   정 조준경

펴낸곳 도서출판 책과나무
출판등록 제2012-000376
주소 서울특별시 마포구 월드컵북로 44길 37 천지빌딩 3층
대표전화 02.372.1537 팩스 02.372.1538
이메일 booknamu2007@naver.com
홈페이지 www.booknamu.com
ISBN 979-11-85609-30-0(03810)

이 도서의 국립중앙도서관 출판시도서목록(CIP)은 서지정보유통지원 시스템
홈페이지(http://seoji.nl.go.kr)와 국가자료공동목록시스템
(http://www.nl.go.kr/kolisnet)에서 이용하실 수 있습니다.
(CIP제어번호 : CIP2014013063)

봄이 오는 소리

김 종 숙 단편소설

책과나무

목차

글을 쓴다는 것은 자신의 내면과 세상 관점을 표출해 내는 동시에 녹슬어 가는 하향 길에서 더불어 상실해 가는 의욕을 다시 충전시켜 주고 패기와 활기를 찾아 주는 작업이므로 보람을 느낍니다. 시, 동화, 동시, 소설 등 여러 장르의 작품을 발표하면서 전문성에 지나친 욕심이 아닌가 하는 생각도 했으나, 각 장르의 각기 다른 특성을 접하며 서로 다른 묘미를 터득했고, 더 넓은 시야와 감성을 체험하면서 '한계성(限界性) 없는 창작(創作)'이란 유혹에 큰 꿈을 품게 되었습니다. 특히 소설이라는 테마에 흥미를 가지게 되었고, 『봄이 오는 소리』를 엮어 내었습니다.

사람이 세상을 살아가는데 느끼는 희로애락은 천만층이지만, 누구나 자신과 자신의 가까운 주위에서 바라본 것 외에는 알지 못합니다. 저는 그 모든 사람들의 다양한 삶을 가까이 다가가 깊이 있게 바라보고, 주체적 관점(主體的 觀點)으로 그것을 글로 형상화하여 나타냈습니다.

소설은 진실성과 허구성, 모방성 등으로 가상(假象)의 무대에 등장시킨 인물에 작가의 의도(意圖)를 주도적(主導的)으로 개입하여 겉옷을 입힘으로써 각 역할에 부여되는 핵심 골자가 완성되므로 책임과 긍지와 보람을 느낍니다. 독자가 함께 아파하고 함께 기뻐하면서 얻어지는 핵심적 가치는 인생을 더욱 성숙시키는 계기를 부여해 줍니다. 물론 독자가 흥미 있게 접할 수 있어야 하고 공감할 수 있어야 작가의 사명이 성공하는 것이기에, 그 심판은 독자에게 맡깁니다.

언제나 사랑으로 축복해 주시는 하느님께 흠숭지례와 감사를 드리고, 진실한 스승의 따뜻한 정으로 예나 지금이나 늘 변함없이 지켜봐 주시는 이성림 교수님께 진심으로 감사를 드립니다.

그리고 고운 병풍처럼 둘러싼 두 아들과 두 며느리와 내 생애 가장 큰 행복과 기쁨을 선사하는 영특하고 예쁜 손자와 두 손녀들에게 고마움과 마음 가득한 큰 사랑을 보냅니다.

어두운
터널을
지나

먹구름으로 꽉 덮인 하늘이 비가 올듯하여 우산을 챙겨 들고 막 대문을 열었다. 그런데 웬 거지가 대문 밖에 서 있다가 내 앞을 가로막고 섰다. 깜짝 놀라 쳐다보니, 아버지였다. 빨래를 해 입지 않아서 냄새까지 풍기고 턱수염이며, 머리도 깎지 않은 지저분한 모습으로 나타난 아버지를 보고 나는 기가 막혔다. 내가 거지의 딸이라니…….

내 눈앞에 보이지만 않았어도 이렇게 속이 다 뒤집어지지는 않았을 것이다. 어머니의 장례조차 몰라라 나가 버린 남만도 못했던 사람이 또 집에 들어오다니…… 얼굴에 철판을 깔았거나 양심이란 눈곱만큼도 없는 짐승 같은 사람이다. 자를 수만 있다면 이 천륜을 칼로 도려내고 싶은 심정이다.

"엄마 잡아먹고 나까지 잡아먹으려고 찾아다니는 거야? 당신 앞에서 내가 스스로 죽고 말거야!"

봄이 오는 소리

"제 어미년 닮아서 독하기는…… 잔말 말고, 돈 있으면 좀 내놔."

"엄마가 독했으면 골병들도록 매 맞다죽겠어? 이 악질 같은 인간아! 내가 빌딩을 사고 살아도 십 원 한 푼 줄 수 없어. 엄마나 나는 왜 아버지를 위해 희생해야 하는데? 일해서 벌어먹고 살아! 누구는 일하기가 재미있어서 일하는 줄 알아? 가족에게 책임을 다하기 위해서 고생하는 거야. 나는 엄마와 달라. 호락호락 살지 않을 테니까 미련 딱 끊어 버려! 그리고 다시는 집에 오지 마!"

"이년아, 이게 내 집이야. 나가든 들어오든 내 맘이야. 어디서 건방지게 애비를 들어오지 말라는 거냐!"

"이게 당신 집이라고? 엄마가 수십 년을 고생해서 벌어서 전세금 이백 만 원 내고 들어와 사는 집이야. 평생에 십 원 한 푼 보탠 적 있어? 당신이 무슨 권리로 당신 집이란 말이 나와!"

"마누라가 죽으면 남편에게 권리가 가는 법이야."

"그래서 이 집 전세금 빼먹고 싶어서 들어온 거야?"

"내 맘대로 할 수 있어. 너는 그리고 아들도 아닌 계집애인 주제에……."

"나에게 아버지란 사람은 없어! 그러니 누구에게도 집이 있다든지, 딸자식이 있다는 말은 하지 말고, 돌아다니며 빌어먹다 죽어!"

나는 소리를 지르고 그대로 직장으로 가 버렸다. 억울하고 내 신세가 정말 거지 같다는 생각에 하루 종일 일에 열중이 되지 않고 괴로웠다. 일을 끝내고 집으로 돌아온 나는 밥도 먹지 않고 밤새도록 굵은 눈물을 소나기처럼 쏟아 냈다. 어머니의 뒤를 이어 내 인생도 망쳐질 것 같은 불길한 예감이었다. 나는 아버지에게 악담을 하고 증오했다. 그가 원수라는 생각밖에 들지 않았다.

　어머니가 시장 입구에서 야채 좌판을 벌이고 장사하며 살아온 것을 기억하기로는 내 나이 다섯 살 때쯤으로 짐작된다. 어머니는 물건을 사러 갈 때도 나를 데리고 다니셨고, 장사를 할 때도 나를 옆에 앉혀 놓고 했다. 어머니는 나에게 풀빵을 두 개씩 사다 주시고 어머니는 먹지 않았지만, 그때 나는 왜인지 몰랐다. 커서야 생각하니 어머니는 늘 굶으면서 장사를 했다는 것을 알게 되었다.

　아버지는 술만 먹고 건들건들 놀기만 하다가 어머니가 물건을 팔아 번 돈으로 쌀 한 되나 사고 팔다 남은 야채를 싸들고 집으로 들어오시면, 아버지는 어김없이 기다리고 있다가 돈 내 놓으라며 손부터 내밀었다. 어머니는 말없이 나머지 돈을 모두 내주었다. 아버지는 그 돈을 받아들고는,

　"이년아, 이걸 어디에 써! 숨겨 놓은 것 마저 내놔!"

　"없어요. 장사가 안 되어서 다 이것뿐이에요."

　"뭣이 어째?"

　아버지는 돈을 방바닥에 내동댕이치고 나서 어머니 머리채를 잡고 이리저리 굴리며 발길로 차고 사정없이 때렸다. 그리고 나가면 술을 먹고 밤늦게 들어와서 방 문짝을 발길로 차고 소리를 지르면, 어머니와 나는 밖으로 피했다가 아버지가 정신없이 쓰러져서 잠든 다음에야 방으로 들어갔다. 아버지는 다음 날까지 하루 종일 잠을 잤다.

　어느 때는 어머니가 밤에 장사를 끝내고 집에 들어와서 밥을 하

여 밥상을 차려 주면 반찬 투정을 했다.

"이년아, 이게 반찬이라고 밥을 줘? 풀만 먹고 살아? 내가 소냐?"

하며 밥상을 뒤엎었다. 어머니는 그릇 깨진 유리에 혹시라도 내가 다칠까 봐 빨리 주워 내고 깨끗이 걸레질을 하셨다.

어머니는 참으로 순명만 하시는 선한 천사였다. 어머니가 아버지로부터 폭행을 당했을 때 집을 나가고 돈도 주지 않고 그악스럽게 아버지를 맞섰다면, 지금의 아버지로 발전되지는 않았을 거라는 생각을 하니 엄마가 원망스럽기도 했다.

나는 불행한 환경 속에서 자란 탓인지 어머니 걱정을 많이 하고 미리 성숙한 아이가 되어, 어른 같다는 말을 자주 들었다. 수업시간에도 어머니를 생각하느라 공부가 되지 않았다. 혹 아버지가 어머니 장사하는데 찾아가서 어머니가 매를 맞지나 않을까, 어머니가 어디로 도망을 가면 어쩌나 하는 온갖 잡념이 나를 괴롭혔다.

중학교 때는 남녀공학인데 짓궂은 남학생들은 나를 '애 늙은이'라고 불렀다. 친구들이 아무리 재미있게 이야기하며 웃어대도 나는 우습지가 않았고, 장난도 칠 줄 모르고 친구들이 장난을 쳐도 받아 주지 않고 피하고 말았다. 그래서 나에겐 친구도 없었다. 나는 아무것도 좋은 것이 없었다.

점심시간이 되면 나는 도시락을 싸가지 못하여 밖으로 나와서 후미진 곳을 찾아가 서성거리다가 점심시간이 끝나면 들어가곤 했다. 교실로 들어가 보면 누군가 내 공책에 낙서를 해놓았다. '애 할멈, 점심 안 드시고 어딜 가셨나요?'

하루는 집에 가려고 교문을 나서는데 짝이 불렀다. 그리고 달려와서 내 등 뒤에서 쪽지를 떼어 주었다. '애 할멈 넘어지지 말고 조심해서 가. 다음에 지팡이 사줄게. 히히히' 나는 화가 났지만 참을 수밖에 없었다. 그리고 속으로, 이것도 다 아버지가 나를 그렇게 만들었다고 생각하며 아버지를 미워하고 원망했다. 그런 날이면 홧김에 단숨에 헐떡거리며 뛰어와서 책가방을 방에 내동댕이치고 어머니에게 먼저 가곤 했다. 방에서 낮잠을 자고 있는 아버지가 싫어서 방에 들어가기도 싫었다.

나는 열다섯 살 어린나이에 봉제공장에 들어가서 허드렛일을 하면서 재봉 일을 배웠다. 이제야 겨우 월급을 받는 직공이 되었다. 아버지는 딸이 고등학교도 가지 못하고 공장에 들어가 몇 푼 벌어오는 월급에조차 손을 내밀었다. 어머니에게 하듯이 돈을 내놓으라고 괴롭혔다. 나는 어머니처럼 순순히 돈을 절대로 주지 않았다. 그러자니 싸우게 되었고, 아버지는 번번이 발길로 나를 걷어차고 나갔다. 나는 분하고 억울해서 혼자 우는 것이 일과처럼 되었다.

언제나 어머니가 불쌍하고 측은했지만, 내가 구제할 수가 없다는 것이 마음 아팠다. 어떤 때는 단속반에 걸려서 장사를 못한 어머니가 집으로 들어오셨다. 그러면 어머니는 으레 벌지 못한 만큼 입맛이 없다며 굶으셨다.

"엄마, 나도 안 먹을 거야. 왜 엄마만 굶어야 해? 아빠가 굶어야 옳은 것 아냐?"

봄이 오는 소리

"경숙아, 아빠 들으면 어쩌려고 그래!"

"들으면 어때? 아빠가 죽어 버렸으면 좋겠어!"

어머니는 내 입을 손바닥으로 꼭 막았다. 그리고 나를 꼭 껴안고 한숨을 쉬셨다. 어머니는 언제나 아버지의 어떤 학대나 폭행에도 맞서 대답질을 하거나 싸우지 않으셨다.

앞집 친구 은영이 집에 가서 놀다가 저녁밥을 먹은 적이 있었다. 은영이 어머니는 오히려 아버지보고 돈을 쥐꼬리만큼 벌어다 주고 미안한 줄도 모른다면서 구박을 했다. 그래도 아버지는 못들은 채 밥만 먹고 일어섰다. 은영이 아버지가 일해서 월급이 나오면 모두 은영이 어머니 통장으로 들어가고 은영이 어머니는 아버지에게 그날그날 교통비와 점심밥값만 주어서, 아버지가 간혹 친구들과 차 한 잔이나 막걸리 한 잔을 사먹게 되면 돈이 떨어져서 밤새 걸어서 집에 오신다고 했다. 우리 집과는 정반대로 아버지에게 권위가 없었다.

내가 다니는 봉제공장에서 같이 일하는 친구 희숙이가 내가 점심을 굶는 것을 알고 가끔씩 나를 분식집에 데리고 갔다. 분식집에는 손님도 없는데, 어떤 사십대 중반의 걸인이 술에 취해 비틀거리며 깡통을 들고 들어와서 돈을 달라고 했다. 주인아주머니가

"매일 오면 어떡해! 보다시피 손님도 없는데…… 있어야 주지. 딴 데 가 봐요."

라며 짜증 섞인 말을 하고는 주방으로 들어갔다. 그러자 그 사람은 들은 체도 하지 않고 우리가 앉아 있는 식탁으로 와서 손을 내

밀었다. 주고 싶지 않았지만 식사하는데 그대로 뻗치고 서 있을 것 같아서, 주머니를 뒤적이다가 돈이 없어서 동전 오백 원짜리 하나를 깡통에 넣어 주었다. 그러자 걸인은 깡통에서 동전을 꺼내더니 손에 들고

"이걸 돈이라고 주냐?"

하고 성질을 내더니 동전을 확 던졌다. 그러자, 홀 구석에 있던 냉장고 밑으로 굴러 들어가 버리는 게 아닌가. 나에게는 그 돈도 큰돈이다. 풀빵이 두 개나 된다. 화가 났다. 아버지가 연상이 되어 벌떡 일어나서 문 쪽으로 밀고 가면서,

"이봐요! 얻어먹는 주제에 돈을 돈으로 안 보고! 나에게는 큰돈이야. 빨리 나가 버려. 일해서 먹고 살아! 인간도 아닌 인간아!"

문을 열고 밖으로 떠밀었다. 순간 나는 깜짝 놀랐다. 걸인이 길바닥에 나뒹굴었다. 그때 지나는 사람들이 모두 눈살을 찌푸리며 나를 쳐다보았다. 나를 얼마나 악한 계집애로 보았을까! 걸인이 술만 취하지 않았다면 쓰러질 일도 아니었다. 당황하고 후회가 되었다. 나는 라면을 먹은 게 소화가 되지 않았다. 내 삶이 온통 그런 걸인들을 보아도 아버지를 떠올리며 울분해야 했다.

한 번은 지하철을 타려고 계단을 내려가는데, 중간쯤에 어린 남자아이가 푹 엎드려 소매로 얼굴을 가린 채 두 손만 내밀고 있었다. 나는,

"얘야, 너 부모님 안 계시니?"

"안 계셔요. 누나만 있는데 집에 갈 차비가 없어요."

"차비 줄 테니 집으로 어서 가거라."

하며 돈을 쥐어주고 애를 보내고 지하철을 타고 갔다. 그리고 한 달 후, 그곳을 또 지날 일이 있었다. 그런데 그때의 그 애가 또 그 전처럼 엎드려 있었다. 나는 일부러 또 물어보았다. 그런데 어쩌면 그 애는 한마디도 안 틀리고 똑같은 말을 전에 했던 대로 외우고 있었다. 나는 화가 나서 그 애 팔을 잡고 벌떡 일으켜 세우며,

"너, 몇 살이냐?"

"열세 살."

"벌써부터 어린것이 사기 치는 나쁜 버릇부터 배우고 있는 거냐? 나쁜 녀석아! 이 짓을 하면서 자라면 너는 도둑놈이나 사기꾼밖에 될 수가 없고, 감방이나 드나들면서 신세를 다 망치는 거야! 네가 공장에라도 가서 잔심부름이라도 하고 배불리 밥을 먹을 수 있게 해주마. 그러다가 차츰 커가면서 기술도 배우고 돈도 벌고 야간 중학교 · 고등학교도 가고…… 인간답게 살 길이 있는 거야. 알겠니? 나를 따라와."

하고는 그 애 손을 잡고 같이 걸었다. 내가 다니는 봉제공장에 가서 사장님께 부탁하려고 했다. 그런데 걸어가다 보니, 사람들이 많은 틈을 타서 그 애가 내 손을 뿌리치고 어느새 도망가고 말았다. 왜 나는 이렇게 마음을 쓰며 속이 상하는 것일까. 일하기 싫어하며 어머니만 이용해먹고 산 아버지도 저런 아이가 아니었나 싶어, 다음에 어디에선가 다시 그 애를 보게 되면 한 대 때려 주고 경찰에 데려다 주면서 시설로 보내라고 할 작정이다.

내 병이 다시 덧나서 하루 내내 기분이 상했다. 이제 나는 노숙자에게 절대 동냥을 주지 않는다는 결심이 확고해졌다. 다만 내가

이 다음에 어른이 되고 능력이 되면 병든 사람이나 불구자나 어린 고아들을 도우며 살고 싶다는 꿈을 가지고 있다. 그러나 모든 것을 다 잃어버린 병든 내 젊음은 그저 죽지 못해 일하고 먹고 잠잘 뿐이다. 나에게 앞으로 어떤 운명이 기다리고 있을까?

어머니는 아프셔서 신음 소리를 내시면서 밤새 앓고도, 아침이면 일어나서 밥을 하고 장사를 나갔다. 그러면서 차츰 장사를 못 나가시는 날이 잦아졌다. 그런 어머니를 보고 아버지는 짜증이 나서 더 구박했다.

"꾀부리지 말고 나가! 꼴 보기 싫게 자빠져만 있지 말고!"

나는 화가 나서 아버지한테 대들었다.

"아빠는 뭐하는 사람인데 집에서 놀고만 먹으면서, 아픈데도 돈 벌어다 아빠 주라는 거야?"

"이년아, 아가리 닥쳐! 한 대 날리기 전에."

"겁날 것도 없어. 엄마나 나는 살고 싶지 않아!"

나는 어머니에게도 대들었다. 고양이 앞에 쥐처럼 아버지 앞에서 벌벌 떨고 당하는 것이 싫었다.

"엄마는 벙어리야? 왜 말도 못하고 평생 그러고 살아! 엄마는 착한 게 아니라, 바보야, 바보! 나 죽어버릴 테야. 엄마나 혼자 죽을 때까지 아버지 섬기고 그렇게 살아!"

홧김에 죄 없는 어머니에게 퍼붓고 나면 어머니가 더 가여워서 가슴이 미어졌다. 나는 어머니를 데리고 방이라도 얻어서 따로 나가 살고 싶어도, 아버지는 우리를 놓아 주고 말 사람이 아니다. 한

봄이 오는 소리

국이라면 어디를 가더라도 찾아낼 것이다. 어머니와 나는 우리에 갇힌 짐승이나 다름없었다. 꽃이 피는 봄이 와도, 어머니와 나는 살얼음을 딛고 살아가는 혹독한 겨울뿐이다.

어머니는 점점 병이 깊어져 뼈만 남아 갔고 장사를 하지 못하게 되었다. 어머니를 병원에 데리고 가려고 하면, 몸살이라고 걱정 말라며 내 말을 듣지 않으셨다. 돈이 없으니 큰 병원에라도 가 보지 못하고 가까운 의원에 강제로 데리고 다니며 약을 썼으나 차도가 없었다. 특별한 병명도 모르고 앓으셨다. 동네 할머니들은 어머니가 골병들고 먹지 못해서 몸이 쇠약해져 그렇다고 했다.

아버지는 돈이 궁해지자 어머니를 더 볶아 댔다. 나는 성질이 나서 아빠에게 퍼부었다.

"아버지가 아프다고 누우면 내가 밖으로 끌어 낼 거야! 아버지가 하는 대로 내가 보복할 테니 그런 줄 알아!"

"이년이 내 손에 맞아야 사람 되겠니? 배워먹지 못한 년!"

"내가 그럼 누굴 보고 배우겠어! 아버지 하는 못된 짓을 보고 배우는 것은 당연한 일 아냐?"

아버지의 주먹이 내 뺨을 쳤다. 나는 더 악을 썼다.

"엄마나 나한테 해 준 게 뭐 있어서 이렇게 괴롭히는 거야! 엄마가 먼저 죽으면, 아버지는 내 손으로 죽이고 나도 죽을 거야."

어머니가 그렇게 앓아눕고 난 뒤 아버지는 집을 나갔다. 차라리 아버지가 없는 것이 어머니와 나는 마음이 편했다. 사람은 죽을 먹어도 마음이 편해야 산다는 말이 비로소 실감났다

나는 일을 끝내고 집으로 와서 방문을 열고 방바닥을 만져 보았다.

"엄마, 방 춥지 않아? 심심했지?"

어머니는 아무 대답이 없었다. 가방을 방 안에 내려놓으며 재차 말했다.

"엄마, 죽 끓여올 테니 기다려."

여전히 대답 없는 어머니가 이상해서 방에 들어가 불을 켜고 바싹 다가가서,

"엄마 나 왔어."

하고는 손을 잡는 순간, 차디찬 어머니의 손이 느껴졌다. 얼굴을 쳐다보니, 눈을 뜬 채 어머니는 이미 돌아가신 상태였다. 나는 새파랗게 놀라 어머니를 흔들었다. 하늘이 무너지는 애통함과 불쌍한 마음에 어머니 옆에서 약을 사다 먹고 같이 죽어 버리려고 마음먹었다. 어머니를 혼자 보낼 수 없는 비통한 마음이 내 가슴을 칼로 난자질을 했다. 그러다가 정신을 차리고 '아니야. 엄마를 살려야 해!'라는 생각에, 허둥지둥 앞집 할머니 집으로 달려갔다. 그리고 숨찬 목소리로 울부짖었다

"엄마가 숨을 쉬지 않고 있어요. 빨리 병원에 데리고 가서 살려주세요. 급해요. 어서요!"

할아버지, 할머니들이 황급히 달려와서 엄마를 들여다보고 나서 혀를 차며 말했다.

"이미 늦었다. 뻣뻣하게 굳어진 몸을 어떻게 살리겠느냐. 병원 갈 것도 없다. 포기해라."

그리고 나에게 어머니의 눈을 감겨 드리라고 했다.

"너를 보지 못해 눈을 못 감고 죽었다. 네가 눈을 감겨 드려라. 너의 아버지란 작자는 인간이 아니다. 짧은 인생, 불쌍하게 살다 갔구나. 착해서 천당 갔을 테니 너무 슬퍼하지 말거라. 네 아버지가 죽었어야 하는데 대신 죽었구나."

나는 바들바들 떨리는 손으로 어머니의 눈을 쓸어내리며 감겨 드렸다. 그리고 어머니 얼굴에 내 얼굴을 부비며 통곡하다가 실신했다. 하늘이 내려앉은 듯한 캄캄한 절망과 아버지에 대한 분노로 자제력을 잃은 것이다. 할아버지, 할머니들과 함께 어머니 곁에서 오열하며 밤을 새웠다.

다음날 아침, 방문을 열고 나오니 집을 나갔던 아버지가 아무것도 모르고 어머니를 볶아 대려고 또 들어왔다. 나는 갑자기 기운이 솟구치고 악이 올랐다.

"엄마가 그세 병을 고치고 돈 벌러 다니나 하고, 돈 뜯으려 들어왔어? 엄마가 돈을 많이 벌어다 놓았으니 방으로 들어와서 가져가!"

나는 악을 쓰며 벗어 놓은 어머니 신발과 내 신발을 연거푸 아버지에게 마구 집어 던졌다. 총이 손에 들려 있었다면 방아쇠를 당겼을 것이다. 나는 동네가 떠나가게 소리를 질렀다.

"당신은 이제 돈 줄이 끊어졌으니 깡통 들고 빌어 먹어봐. 내가 반드시 복수할 거야!"

어머니의 죽음은 내 분노를 참을 수 없게 만들었다. 아버지는 어머니가 돌아가신 상황을 보고는 못 볼 것을 본 것처럼 서 있다가,

나의 극악한 행동이 못마땅해서 집을 나가 버렸다. 내가 어떤 분풀이를 한다 해도 응당 받아야 할 일이지만, 그 길로 나가서 집에 들어오지 않았다.

어머니를 화장해서 한강물에 뼛가루를 뿌리면서 나도 어머니와 함께 강물에 뛰어들려 했지만, 옆집 통장 아저씨가 내 손목을 잡고 놓아 주지 않았다.

나는 내 일생 동안 결코 아버지를 용서하지 않겠다고 이를 악물었다. 돈이 없어서 어머니를 묻어 드리지도 못하고 화장을 해서, 어머니가 보고 싶어도 가서 만나볼 자리조차 없으니 나는 더 외롭고 슬펐다. 그럴 때면 어머니 뼛가루를 뿌려 드렸던 한강으로 나가서 꽃다발을 띄어 보내며 아픈 가슴을 쓸어내렸다.

죽지 못할 바에야 억척같이 살아야 했다. 결손가정의 아이들은 거의가 가정의 불행을 극복하지 못하고 나쁜 길로 빠지게 되는 경우가 많다. 그러나 나는 그렇게 되기는 싫었다. 나는 아버지 같은 인생을 살지 않기 위하여 이를 악물고 일을 했다. 돈이 없어 공부는 할 수 없었지만, 어떤 천하고 힘든 일이라도 다 하겠다는 결심으로 소처럼 일만 했다.

어머니가 돌아가시고 두 달이 지났다. 나는 혼자 외롭게 천장을 바라보며 누웠다가 이불을 뒤집어쓰고 잠이 들었다. 어렴풋이 방문 소리가 났다. 아버지가 또 왔나 생각하면서 보기도 싫어서 그대로 누워 있는데, 갑자기 내 이불을 젖히고 몸을 덮쳤다. 나는 깜짝 놀라면서 순간 아버지가 나를 죽이려는 것으로 생각이 들었다.

22

"아빠가 엄마를 죽이더니 이제 자식까지 죽이려는 거야! 이 밤중에 강도처럼 몰래 들어와서!"

소리를 지르면서 힘껏 떠다밀고 일어나려 했지만 기운이 당할 수가 없었다.

그때 낯선 목소리가 들렸다.

"소리 내지마. 나는 네 애비를 잘 안다. 소리 지르면 죽일 테다."

그리고는 내 옷을 마구 벗기려고 강제로 찢고 더 무섭게 엎어눌렀다. 그리고 씩씩거리며,

"내 말만 잘 들으면 너를 책임지고 잘 살게 해 줄 테다. 겁내지 말고 가만히 있어. 너도 기분 좋아질 거야."

아무리 바동거리며 밀어내려 해도 숨결이 점점 사납게 압박해 왔다. 나는 위급한 상황에서 나도 모르는 사이 위기를 모면해야겠다는 궁여지책으로 상대를 안심시켰다.

"알았어요. 나도 혼자 가난하게 살기가 지겨워요. 나를 책임만 져준다면, 하자는 대로 그렇게 할게요."

"정말이냐? 너 거짓말 아니지?"

"아니에요. 강제로 그러지 않아도 돼요. 나도 남자가 그리워요. 혼자 자기가 외로워요. 그러니 불이나 켜고 서로 보면서 밤을 즐겁게 보내요. 전기 스위치는 저 뒷문 벽에 있어요."

그 범인은 안심한 듯 속삭였다.

"잘 생각했다. 그런데 불을 켜면 재미가 없어. 우리 재미보고 불을 켜자."

"아니, 싫어요. 서로 얼굴을 보면서 해요."

그 사람은 내 말을 못들은 체하고 내 몸을 억세게 엎어누르며 옷을 강제로 다 벗겨 내렸다. 사력을 다한 나의 저항이 무력해질 만큼 더 억세게 몸을 밀착해 왔다. 나는 사자에게 잡힌 토끼처럼 흉악범의 한입 밥이 되었다. 그리고 그 흉악범은 바삐 사라졌다. 나는 어둠속에서 실신했다가 정신이 돌아왔다. 일어나지도 않고 멍청하니 천장만 올려다보며 어떻게 하면 죽을 수 있을까를 생각했다. 눈물도 나오지 않았다.

'아니, 살아야 해. 이대로 죽을 수는 없어. 살인보다 더 악한 범인을 잡아야 해! 그 음침한 목소리, 분명 기숙이 아빠야!' 허둥지둥 벗겨진 옷을 주워 입고 친구 희숙이네 집으로 달려가서 쓰러졌다. 친구 어머니가 나를 꼭 껴안고 진정시켜 주었다. 친구는 자기 옷을 가져다 갈아입히고, 찢겨진 옷을 쓰레기통에 넣었다. 어머니가 미칠 듯 보고 싶어서 엉엉 울었다. 친구도 같이 울었다. 친구는 자기 집에서 같이 살자고 했다. 나는 무서워서 일주일 동안 집에 가지 못했다.

일주일이 지나고 친구와 함께 집으로 갔다. 사람을 불러 방문에 잠금 장치를 달고 대문에도 자물통을 만들었다. 나는 이제껏 아버지만을 두려운 존재로 알았으나, 이 세상에는 아버지 말고도 또 다른 무서운 적이 있다는 것을 알고 나니 정말 세상이 무서웠다. 아버지가 가장으로서 인간 구실을 했다면 그런 일은 당하지 않았을 거라는 생각을 하니 아버지가 더 증오스러웠다.

우리 가정을 잘 아는 사람이 깔보고 저지른 소행이 분명하다. 동네 아저씨라는 확신을 떨쳐 버릴 수가 없다. 어머니 살아생전에 어머니를 농락하려던 그 괴한이 동네 기석이 아버지였기 때문이다. 어머니가 장사를 끝내고 집에 오는 시간은 내가 공장일 끝나고 집에 오는 시간보다 더 늦었다. 나는 언제나 어머니를 마중 나갔다. 그럴 때 내가 가끔 목격한 일이 있었다. 컴컴한 골목길에서 어머니를 어떤 남자가 따라오면서 끌고 가려고 당기고 어머니는 반항하고 있을 때 내가 쫓아가서 그 남자를 떠다밀고 어머니를 구해 주던 일이며, 어떤 때는 어머니가 끌려가면서 잡은 그 남자의 팔뚝을 물고 빠져나와 잡히지 않으려고 달리다 넘어졌을 때 내가 목격하고 달려가서 그 남자를 경찰에 고발하겠다고 악을 쓰며 소리를 지르던 일이 주마등처럼 지나갔다. 바로 기석이 아버지였다. 이 모든 아픈 일들이 역시 아버지가 인간 구실을 못하고 사는 것이 다 소문이 나서 어머니를 깔본 남자들의 소행이었다. 어머니는 젊고 예쁘고 얌전해서 살기가 더 힘들었을 것이다. 어머니는 내가 있어서 도움이 되었지만, 나에게는 이제 지켜줄 사람이 아무도 없다. 세상을 다 잃어버린 절망이 나의 전부였다.

어머니가 돌아가신지 삼 개월이 지났다. 오늘도 친구 희숙이가 왔다. 내 외로움과 끔찍한 일을 당한 후의 공포증을 조금이라도 안심시켜 주려고 저녁이면 거의 매일 와서 함께 잠을 자 준다.

"얘 경숙아, 나 지금 오다가 너의 아버지 봤다. 서울역 지하차도를 지나는데 거지들인지 노숙자들인지 싸움이 나서 떠드는 쪽을 보니 글쎄, 너의 아버지가 술주정을 하는지 비틀거리며 떠들더라. 그리고 몇 사람이 너의 아버지를 구둣발로 차대는 거야. 무섭더라."

"그래? 잘 됐다."

나는 조금도 안됐다는 동정이나 아버지라는 천륜적인 감정을 느끼지 못했다. 망가진 내 인생과 어머니를 생각할 때 아버지가 다시 나타나면 복수를 하고 싶은 감정뿐이었기 때문이다.

"엄마를 구둣발로 평생 그렇게 차댔으니 저도 당해봐야 마땅하지. 더 당하고 살아야 돼. 하늘은 정의로운 거야."

"경숙아, 너 어머니 생각 또 나는데 괜히 말했다. 다 잊어버리고 살아."

"내가 죽을 때까지 어떻게 한순간인들 잊어! 그리고 아버지를 어떻게 용서할 수가 있겠어?"

나는 노숙자들에 대해 동정은커녕 부정적인 판단으로 지나치게 예민해졌다. 사람들은 노숙자들을 무조건 불쌍하다고 동정한다. 물론 병이 들거나 자식이 없고 아내가 죽고 집이 없어서 그럴 수밖에 없는 사람들은 응당 도와주어야 한다. 하지만 사족이 멀쩡하고 아직 아무 일이라도 할 수 있는 나이에 노숙자로 동냥을 다니거나 봉사 단체나 찾아다니며 밥을 얻어먹고, 동냥한 돈으로 술이나 사 먹고 건들건들 놀고 사는 사람들을 보면 울화가 치밀었다. 그리고 불쌍한 그 가족을 생각하게 된다. 바로 어머니와 나의 모습이다. 왜 그런 사람들을 도와주느냐는 것이 나의 불만이다. 그런 사람들은 아버지와 같은 부류라는 생각밖에 들지 않았기 때문이다. 연약한 처자식을 밥도 벌어 먹이지 않고 편하게 혼자만을 위해 살아가는 사람들, 그들이 마지막 갈 길은 노숙자의 길밖에 없는 것이 당연한 것이다.

봄이 오는 소리

스스로 살 길을 찾아 일을 하려고 든다면 얼마든지 길이 마련이다. 임자 없는 자연이 주는 갯벌에라도 찾아가 조개도 줍고, 굴도 따고, 낙지도 잡고, 공짜로 돈 벌어 얼마든지 생활할 수 있다는 것을 그들이 모를 리가 없다. 시골에서도 요즘 젊은 사람들이 다 도회지로 떠나고 노인들만 남아서 일손이 모자라는 형편이니, 그런 농촌에라도 가서 일해 주고 대가를 받을 수 있고 밥이라도 배불리 먹을 수 있다는 것도 알고 있을 것이다.

많이 배우지 못하고 가난한 아버지들은 가족을 위해서 탄광에 가서 목숨도 아끼지 않고 위험 속에서 고생스럽게 일해서 가족을 돌보기도 하고, 목숨을 걸고 바다에 나가 풍랑과 싸우며 고기잡이 일을 하여 가족을 위해 희생을 하기도 한다. 노숙자들이 일하지 않고 편하게 살고 싶은 것이 그들의 근성이기 때문에 일을 찾지 않을 뿐이다.

요즘은 공장에도 일할 사람이 없어서 외국인을 데려다 일을 시킨다. 공장이 어려우면 외국인 근로자들처럼 인건비를 덜 받고라도 일해 주는 것이 서로 돕는 일이 되는 것이다. 거지 노숙자보다 그 길이 훨씬 보람된 일일 것이고 희망이 있겠지만, 그들은 그 길을 외면하고 거부하고 살아가는 궁상들이다. 정부나 자선 단체에서 노숙자들을 동정만 하고 일시적인 도움으로 배만 채워 주는 것은 무모한 일이라고 생각된다. 그것은 자선이 아니고 그런 나쁜 근성을 가진 부류들을 더 많이 양성하는 결과가 된다는 것이 나의 판단이다.

만일 그들이 젊어서부터 가족을 위해 살았다면 직업이 떨어지거나 병이 들어 일을 못해도 아내와 자식들이 정성을 다해 돌봐 주는 안식처가 있을 것이다. 노숙자들에게 오늘이 있는 것은 인생을 잘 못 살았다는 확실한 증거로 인정되었다. 노숙자들에게 공밥을 주는 데가 없었다면 정말 배가 고파 일할 수밖에 없지 않았을까. 차라리 버려진 고아 어린것들을 위해서 한 끼 밥이라도 도와주어야 옳다. 부모에게 버림받거나 부모가 죽고 없는 죄 없는 어린것들이 올바로 성장하도록 힘써 도와주어야 할 것을, 왜 일할 능력이 있는 게으른 사람들을 위해 그릇되게 써야 한단 말인가. 씨를 뿌려 가꾸지 않고 남이 수고한 것을 공짜로 먹고사는 사람들은 좀도둑이나 다름없다는 생각이 들었다. 아버지가 바로 그런 사람이다.

내 친구 희숙이가 올 봄에 결혼을 하게 되지만, 나는 조금도 부럽지 않다. 나도 지금의 내가 싫다. 변하고 싶지만 변하지 않는다. 내 인생이 너무 암울하고 캄캄해서 내 자신을 혁신하지 않으면 나는 더 불행해지고 굴레를 영영 벗어나지 못할 것 같은 두려움이 엄습해 왔다.

어머니가 돌아가신 지 일 년이 되는 날, 나는 어머니 사진을 서랍 속에 모두 넣었다. 어머니 사진을 볼 때마다 울컥울컥 치미는 설움과 어머니가 보고 싶은 그리움으로 몸살을 하기 때문이다.

봄이 무르익어 가면서 활기를 찾은 모든 생명들은 싱그러움으로 충만했다. 오래전부터 나를 좋아하는 공장 감독님이 있었다. 그러나 나는 눈길도 주지 않았다. 남자라는 것, 결혼이라는 것이 내 마

봄이 오는 소리

음속에서 철저히 거부되면서 아무 감정도 생기지 않기 때문이다. 나는 분명 정상이 아니다. 그러면서도 마음 한구석에서는 나를 꾸준히 아껴 주는 감독님이 나를 이 함정에서 꺼내 줄지도 모른다는 희미한 상상을 해보기도 했다. 얼음덩이처럼 굳어진 내 청춘에도 봄은 오려나? 그것은 불가능하다는 체념으로 머리를 도리질했다.

감독님이 일 끝나고 저녁을 사겠다고 다정한 말로 나에게 귓속말로 속삭였다. 고민을 했다. 남자라면 모두가 아버지 같고 나도 어머니 같은 인생을 살 것 같은 불안과 두려움이 내 마음속에 가득차 있었다.

나는 친구 희숙이에게 감독님에 대한 이야기를 했다. 나에게 절친한 친구라도 있어서 속마음을 털어놓을 수 있다는 것만도 위로가 되었다. 친구는 반갑다는 듯이 충고를 했다.

"세상에는 좋은 사람이 더 많은 거야. 감독님은 정이 많고 인간성이 좋은 사람이야. 너도 알지 않니? 이제 네 인생을 찾을 궁리를 하고 마음을 바꾸어 봐. 거부하지만 말고."

나는 친구의 충고를 들으며 망설이다가 따뜻한 감독님의 눈빛이 아른거려서 기다리게 하기가 미안했다. 잠깐 들러 바쁘다는 핑계를 대고 나올 생각으로 식당에 들어갔다. 나를 기다리고 있던 감독님과 마주 앉으며 어쩐지 본래 마음먹었던 것과는 달리 일어서고 싶지 않았다. 그와 함께하는 동안 내 마음이 편안해지면서, 어머니처럼 그 사람에게 의지하고 싶다는 믿음이 생겼다. 상상 못했던 나의 심적 변화였다. 내가 너무 외로웠던 탓이었다. 가슴이 뛰고 얼굴이 달아올랐다. 감독님은 식사 중에도 맛있는 음식을 내 앞으로 옮겨 주며 많이 먹으라고 권했고, 또 손수 음식을 집어 입에 넣어 주기도 했다. 다정한 말 한마디 한마디에 위로가 되었다.

그 후로 감독님이 가자는 대로 휴일이면 산으로 바다로 놀러 다니며 그의 따뜻한 손을 잡고 즐거워하며 행복을 꿈꾸었다. 내 나이 스물세 살이 되도록 너무나 길었던 암흑 같은 세월이었다.

이제 그 어두운 터널을 빠져나오는 기분이 들고 상쾌한 기분으로 전환되어 가고 있었다.

그러나 나에게는 한 가지 고민이 생겼다. 아무것도 모르는 감독님에게 솔직하게 내 과거의 악몽을 털어놓아야 한다는 양심으로 괴로웠기 때문이다. 나는 감독님과 마지막이라는 각오로 떨리는 마음으로 내가 먼저 만나자고 했다. 내 비밀을 숨기는 것은 감독님을 기만하는 죄라며 나의 양심이 허락지 않았다.

"웬 일이십니까? 먼저 이렇게 만나자고 하고……."

"제 비밀을 숨기고 있으면 안 될 것 같아서……."

나는 먼저 눈물부터 나와서 잠시 말을 중단했다.

"아무 말이라도 부담 없이 하세요. 나는 괜찮아요."

"어머니 돌아가시고 두 달쯤 지나서 혼자 자다가 괴한에게 끔찍한 강간을 당하고……."

나는 끝내 말을 잊지 못하고 엎드려 울었다. 부끄럽고 창피하고 실망을 주어 미안하고 죽고 싶었다.

"경숙 씨, 울 것도 없고 부끄러워하지도 말아요. 경숙 씨의 의도나 방탕에서 생긴 일이 아니잖아요. 나는 경숙 씨 모두를 사랑해

봄이 오는 소리

요. 경숙 씨 아픔은 나의 아픔입니다. 그것은 천재지변을 당한 불행과 같습니다. 경숙 씨의 그런 과거의 억울했던 아픔이나 상처를 내가 다 치유해 주고 감싸고 지켜 줄 테니, 이제 나만 의지하면 돼요. 나는 경숙 씨를 사랑하는 마음이 더 강렬해졌어요."

감독님은 일어나서 내 옆으로 와서 나를 꼭 껴안고 다독여 주었다. 어머니 품처럼 따뜻함과 포근함이 나를 안심시켰다. 얼음장 같은 내 마음속으로 따뜻한 햇살이 밀고 들어왔다. 감독님은 나의 보호자, 죽은 엄마였다. 감독님은 너그러운 마음과 위로로 고립된 깊은 수렁에서 허우적이는 나를 건져 주었다. 비록 이루지 못할 사랑이라 해도 여한이 없을 것 같았다. 날아갈 듯 내 마음이 가볍고 한결 편해졌다.

거지 행색을 한 아버지가 다시 집을 찾아왔다. 나는 왠지 아버지가 불쌍하다는 마음이 들었다. 원수보다 더 지겹던 아버지였는데 왜? 내 마음이 변했을까 의심이 갔다. 천륜이란 잘라 버릴 수 없는 것이란 것을 새삼 깨닫는다.

"방으로 들어가세요. 저녁 할게요."

늦었지만 밥을 먹었을 것 같지 않아 동네 정육점에 가서 돼지고기 반 근을 사고 옷 가게에서 아버지 잠바와 바지, 속옷들을 사 가지고 들어왔다. 그리고 목욕을 하라고 물을 준비하고 옷을 갈아입으라고 내주고 밥을 했다. 며칠을 굶었는지 정신없이 밥을 먹는 것을 보면서 어떤 안쓰러움이 생겼다. 그러나 더 이상 어떤 말도 하고 싶지 않아서 밖에 나가 서 있다가 밥상을 치우러 들어갔을 때

아버지가 먼저 말을 꺼냈다.

"미안하다. 고맙다. 네 어미한테 죄를 많이 져서 벌을 받는다. 이제 네가 부담스럽다면 오지 않겠다."

"이제 다 지난 일이에요. 아버지가 거지로 돌아다니면 나한테 부담이 안 가는 줄 아세요? 얼마나 화나고 괴로운지 아세요? 가지 말고 차라리 집에서 사세요. 나가서 굶어 죽지 말고요. 왜 그 지경이 되어도 일은 하지 않는 거죠?"

아버지가 뉘우치는 말을 하는 것을 보니, 아버지도 많이 변했다. 어머니 살아 계실 때 아버지가 지금처럼 한 번이라도 자신의 잘못을 깨닫는 기색이라도 보였더라면, 어머니가 그토록 불쌍하지는 않았을 것이다. 나는 밖으로 나와 어머니를 생각하며 뜨거운 눈물을 쏟았다.

그때 아버지가 나와서 내 동정을 살피면서,

"나 가겠다. 벗은 옷 두고 가니 그거나 빨아 놔라. 다음에 가지러 오겠다."

라고 말했다. 나는 또 화가 났다.

"거지 생활이 그렇게도 좋아요? 집에서 살라는데 가는 배짱은 뭐야! 아버지가 용서가 되어 그러는 줄 아세요? 내 마음이 편해지고 싶어서 그래요."

아버지는 마음을 바꾸지 않았다.

"가끔 오마. 내가 염치가 없고, 네 어미가 떠나고 없으니 생각도 나고, 집안이 쓸쓸하고 마음이 좋지 않아서 그런다. 옷이나 빨아 주어라. 돈 달란 말은 하지 않겠다."

봄이 오는 소리

나는 돈 이만 원을 아버지의 주머니에 넣어 주고는 가는 뒷모습을 바라보았다. 나는 나도 모르는 사이에 아버지를 용서하고 있었다. 천륜이라는 것이 이런 것이라는 것을 새삼 깨닫게 되면서 팽팽했던 감정이 누그러지기 시작했다. 그렇게 되자, 내 마음이 평화로워지면서 희망이 생기고 의욕이 생겼다. 먹구름이 걷히는 느낌이었다.

감독님과 알고 지낸 지도 어언 일 년이 되어 가지만, 그는 변함없이 나를 아껴 주었다. 좋은 사람이라고 믿어졌다. 어둠 속에서 꿈같은 것을 가져 본 적 없이 삭막한 하루하루를 살았던 나는 이렇게 따뜻하고 정이 많은 감독님을 만나면서 이제 봄날에 돋아나는 햇순처럼 온갖 꿈이 돋아나기 시작했다.

감독님이 연안부두에 부모님을 모시고 회를 대접하러 간다며 같이 가자고 했다. 나는 용기가 나지 않아 싫다고 했지만, 꼭 보자고 하신다며 설득을 하여 같이 가게 되었다. 부모님은 나를 보시고 매우 흡족해 하시며 사랑스러워 하셨고, 좋은 배필이 되라고 하셨다. 부모님께서 내 아버지를 물으실 때 나는 안절부절못했다. 감독님이 그런 내 마음을 알고 재치 있게,

"아버지는 시장에서 장사를 하십니다."

하며 대신 변명을 해드렸다. 그리고 화제를 계속 딴 데로 몰고가면서 부모님을 기쁘게 해 드렸다. 부모님은 인자하시고 아들인 감독님을 믿고 신뢰하는 표정이 역력했다. 나는 친정어머니처럼 애정을 가지고 시부모님을 모시고 살고 싶었다. 가족의 포근함을

처음으로 느껴 보게 되었다. 사람 사는 냄새가 나는 가정에서 자란 감독님이 부러웠다. 나도 그런 가정에서 살아 볼 수 있다는 희망에 가슴이 벅찼다. 이다음에 아기를 낳으면 행복하게 자랄 수 있을 것이다. 나는 감독님을 꼭 붙잡고 의지해야겠다고 다짐했다.

아버지가 다시 옷을 가지러 왔을 때, 나는 내 결혼에 대한 것을 말했다.

"고생 많이 했으니 좋은 사람 만나서 행복하게 잘 살아야 한다."

진심으로 기뻐하고 축하해 주었다. 그리고 집을 나가지 않겠다며,

"아버지 노릇을 못했지만, 결혼식 날 고아를 만들 수는 없다. 그리고 동사무소에 가서 일용직이라도 부탁해서 열심히 일해서 스스로 살겠으니 내 생활은 걱정하지 말고 부담 갖지 마라. 나도 이제 인간답게 살겠다."

아버지가 이렇게 많이 변했고 집으로 들어오시니 내 마음이 안정되었다. 내가 아버지에 대한 감정을 바꾸게 된 것도 모두 감독님의 따뜻한 사랑으로 나의 얼음덩이 같던 마음을 녹여 주었기 때문이었다. 감독님의 사랑은 내 인생을 완전히 행운의 주인공으로 바꾸어 주었다.

화창한 봄날, 어둡던 터널에서 나오니 새싹들이 싱그럽게 고개를 내밀고 방실방실 웃으며 나를 반겨 주었다. 이렇게 아름다운 세상인 줄을 나는 처음 알았다.

아버지의 손을 잡고 들어가 감독님의 손에 인계되는 순간, 나는

　　　　　　　　　　　　　　봄이 오는 소리

어머니 생각이 나서 뜨거운 눈물이 양 볼을 타고 흘러내렸다.

감독님의 따뜻한 사랑의 눈길이 등불이 되어 나의 하얀 웨딩드레스가 유난히 보석처럼 빛났다.

원점

부모님은 다음 날 아침 일찍 보따리를 싸 가지고 읍내 둘째 아들 석훈네 집으로 가셨다.

"우리 늙은이들이 니네 집에서 살고 싶어서 왔다. 논 다섯 마지기 가져왔응께. 네 것이 되는 겨."

"잘 오셨어요. 제 집에서도 사셔야죠. 이제 세상이 변해서 꼭 큰 아들하고만 살아야 한다는 법이 없어졌어요."

뜻밖의 일이라 이유를 알 수 없지만 논 다섯 마지기를 가지고 왔다니 내심 부자가 된 것 같은 마음이 들었다. 결혼하여 분가하면서 논이나 밭이 그리 많지 않으니 받을 것도 없어서 셋방 하나로 신접 살림을 차렸었다. 성격이 조용하고 내성적인 둘째 아들은 그런대로 불만 없이 세탁소를 하면서 부지런히 살았다.

부모님은 보따리를 풀어 놓더니 벽에 못을 여기저기 박아 놓고

봄이 오는 소리

옷을 꺼내 줄줄이 걸어 놓았다. 세탁소에 걸린 옷은 비닐에 덮어 얌전히 걸어 놓았어도 답답한 마음이 드는데, 살림집 방조차 울긋불긋 서낭당에 헝겊 매달 듯이 여기저기 옷을 걸어 놓으니 짜증이 났지만 말을 못하고 참았다. 그리고 집 안에 온통 담배연기가 자욱하고……. 부모님 오시자마자 불편이 많았다.

그뿐만이 아니었다. 집안 모든 일에 참견하고 주장을 하셨다. 밤늦게 피곤해서 잠을 자려고 하면 곁에서 아내의 구시렁거리는 소리에 심기가 불편했고, 아내의 심정을 모르는 바 아니니 눈치를 살펴야 했다.

"에미야, 너는 어찌 방구석에만 앉았냐? 세탁소에 나가서 애비 일 좀 도와주지 않구. 애비 혼자 뼈골 녹는다. 서루 돕구 살어야 부부여."

"어머니, 저 방에서 노는 거 아녜요. 수선 들어온 옷 재봉 일 하려고 실밥을 뜯고 있어요. 제가 팔자 좋게 놀고먹는 줄 알고 그러세요?"

"모릉께 한 말여. 그렇다구 고처름 고개 빤쩍 쳐들구 골나서 대꾸하믄 쓰겄냐?"

손자 손녀는 초등학교에서 돌아오면 책가방을 마루에 팽개치고 오락실로 달려가면, 컴컴해서야 집에 들어왔다. 그러면 며느리가 애들을 혼내고, 애들은 울면서 집안이 한바탕 시끄러웠다.

"에미야, 애들이 놀면서 크는 겨. 그렇게 잡아 놓지 말그라."

"간섭하지 마셔요. 애들 교육시키는데 역성들면 더 버릇 나빠져요."

"버릇없이 대꾸질 혀냐! 부모를 가르치는 겨?"

부모가 싫으니 일부러 애들을 잡는 것 같아서 시어머니는 영 기분이 상했다. 손자 애들도 할머니 말을 듣지 않았다. 큰아들네 손자들은 업어 키워서 그런지 끔찍이 사랑스럽고 예쁜데, 둘째네 손자들은 며느리처럼 정이 많이 가지 않았다. 그래서 '키운 정'이라는 말이 맞는 것 같았다.

겨울이 되고 설 명절이 되었다. 조상들 제사 준비로 바쁘고 돈이 수월찮게 들어갔다. 명절 전날에는 음식 준비로 바빴지만, 저녁때가 되어서야 동서들이 모두 모여드니 실상 둘째 동서 혼자 떡이며, 부침질, 산적, 나물 등 모두 한 셈이다. 그 식구들 해 먹이는 일도 만만치가 않았다. 그리고 돈 한 푼 제사에 보태 쓰라고 주는 형제가 없었다. 그야 전에 큰집에 갈 때면 자신도 피차 마찬가지였지만, 막상 자신에게 이런 일이 닥치고 나니 어쩐지 섭섭했다.

명절이 지나고 나자, 둘째 내외는 지쳤다. 부모님 하루 세끼 식사 챙겨 드리는 일도 보통 귀찮은 일이 아니었을 뿐만 아니라 약값이며, 잔소리를 들으며 좁은 집 안에서 마주보고 부대끼는 부자유스런 일도 보통 괴로운 게 아니었다.

"여보, 나 시부모님 모시고 살 수 없어요. 잔소리 듣기 싫고, 애들도 싫어해요. 고생하고 살면서 스트레스 받기 싫어요."

"힘든 거 나도 알아. 노인들이니 이해해야지. 어쩌겠어."

"당신은 당신 부모니까 그렇지. 나는 싫어요."

예금했던 돈까지 명절에 축내고 나니 둘째 내외는 결심을 했다.

"아버지 어머니, 제가 농사일 하려면 세탁소를 못하게 되니 손해가 많고 농사일은 힘도 들고 못할 것 같으니, 그 논 도로 가지고 큰형님한테로 들어가세요."

"뭣이라고 했냐? 논이 방해라두 된다는 겨? 논이 네 집 못 살게 만드는 겨? 부모가 늙으니 귀찮은 겨? 네 놈들 다 혼자 큰 거 아녀!"

"어머니, 그런 게 아니고요. 벌어먹고 사는 직업이 겨우 자리 잡고 사는데, 농사짓는다고 신경을 못 쓰다가 손님을 다 잃으면 낭패가 될 것 같아서 농사일은 아예 욕심 부리지 않으려고 해요."

"알았응께. 더 말허지 말그라."

부모님은 논도 있겠다, 아들이 많으니 걱정할 것 없었다. 호되게 야단치고 기세가 당당했다. 셋째 아들 경훈네 집으로 가면 그만이다.

큰아들은 이번 가을에도 추수한 것을 부모님이 전처럼 네 아들들에게 다 돌라주어 허전해진 곳간을 들여다보고, 처음으로 작정을 하고, 그동안 쌓인 불만을 부모님께 털어놓았다.

"어머니, 드릴 말씀이 있어요."

"뭣이냐? 말해 보그라."

"동생들은 각기 딴 직업이 있어서 벌어서 잘 살고 있고, 저는 또 직업이 농사짓는 일이니 벌어서 먹고사는 것인데, 농사지은 거 동생들에게 먹어 보라고 조금씩만 보내 주면 될 텐데 그렇게 다 퍼주시면 저의 집은 대체 무엇으로 애들 공부시키고 부모님 쓰시는 돈은 다 무엇으로 드려요."

부모님은 갑자기 크게 화를 내시며 소리를 질렀다.

"논이며, 밭이며, 다 부모 거여. 네 것이 아녀. 지금 시대는 부모
죽으면 부모 재산을 형제들끼리 똑같이 나눠 가져야 허는 겨. 니
혼자 다 먹것냐? 그러니 지금 나오는 곡식두 다 나눠 줘야 옳은 걸
모르겠냐?"

"밭이며, 논이며, 농사를 지으려면 비료 값이며, 인건비며……
돈이 얼마나 많이 들어가고 저와 애 어멈이 얼마나 고생을 하는지
아시면서 그러셔요?"

"그러니께 네 말은 동생들 주는 거 아깝다, 그거 아녀?"

"아까워서가 아니고, 우리 집 형편이 살기가 힘들어서 그래요."

"알었다. 늙은이들이 논 좋은 걸루 닷 마지기 떼 가지구 둘째
아들 집으로 가마. 그리 알구 있그라. 부모가 하는 권리를 다 뺏으
려는 네 놈은 부모 모실 큰아들 자격이 못 된다."

"제가 하도 걱정이 돼서 드린 말씀인데, 어디를 가셔요?"

영훈이는 공연히 말씀드렸다고 후회하면서 잘못했다고 사과드렸
지만, 부모님은 괘씸하다며 화를 풀지 않으셨다. 결국 평화롭던 가
정에 폭풍이 일었다. '참는 자에게 복이 있다.'는 말이 맞았다.

부모님은 그렇게 하여 보따리를 싸 둘째 집으로 가셨지만, 거기
서도 살지 못하시고 셋째 집으로 가셨다.

"잘 오셨어요. 두 형님들은 부모님한테 너무했구먼요. 우리 집에
서 사셔요."

봄이 오는 소리

"논 다섯 마지기 가져 왔응께. 늙은이들 괄시 말그라."

논을 받았으니 다행이라고 생각하면서도, 한편으로는 형님이 농사처가 적어져서 조카들 공부시키려면 어쩌나 하는 걱정도 되었다. 하기야 논 다섯 마지기는 부모님 몫인 셈이니, 부모님 모시는 일만 잘하면 된다는 생각을 하니 마음이 편했다. 셋째 아들은 인정도 많고 형제간에 우애도 있지만 욕심도 있는 편이다.

어머니는 여기서도 일일이 간섭을 하고 잔소리를 했다.

"에미야, 너는 청소두 안 허구 사냐? 설거지통두 개밥그릇마냥 드럽게 쌓아 놓구, 어딜 그리 쏴 돌아다니냐? 그때그때 당정 깨끗이 씻쳐 치우지 않구. 시에미보구 허라는 겨? 부려먹을 생각일랑 꿈에두 허지 말그라. 허리병 도지니께."

"속상하게 왜 그러세요. 등교시간에는 문방구에 애들이 일찍부터 한꺼번에 몰려오니까 애비 혼자 바빠요. 그러니 설거지 할 틈이 없어서 그대로 두고 나갔어요. 지금 한가해서 집에 일하러 들어왔어요. 살림만 하면 저도 그렇게 하지 않아요."

시어머니는 손 하나 까딱하지 않고 앉아서 잔소리만 하니, 며느리는 화가 나고 잔소리가 듣기 싫었다.

손자 놈 하나 있는 것은 초등학교에서 돌아오면 오락 게임기 가지고 밤이 되도록 손을 떼지 않는다. 할머니가 뭐라고 해도 들은 척도 하지 않고, 고개도 돌리지 않았다. 모두가 남의 집처럼 정이 가지 않고 못마땅한 것만 눈에 띄었다.

봄이 되었다. 문구점은 아내에게 맡기고 논농사를 시작했다. 그동안 쉬었던 일을 다시 하다 보니 고생이 말이 아니었다. 그래도 벼를 거두어들이면 쌀 걱정 없이 살 수 있으니 힘을 내었다.

추수를 해놓고 그동안 들어간 비료 값이며 품삯, 그 외 이것저것 적어 놓은 지출을 빼고 나니 말짱 헛짓이었다. 형님 집에서는 식구들이 조금씩이라도 돕고 형님과 형수가 일을 거의 다하여 품삯이 많이 안 들었지만, 둘째 아들 집에서는 경훈이도 대충 거들고 거의 남의 손에 의탁하다 보니 품삯이 많이 들었다.

부모님께 들어가는 돈도 적지 않았다. 끼니때마다 반찬 걱정도 새 롭게 등장했다.

"여보, 우리가 셋째인데 왜 시부모님을 모시고 살아야 해요? 나는 싫으니 당신이 혼자 모시고 따로 살든지 큰집으로 보내든지 선택하세요."

부부는 논이고 뭣이고 다 필요 없다는 결론을 내리고 문방구나 하면서 욕심 없이 사는 것이 제일 편하고 행복하다고 판단했다.

"아버지, 어머니, 저는 농사 지을 체질이 아녀서 일 못하겠어요. 들어간 돈 빼고 나니 농사지은 것은 모두 헛고생만 됐어요. 저금한 돈이 다 들어갔어요. 부모님 논 도로 형님 갖다 주고 들어가세요."

"둘째 놈이나 셋째 놈 모두 늙은이들을 큰아들한테만 가라는디, 부모들은 니들 다 똑같이 컸다! 니는 부모가 아닌 겨? 자식이 아녀?"

"그게 아니고 농사를 못 짓겠다니까요."

부모님은 생각할수록 괘씸하고 분했다.

"니놈 키울 때는 얼마나 힘들여 키웠는지 아냐? 글핏허믄 경기를

혀서 혼을 다 빼놓구. 좋다는 약을 다 구혀다 먹인 겨. 밤잠을 뭇
자구 탕을 다려서 먹이구, 약이 쓰다고 안 먹으려구 바둥대믄 없는
살림에 꿀을 사다 감춰 놓구 꿀루 달래믄서 어떤 놈보다 힘들게 키
운 놈이 네 놈여! 부모 은공도 모르구. 네 처가 시키더냐?"
"아버지 어머니, 그게 아니고요. 농사만은 짓지 않겠어요."
"그게 핑계여! 갈 텡께 걱정 말그라."

    부모님은 아들 여섯 형제를 낳아, 막내아들이 여섯 살 때 집근처
저수지물에 빠져 죽고 다섯 형제를 무사히 잘 키워 모두 결혼을 시
켰다. 그러기까지 부모님은 많은 고생을 했다. 살기 어려운 형편이
라 큰아들 영훈은 초등학교만 겨우 졸업시키고, 둘째 석훈이와 셋
째 경훈이는 중학교를 가르치고, 넷째 덕훈이는 고등학교까지 졸
업시켰다. 다섯째 영필이만 머리가 좋아서, 아르바이트를 하면서
서울에 있는 대학을 졸업했다. 그리고 서울에서 건설회사 사장 집
딸과 연애하여 부잣집으로 장가를 가서, 시골 동네 어른들이나 결
혼 못한 노총각 친구들의 부러움을 한 몸에 받았다.
    아들들이 모두 자리를 잡고 열심히 살고 있어서 부모님은 마음
뿌듯하고 대견했다. 다만 잃어버린 막내아들을 가슴에 묻고 세월
이 약이라고 조금씩 잊어가다가도, 가끔씩 저수지 앞을 지날 때면
불현듯 악몽 같은 일들이 되살아나서 가슴을 후벼 눈물을 쏟아 내
곤 했다.
    큰아들은 밝은 성격에 마음이 너그럽고 효자였다. 큰며느리는
한동네서 같은 초등학교를 졸업한 동창으로, 마음이 착해서 가정

을 화목하게 하며 흠할 데가 없는 효부로 마을에서 칭찬이 자자했다. 영훈이 아버지는 성격이 우직하고 말이 없는 성격이지만, 어머니는 고집이 세고 내 주장을 하고 살았다. 그래도 아버지 비위를 잘 맞추며 별 탈 없이 살아왔다.

영훈이 내외는 부모님이 이제 칠순이 다 되어 가시니 일을 못하시게 하고 아내와 둘이서 열심히 일을 하여 가을이 되면 추수를 하여 곳간에 쌓았다. 그런데 부모님은 쌀이며, 잡곡이며, 고추, 깨, 고구마, 감자, 심지어 감, 밤조차 집에는 조금만 남겨 놓고 네 아들들에게 골고루 뭉뭉이 나눠서 짐을 싸 놓고는 가져가라고 연락을 했다. 서울 아들에게는 큰아들 시켜 짐을 부쳐 주었다. 그러다 보니 항상 영훈 내외는 다음해 곡식 나올 때까지 겨우 먹고살 것밖에 남지 않았다.

영훈이 내외는 자기들이 배우지 못한 설움으로 삼남매 자식들만은 꼭 대학까지 가르치려고 결심을 하고 있었다. 대학을 보내기 위해서는 진작부터 저축을 해 나가야 하는데, 여유가 되지 못해서 큰애가 고등학교에 다니지만 아직 대학등록금을 위해서 저축을 하지 못하였다. 부모님은 그런 사정은 걱정도 하지 않으셨다. 그리고 하루도 반할 날이 없이 허리가 아프다, 무릎이 아프다, 머리가 아프다, 소화가 안 된다, 기운 없어 보약 좀 해 주그라, 틀니를 해야겠다고 했다. 그럴 때마다 돈이 없으면 꾸어서라도 꼭 해 드렸던 영훈 내외다. 형제들은 아무도 용돈을 드리지 않았다. 그러나 부모님은 으레 큰아들만 다 해야 하는 일로 알고 미안한 기색 없이 당당히 요구하셨다.

봄이 오는 소리

부모님이 가장 귀하게 여기는 아들은 서울에 살고 있는 다섯째 아들과 며느리이다. 아들 며느리는 추석 때나 설 명절 때나 겨우 와서 부모님께 용돈이나 조금 드리는 것이 고작이지만, 그 아들만 효자인 것처럼 온 동네 효자라고 자랑을 하고 다니셨다. 서울 며느리는 명절 때 오면 앉는 자리도 가려가며 앉았고, 주방에는 아예 들어가지 않고 돕지도 않았다. 그리고 손님처럼 앉아 있었다. 그럴 때마다 시골 동서들은 못마땅하여 불만을 했다. 그러나 큰동서는 그런 것쯤 섭섭해 하지도 않고 웃는 얼굴로 큰동서답게 아랫동서들을 달랬다.

"시골에서 살지 않아서 시골 주방이 서툴고 불편하니까 실수할까 봐서 아예 손대지 않는 거라네. 동서들이 이해해 주면 좋겠네. 우린 다 한 가족일세."

"형님은 천사 아녜요? 여자는 다 같은 거지. 못할 일이 어디 있어요? 돈 있고, 배웠다고 상전 노릇하는 거죠. 차라리 오지 않았으면 좋겠어요."

게다가 서울 동서는 위생 관념이 없다는 투로 시골 동서들을 훈육하려고 했다.

"음식을 덮어 놓지 않으면 먼지며, 파리가 덤비는데……. 그리고 음식을 냉장고에 넣지 않으면 음식이 상해서 식중독 걸려요."

시골 동서들은 무시를 당하는 느낌이 들어서 성격이 욱한 둘째 동서가 쏴붙였다.

"모두 바쁜데, 말만 하지 말고 자네가 그런 것이라도 덮으면 안 되는가? 이 많은 음식을 다 넣을 큰 냉장고라도 있어? 그리고 내일이면 다 먹을 건데 상할 새가 어디 있다고 잔소리하나! 시골 사람들은 아무것도 모르는 멍청인 줄 알아?"

명절 때가 돌아오면, 형제들은 으레 이런저런 일들로 불편한 일이 생겼다. 서울 식구들만 아니면 명절 때 모이면 불편할 것 없는 동서들이고 아이들인데, 특히 부모님의 차별은 형제들 간의 갈등을 더욱 크게 만들었다.

차례 상을 차리는데도 서울 며느리는 음식 나르는 일조차 돕지 않았다. 오히려 시부모님은 서울 며느리를 감싸고돌았다.

"너는 앉아 있그라. 일할 사람이 많은디."

식사 때도 부모님은 맛있는 갈비가 시골 아들 앞에 놓여 있으면 접시를 옮겨다가 서울 아들 앞에 놓아 주고 먹으라며 재촉을 했다. 그럴 때마다 분위기가 바뀌고 다정한 대화들이 뚝 끊겼다. 그뿐만이 아니다. 곶감, 대추, 밤을 들고 다니며 손자손녀들에게 서너 개씩 집어주고 그릇째 서울 손자에게 안겨 주고는 딴 손자가 더 달라고 손 내밀면 야단치고 서울 손자만 방으로 데리고 들어가 버렸다. 시골 손자들과 싸워도, 서울 손자만 편드는 시부모님 때문에 며느리들은 여간 섭섭하고 분한 게 아니었다.

큰며느리 내외에게는 명절이 고통이었다. 다섯 형제 가족과 이웃 어른들, 친척들 모두 대접해야 하니 음식을 엄청 많이 준비해야 하지만, 아무도 미리 와서 돕지 않고 큰동서 혼자 다해 놓으면 그제야 모두 왔다. 그리고 형제들이 과일이나 사 들고 올 뿐 돈 한 푼 내놓지 않으니, 없는 형편에 명절을 한 번씩 지내고 나면 살림이 휘청했다. 돈도 바닥이 나고 쌀독이 쑥 들어갔다. 형제들이 집으로

봄이 오는 소리

돌아갈 때는 떡이며 부침개며 골고루 싸서 보내야 했다.

　부모님은 큰아들 집을 나와 둘째 아들 집으로, 셋째 아들 집으로, 이번에는 거침없이 또 보따리를 싸 가지고 넷째 아들 덕훈네 집으로 갔다. 아들과 며느리는 다니러 오신 줄 알았으나 옷 보따리를 보고는 은근히 걱정되었다.
　"웬일로 짐은 싸 들고 다니세요? 묵으시려면 여기서 옷을 사 드리면 될 텐데……."
　"그게 아녀. 니 집으로 살러 왔는디. 논 닷 마지기 가져왔응께 공밥을 달라는 건 아녀."
　"아버지 어머니도, 여기서 형님 집이 가까운데 자주 다니러 오시면 되지, 논은 왜 가져오셔요. 형님도 애들 공부시키려면 다 지어도 부족할 텐데…… 저는 논 받지 않겠어요. 면사무소에 다니는데 농사지을 시간이 어디 있어요."
　"그렇께 부모두, 논두 다 싫다, 이거 아녀? 늙은이들이 귀찮은 겨?"
　"부모님 가시라는 게 아니고, 논을 받을 수 없다는 거예요."
　"두말 말그라. 늙은이들이 자식 농사를 잘못 지었응께."
　"섭섭하셔도 논농사는 지을 수 없어요. 어머니 아버지께서 저희 집에서 사시고 싶으면 사세요. 잘 모실게요."
　"알았다. 논은 도지를 주면 되니께."
　부모님은 아들의 사과를 듣고 나서야 짐 보따리를 풀었다.
　"며눌아, 너는 술집 여자두 아닌디, 무슨 놈의 질은 화장을 날마다 허냐? 그것두 돈여. 그리구 워딜 그리 돌아다니는 겨. 자고루

원점　　　　　　　　　　　　　　　　　　　　　49

여자는 내돌리믄 못 쓰는 법여.”

“어머니, 저 노는 거 아니고 보험회사 다니고 있어요. 애비 혼자 버는 월급 가지고는 힘들어서요. 사람들을 만나러 다니니까 화장을 하게 되고요.”

“본시 애비가 벌어서 살었지. 니가 벌어 살엇냐? 안 여자가 살림을 잘 맞춰서 혀야 심피는 겨. 돈이 모자런 건 다 니가 살림살이를 잘못혀서 그런 겨.”

“어머니는 세상 돌아가는 것을 모르셔서 그래요. 모두 사먹고 사니 저축이 안 되고, 애들 앞으로 교육시키려면 같이 벌지 않으면 안 돼요.”

넷째 며느리는 큰일 났다 싶었다. 해드리는 밥만 잡수시고 놀러 나 다니시면 될 줄 알았는데, 시집살이를 하게 생겼으니 고민이 생겼다.

“당신이 부모님께 해명해 주세요. 당신 월급이 얼마고, 집세가 얼마고, 학원비가 얼마인지 모두 말해요. 짜증나고 부담스러워 부모님 모시고 살 수 없으니, 이제 당신이 해결하세요. 아들 넷씩 놔두고, 왜 하필 박봉으로 살기 어려운 넷째 아들하고 사시려는 거냐고요? 게다가 무슨 잔소리를 그렇게 심하게 하시고요!”

며느리는 아들을 볶아 댔다. 가정불화가 생긴 것이다. 무슨 말인지 잘 들리지 않지만, 싸우는 소리가 크게 들리자 가만히 있을 수가 없었다. 버릇을 고쳐 놓아야겠다는 요량으로 어머니는 방에서 나와서 소리를 질렀다.

“에미야, 너는 으른들 있는디 버릇없이 애비를 그렇게 볶아 대냐!

늙은이들 때문인 겨? 애비 같은 놈 만났으믄 복인 줄 알구 살그라. 네 친정부모가 오믄 벙실벙실 웃고 말두 잘하는 것이 늙은이들한 티는 말두 않구 웃지두 않구, 싫어하는 기색이 역력혀서 말인디, 애비가 하늘서 떨어진 거 아녀! 네 친정 부모가 중허믄 서방 부모두 중헌 줄 알아야 사람여!"

며느리는 뾰루퉁해서 마주 쳐다보지도 않고 말도 하지 않았다.

심기가 불편한 부모님은 남의 집에 있는 것처럼 마음이 안정되지 않았다. 손자들은 학교에서 돌아오면 텔레비전을 틀어 놓고 만화를 보느라 정신이 없었다. 할머니가 딴 연속극을 보자고 해도 못 들은 체하다가 채널을 돌려 버리면,

"왜 우리 집에 와서 귀찮게 그래요!"

하고 소리를 지른다.

"뭣이랬냐? 네 어미가 하는 거 보구 배웠냐? 에미는 자식 교육두 시킬 줄 모르믄서 돈 벌어다 무슨 학원인지 교육시킨다는 거여!"

부모님은 그렇게 좋아하는 연속극도 보지 못하고 참으로 다 소용없다는 생각을 하며 서글펐다. 봄이 되면 넷째 아들이 논농사를 남에게 도지를 줄 텐데, 아까운 마음에 그럴 수도 없어서 아들과 다시 담판을 지어야 했다.

"아범아, 자식은 부모 마음을 헤아릴 줄 알아야 효자여. 논 말인디, 남에게 도지를 줄라치믄 나눠먹으니 아깝잖냐? 봄이 되거든 사람사서 농사지을 준비하그라. 그래야 늙은이들이 편한 밥을 얻어 머긍께."

"다시 말씀드리지만 저 농사지을 수 없어요. 논을 묵혀 둘 수도

없고, 큰형님 보고 지으라고 하세요."

"알었다. 네 놈들은 부모 모시기 싫어서 논두 싫다는 거 아녀? 네 놈 키울 때는 온몸에 부스럼투성이로 성한 데 없이 어떤 약도 듣지 않어서 문둥병자들이 바르는 약을 바르믄 낫는다고 혀서 그런 약까지 수소문혀서 먼 데꺼지 구하러 다니구, 좋다는 약을 다 혀서 먹이문서 애지중지 키웠는디, 그런 은공이나 아는 겨? 며느리나 어린 손자 놈두 괄시를 허구!"

부모님은 아들 여섯 형제를 낳아 놓고 얼마나 뿌듯했는지, 아기를 낳을 때마다 삼 주 동안 대문 앞에 덩그렇게 새끼줄에 끼어 고추를 매달았는데, 그렇게 매단 붉은 왕 고추를 지나는 사람들에게 자랑하고 싶은 마음에 삼 주가 지나고 줄을 거둘 때면 영 섭섭했다. 친구 채 서방은 아내가 아들을 못 낳아서 읍내 술집 여자와 바람이 나서 싸우다가 아내가 목을 매 죽고, 새장가를 갔지만 딸만 둘 낳아 소원이 아들이었다. 또 친구 방 서방은 아들 하나 얻으려고 딸만 아홉을 낳고 말았다. 그때 부모님은 딸 하나 섞이지 않고 오붓하게 아들만 여섯씩 낳았으니, 재산보다 더 대단했고 경사스러웠다. 딸 시집보내려면 기둥뿌리가 빠진다는 말을 떠올리며, 계집애를 낳지 않은 것을 복이라고 좋아했다. 다섯 놈이 건실히 잘 자라서 늘그막에는 부러울 것이 없었다.

그러나 이제 세월이 변해서, 오히려 딸 많은 친구들이 호강을 하고 살았다. 딸 아홉 낳았다고 불쌍하다며 혀를 찼던 친구 방 서방이 지금에 와서는 한없이 부러웠다. 자기네는 제주도 여행 한 번

　　　　　　　　　　　　　　봄이 오는 소리

가 보지 못했는데, 그 친구는 딸들이 돈을 걷어서 외국 여행도 자주 보내고 용돈도 넉넉히 주어서 부러울 것 없다면서 자랑을 입에 달고 살았다. 그런 자랑을 들으면서 딸이 더 좋은 세상이 되었다는 것을 알게 되었고, 아들 많은 것이 복이 없다는 생각을 처음으로 하게 되었다. 딸이라도 하나 있었으면 찾아가서 의탁하고 살아도 되고, 아들 며느리들이 한 섭섭한 이야기라도 할 수 있을 텐데 하는 아쉬움으로 마음이 쓸쓸하고 외로웠다.

부모님은 마지막 남은 다섯째 아들이 있으니, 아직 희망의 끈을 놓지 않았다. 기가 다 꺾이지 않은 부모님은 화가 나서 보란 듯이 또 보따리를 싸 가지고 나와서 서울 다섯째 아들 영필이네 집으로 가기 위해 무작정 기차에 올랐다. 차 안에서 부모님은 이심전심 서로를 바라보며 한숨을 쉬었다. 큰아들 며느리에게 그렇게 당당하게 호령하고 부러울 것 없이 살았던 것이 엊그제 같은데, 집을 나오자 천덕꾸러기가 되어 대접받지 못하고 이리저리 돌아다니는 것이 너무 슬펐다.

서울역에 내려서 다섯째 아들집으로 전화를 하자, 일요일이라 아들이 직접 전화를 받았다.

"늙은이들 지금 서울역이란 디 와서 내렸응께 데려 가그라."

"갑자기 연락도 없이 오시면 어째요? 무슨 일이 있어요?"

"데려가란디. 뭘 따지냐?"

"거기서 택시를 타고 운전수에게 우리 아파트 주소를 가르쳐 주세요."

부모님은 택시를 타고 가서 아들네 집 아파트 앞에서 내렸다. 아들이 아파트 정문 앞에서 기다리고 있었다. 아들의 얼굴에는 별로 반가워하지 않는 기색이 역력해서 부모님은 처음부터 섭섭했다. 다섯째 아들 며느리에게는 큰 걱정거리가 생겼다.

"무슨 일로 서울까지 갑자기 오셨어요? 형님들하고 싸우셨어요?"

"아들집에 오는디, 왜 안 되는 겨? 논 다섯 마지기 가져왔응께 거저 밥 달라는 거 아녀."

"제가 서울에 살면서 무슨 시골에 있는 논을 귀찮게 농사지어요. 있어도 팔아 버릴 판국에……. 저는 필요 없으니 형님에게 그대로 주세요."

"부모 밥그릇여. 시골 사람한티 도지 주면 되는 겨. 우리 늙은이들은 갈 디도 없구 니가 마지막잉께 딴말 말그라."

"우리 집에 사시는 걸 싫다는 게 아니고, 논은 필요 없어요."

며느리는 골방 하나를 내어 주고, 여러 날이 되도록 한 번을 들여다보지 않았다. 아침 식사 때에는 카레나 오므라이스, 빵, 우유 같은 것을 먹고, 국이나 찌개를 하지 않았다. 밥과 된장찌개를 해 달라고 했지만, 들은 척도 안 했다. 음식이 도무지 식성에 맞지 않아서 한두 번 집어 먹다 그만두고 나면 배가 허전했다.

골방에 들어가 누워 있으면 일하는 파출부가 들어와서 청소를 하여 거실로 쫓겨났다가, 한참 후 들어가 보면 창문을 열어 놓았다. 바람이 싫어서 창문을 닫으면, 어떻게 알고 아줌마가 들어와서 다시 열어 놓았다.

"놔두소. 우리가 알아서 하는디. 아지매가 뭘 참견이요."

"사모님이 방에 냄새가 난다고 창문을 비켜 놓으라고 해서요.

"우리가 똥이라두 싸댔나, 무슨 냄새?"

담배를 피우면 어떻게 알고 당장 들어와서 방문을 활짝 열어 놓으며 찡그리고 나갔다. 손자 녀석을 예쁘다고 안아 보려고 하면, 입 냄새가 난다고 뿌리치며 방으로 들어가 버렸다. 며느리는 직장에 나가는 것도 아니면서 거의 매일 밖에 나갔다. 파출부에게 물어보니 헬스클럽이다, 문학교실이다, 동창회다, 피부 관리실이다, 갖가지 이유로 바쁘게 돌아다녔다. 아침 식사 때 만나도 도무지 무슨 말이고 하지 않았다. 아들도 별 말을 하지 않았다. 우리에 갇힌 돼지처럼 주는 밥이나 먹고 이야기 할 사람도 없었다. 밖에 바람이라도 쐬러 나가고 싶은 생각이 간절했지만, 문도 마음대로 열리지도 않고 감옥이 따로 없었다. 하도 답답해서 베란다로 나가서 바람을 쐬려고 창문을 열려다가 이십칠 층에서 아래를 내려다보니, 시골 산 절벽 낭떠러지는 아무것도 아니었다. 현기증이 나서 슬슬 기어 방으로 다시 들어갔다. 사람도 구경 못하고, 사람이 살 곳이 아니었다.

설날이 다가왔다. 시골집에서라면 설 전날은 음식을 준비하느라 정신없이 바쁠 텐데, 아줌마 혼자 뭘 하더니 가 버렸다.

이윽고 다음날 아침 설날이 되었다. 그런데 식탁에는 식구들 음식만 차려졌다.

"아범아, 오늘 차례 지내는 걸 잊었냐?"

"아뇨. 여기서는 차례 지내실 생각 마세요. 큰집에서 해야지."

"아니, 부모가 사는 디서 지내는 법여. 너는 그런 것도 모르냐?"

"어쨌든 우리 집에서는 지내지 않을 테니 그리 아세요. 애 엄마는 그런 것 할 줄 몰라요."

"뭣이라구 했냐? 네 처 생각혀서 못 헌다는 말여? 네 놈은 조상두 없이 태어났냐? 며눌애 친정은 명절 때 조상한티 차례두 안 지내는 집안여? 그런 본디 없는 집안서 뭘 보구 배웠겄냐!"

며느리가 앙칼진 목소리로 대답했다.

"큰형님이 하면 될 것을 왜 그러셔요? 제 친정 부모님은 왜 들먹거리고 욕되게 하셔요? 너무하시네요!"

"어디서 대답질을 또박또박혀! 배웠다구 대단허게 대접혀 줬드니 영 쌍것여. 애비, 네 놈은 에미가 그렇게 허자더냐? 그래서 장가를 잘못 들면 불효자식 되구. 집안 의리두 다 끊어 놓는 겨! 내가 여기 있는디, 지사 지내러 네 형들 아무두 안 오는 걸 보그라! 애비, 너는 효자였는디 장가 잘못 들어서 싹 버렸다니께!"

부모님은 노발대발 난리를 치고 정신이 캄캄했다. 조상까지 버리는 자식 놈 때문에 조상들에게 죽을죄를 지었다. 며느리는 이제 부모를 무시해 버리고 답변도 하지 않았다. 부모를 우습게 얕보는 것이 슬퍼서 하루 종일 눈물이 그렁그렁 맺혔다. 차라리 시골 며느리들을 백 번 잘 얻었다는 생각을 했다. 명절 때 서울 아들네 식구들이 오면 시골 자식들에게 차별했던 것이 부끄럽고 미안해서 다시 볼 수 없다는 마음에 당장 갈 곳이 없어서 울고 앉아 있었다. 부모님은 다시 한탄을 했다. 아버지가 한숨을 내쉬며,

"다섯째 영필이는 제일루 많이 배우고 장가 잘 갔다고 큰 효자로 알았드니, 남이 다 되었구먼. 제일 나쁜 놈이네. 큰아들 내외가 효

자효부인 것을 이지껏 모르고 살었네. 우리가 죄를 받은 겨. 주책을 떨구 다닌 겨."

부모님은 서로 보고 손수건이 흥건하도록 눈물을 쏟으며 밤을 지새웠다. 큰아들 며느리와 손자들이 그립고 눈앞에 아른거렸다. 같이 살 때는 소중한 줄을 몰랐던 일이다.

부모님은 설 명절이 하루 지나고 아들 며느리가 나가고 없을 때, 보따리를 싸 들고 아줌마보고 문을 열어 달라고 부탁해서 집을 나와 서울역으로 갔다. 갈 곳이 없으니 염치불구하고 큰아들 집으로 다시 갈 수밖에 없었다.

"만약 큰아들 며느리가 우리 늙은이들이 집을 나가서 밉쌀이 박히구. 지네끼리 살어 보니 간섭 않구 편혔다가 다시 들어가문 대접이 전 같지 않을 판이믄, 같이 죽어 버려유. 갈 디두 없구. 더 살 필요 없응께. 만약 눈치 안 보이구 전처름 잘허믄 죽은 듯이 밥이나 얻어먹구 간섭허지 말구 삽시다."

단단히 각오를 하고 큰아들 집으로 들어갔다. 큰아들과 며느리는 소식도 없이 부모님이 집 안으로 들어오자, 놀라고 반가워서,

"어머님 아버님, 잘 오셨어요. 연락하시고 오시면 모시러 나갔을 텐데 이렇게 그냥 오셨어요. 집 나가시고 많이 후회했어요. 부모님 안 계시니 의논할 데도 없고 방을 들여다보면 눈물이 났어요. 이제 잘 모시고 살게요. 방 따뜻해질 때까지 제 방에 계세요. 식사를 다시 지어다 드릴게요. 저희들이 잘못했어요. 용서해 주세요."

"아니다. 늙은이들이 너희가 늘 잘해 중께 철이 안 나서 저지른 행동여. 이젠 농사짓는 것 하나두 아무 자식두 주지 않을 테니

팔아서 손자 애들 대학공부 시키그라. 니들두 잘살 생각혀라. 딴 자식 놈들두 지들 살 생각만 허문서 이제껏 부모 생각하는 놈 없 응께, 늙은이들한티는 큰아들뿐여. 에미야, 잘못혔다. 참 고맙구면."

항상 묵묵히 어머니 행동에 동참했던 아버지가 사과의 말을 건넸다.

"우리 늙은이들이 제자리 소중험을 물루구 경거망동혀서 수치스런 발걸음으루 네 아들집을 찾아다니믄서 마음 상허구…… 이제야 철이 들어서 원점으루 돌아왔구면. 결국 니들을 의지허구 살게 돼서 참으로 면목이 없구나. 참 고맙다."

큰아들 며느리는 진심으로 반가워했다. 부모님은 이제 살았구나 싶어 한숨 돌리고 나니, 큰아들 며느리가 더 소중하고 사랑스러워졌다. 손자 손녀도 더없이 귀했다.

"할머니 할아버지, 안 계시니까 빈집 같고 보고 싶었어요. 이제 어디 가지마세요. 우리 집이 좋죠? 그렇죠?"

"오냐. 그러구 말구. 니들은 다 내 손으루 키워서 젤루 정이 많이 가는구면."

누렁이도 펄쩍펄쩍 뛰며 킹킹거리며 반갑다고 야단법석이고, 정이 가득한 집에 오니 마음이 편했다. 큰아들과 살다 죽는다는 것도 큰 복이라는 생각이 들었다.

"이번 설에는 조상두 굶겨서 죽을죄를 저질렀다니께."

"저희 내외가 차례 다 지냈어요."

"고맙다. 그런 줄두 몰루구 속을 끓였구면."

봄이 오는 소리

다시 돌아왔다는 소문을 어디서 들었는지, 바른말 잘하는 앞집 할머니 친구가 놀러 왔다.

"친구, 한 바퀴 잘 돌구 왔는감? 진득이 제자리 지킬 줄 아는 게 으른다운 행동여. 무슨 망신여. 우리네들이 할멈 보구 복을 털구 나갔다구 욕들 했당께. 이제 정신 들었남? 친구 없으니께 내가 심심혔네."

"그려, 죽을 때 꺼지 배운단 말이 있잖여. 워쨌거나 자식들 집 다 돌아다니구야 철이 들었제. 망년 들어 그랬구먼. 옛말이 형만 한 아우 없다더니면, 그게 옳은 말인 걸 알았구먼. 큰아들 며느리가 우리 집 대들보여. 나가 보니 내 고향, 내 집은 여기뿐이더구먼. 친구두 보구 싶었구먼."

"뭐니 뭐니 혀두, 부모 모시구 사는 아들이 젤루 효자인 겨. 알겄제? 우리가 얼마나 더 살겄나. 우리 며느리 친정어머니 봤쟈? 그 사부인이 위암이 걸려서 다 죽게 돼서 산소자리 봐놓구 야단여. 나도 아픈 디가 많어. 일을 많이 허구 살어서 골병들었나 싶네. 남은 세상 아프지 말구 살믄서 구경이나 다닙세."

어느덧 추석이 돌아왔다. 전과 같이 큰며느리는 차례 준비를 부지런히 하느라 바빴다.

아들들이랑 며느리들이 모두 찾아왔다. 전과 달리 서로 연락하고 의논해서 제사에 필요한 것을 이것저것 각자 다 사 가지고 왔다. 그리고 큰동서에게 돈 십만 원씩 똑같이 내놓았다. 서울 동서는 매우 놀라울 만큼 마음 씀씀이가 달라졌다.

"형님, 형님이 얼마나 착하고 무던하신지 이제야 알았어요. 형님이 계셔서 부모님 잘 모시고 사시니 저희들이 편하게 살았어요. 그동안 섭섭했던 일 다 잊어 주세요. 잘해 드릴게요. 그리고 조카가 내년에 서울에 있는 대학에 합격하면, 저희 집에서 데리고 있을 테니 걱정하지 마세요."

서울 동서도 좋은 사람이었는데 서로가 마음들을 알지 못하고 살았다는 생각에, 동서들은 미안한 마음이 들어서 더 정이 갔다. 주방에 들어가서 일을 배우려고 이것저것 물어보는 성의도 기특했다. 시골 동서들도 같은 말로 큰동서를 칭찬하고 존경했다. 형제들이 각자가 부모님을 모셔봄으로써 큰형 내외를 이해하게 되고 고마움을 알게 된 것이다. 형제들 간의 섭섭했던 앙금을 다 털어 내고 새롭게 시작하는 집안의 질서가 잡혔으니, 화(禍)가 도리어 복(福)이 된 셈이다. 부모님도 서울 아들에 대한 유별나던 차별이 고쳐졌으니 집안이 화평하게 되었다.

큰동서는 스물한 살에 결혼해서 나이 사십이 되도록 긴 세월 동안 시어머니의 시집살이에 눈물도 많이 흘리고 마음 상하는 일이 많았지만 모두 꾹 참고 살았다.

"너는 왜 그리 미련허게 잠이 많냐! 힘 펴구 살려믄 새벽잠이 없어야 허는 겨. 일찍 새벽밥 혀 놓구 컴컴할 때 들로 나가야 혀."

간섭과 잔소리는 끝이 없었다.

"밥두 딱 알만치 혀라. 살림살이가 흐프면 언제 힘 펴서 재산 모우것냐. 서울 아들네 줄 고추 젤루 좋은 걸루 따로 두라구 혔는디.

섞어 버렸냐? 그래두 잘난 아들은 그놈여. 늙은이들이 그놈 때문서 동네서 대접 받구 우쭐대구 사는 겨."

시어머니의 유별난 서울 아들 며느리에 대한 사랑으로 차별이 심해서 심사가 편치 못할 때가 많았지만, 내색 없이 언제나 순종하며 시부모님을 모셨다. 이제야 큰며느리의 자리를 찾은 것이다. 무엇보다 부모님이 돌아오시고, 그동안 차별로 인해 섭섭했던 모든 앙금을 털어 내고 우애 있는 동서들이 된 것이 가장 기쁜 일이었다. 큰동서가 보람이 있다는 마음을 가져 본 것은 시집온 이후 처음이었다. 돌아오신 부모님이 고맙고, 지난 일은 마음에 담아 두지 않았다.

가을이 되어 추수를 했다. 부모님은 아무것에도 손도 대지 않으셨다. 큰동서는 조금씩이라도 고추, 마늘, 잡곡, 쌀 등을 골고루 동서들에게 보냈다. 부모님은,

"니들 살 생각허구 주지 말라구 혔는디, 잊었냐?"

"형제들인데 그럴 수 있나요. 많이는 주지 못해도 우리 사정에 맞춰서 주면 돼요. 걱정하지 마세요."

말씀은 매정하셨지만, 마음속으로는 좋아하실 것이라는 시어머니 마음을 큰며느리는 헤아릴 줄 알았다. 시부모님의 그 당당하시던 위세와 주장을 접고 모든 것을 맡겨 버리시는 것이 풀죽은 옷처럼 힘을 잃으신 모습으로 보이고 측은하게 느껴져서 마음이 죄스럽고 안쓰러웠다. 그래서 무슨 일이나 주권을 드리기 위해서 꼭 여쭈어 보고 허락을 받으려 하는 등 마음을 쓰고, 또 용돈을 넉넉히 드리고 관광도 보내 드리면서 더욱 효도를 했다.

형제들은 늙으신 부모님께 매달 용돈을 똑같이 십만 원씩 드리며, 그동안 네 아들들 집을 전전하며 받게 된 실망과 상처와 분노를 품어 두지 마시고 다 잊어버리시길 바라며, 여생을 건강하고 행복하게 사시기를 큰아들과 네 아들들과 며느리들은 진심으로 간절히 소망했다.

　"영감, 올 농사는 소출이 더 많이 나왔구먼. 논 닷 마지기 것일랑 모두 팔아서 큰아들, 며느리 좋은 걸루 옷 한 벌씩 사 입혀서 제주두 여행이라두 보냅시다. 남는 걸랑 모초롬 큰며느리 다 줘서 친정 부모한티 맘대로 쓰라구 헙시다. 늙은이들 섬기랴, 자식들 공부시키랴, 평생 꿈두 꾸지 못할 일이니께 늙은이들이 혀 줍시다."

짝짝이 신

　상주들 틈에 오십 대의 남자가 허둥지둥 뛰어 들어와 밀치고 앞쪽으로 파고들었다. 비참한 인생을 마감하고 눈을 감은 불쌍한 본처의 시신 앞에서 굵은 눈물방울을 뚝뚝 떨어뜨린다.

　가족들이 보는 앞에서 베옷으로 갈아입히고 얼굴도 싸매고 관속에 넣어 쿵쿵 못을 박아 염을 하는 자리였다.

　마지막 가는 길에 연락해야 한다는 집안들의 주장에 자식들은 반대하지 못했다. 그리고 마지막이라도 아버지를 보고 싶어 할지도 모른다는 죽은 어머니 마음을 헤아렸기 때문이다. 그렇지만 막상 아버지가 비집고 들어오자, 자식들은 폭발하려는 감정을 주체할 수 없었다. 그러나 그 또한 어머니가 싫어하실 거라는 마음으로 꾹꾹 참고 있는 듯했다. 울분보다는 어머니 마음을 더 배려하려는 효심으로 침묵 속에서 오열하고 있었다. 무슨 낯으로 이 자리에 와서 서 있느냐고, 자식들의 외가 쪽에서도 누구도 질책이나 시비

　　　　　　　　　　　　　봄이 오는 소리

를 하지 못했다. 처절하게 오열하는 한성의 모습에서 후회와 진실도 보였기 때문이다.

본처에게 평생에 옷 한 가지 해준 적 없고 생활비를 한 번도 주어 본 적 없는 한성은 마지막 가는 길에 베옷이라도 한 벌 손수 입혀 보내고 싶었고 관이라도 손수 해 주고 싶은 마음 간절했으나, 자신의 첩인 경호 엄마가 응하지 않아 옥신각신 말다툼하다가 늦게야 맨손으로 도착했다. 한성은 말로 표현할 수 없을 만큼 애통했다. 선산으로 가는 영구차에 앉아 눈을 감고 용서를 빌고 또 빌지만 아무 소용이 없었다. 이다음에라도 자신이 죽으면 본처 옆에 묻히고 싶었지만, 그것마저 용납되지 않을 것이다. 죽어서도 본처는 홀로 누워 있어야 한다는 것이 마음 아팠다.

흙을 한 삽 떠서 관에 얹어 주었다. 일생 동안 본처를 위해서 한 일이라고는 겨우 죽은 후, 딱 그것뿐이었다.

*

아버지가 다녀간 후 한성은 미림과 헤어져야 한다는 것은 죽음과 같은 것이지만 피할 수 없는 현실에 가슴이 찢어지는 아픔을 감내하고 있었다.

한성은 대학 졸업을 하고 바로 취직을 하여 직장에 나갔다. 그런 고통 어린 마음속에서 미림은 달이 차서 아들을 낳았다. 아들을 바라보며 한성과 미림은 헤어질 수 없다는 강렬한 다짐을 하면서 새로운 생활 계획을 세웠다.

추석 명절이 돌아왔다. 한성은 미림과 어린 아들을 안고 시골 고향집으로 갔다. 이젠 모두 투명하게 밝히고 부모님과 조강지처에게 용서를 빌고 싶은 심정으로 용기를 내었던 것이다.

헤어진 줄로만 믿었던 아버지는 애를 안고 나타난 한성과 미림을 보면서 격노하여 자리에 눕고 두문불출했다. 아무것도 모르고 있던 본처는 기절할 만큼 놀라 거의 넋이 나갔다. 한성은 본처에게서 태어난 철없는 자식들을 보면서 곤욕스러웠고 양심이 찔렸는지 이내 부끄러웠다. 결국 명절날은 조상들이 왔다가 도로 나갈 만큼 엉망이 된 채 차례를 지내지 못하고 초상날 같은 명절이 되었다.

본처는 눈앞이 캄캄하고 속은 새까맣게 탔지만, 남편과 미림의 잠잘 방에 이부자리를 챙겨 보내 주고 부모님이 남편과 한자리에서 대면을 하지 않으려는 것을 알기에 갈 때까지 남편과 미림을 겸상하여 밥상을 따로 차려 주었다. 남편 대접을 깍듯이 다하는 본처의 모습은 차라리 천사라고 함이 옳았을 것이다. 어질고 착한 성품은 절망과 분노를 드러내지 않았지만, 속으로는 피를 토하고 있을 것이다.

드디어 아버지가 한성을 불러들였다.

"오늘 이후 너에게는 부모도 가족도 없으니, 이 길로 썩 나가거라. 죽는 날까지 보지 않겠다."

그리고 다시 자리에 누우셨다. 아버지는 후회를 수없이 하며, 어머니에게 한탄을 했다.

"자손 귀한 집에서 손자를 많이 얻었지만, 이렇게 불행할 바에야 차라리 아들을 일찍 결혼시키지 말 것을…… 저 불쌍한 며느리

인생을 무엇으로 보상할 것이며, 애비 없이 자라는 손자들은 내가 죽으면 누가 거두고 공부를 시킨단 말이요."

"이제 어쩌겠어요. 거기서 태어난 손자도 우리 손자이니 가슴 아픈 일이네요. 우선은 당신 건강이 문제네요. 혈압이 있으신데 그렇게 속 끓이시면 위험해요. 우리가 한성이 결혼을 너무 일찍 시킨 책임도 있어요. 한성이 막된 애는 아니잖아요. 기다려 보세요. 목을 조르면 무슨 일이라도 생길까 봐 불안해요."

본처는 잠자리에 눕지도 않고 뜬 눈으로 밤을 지새웠지만, 일찍 나와서 밥을 하고 시부모님 봉양하는 일에 변함이 없었다. 그러나 본처는 말을 잃었고 웃음을 잃었다.

한편, 서울로 올라온 한성과 미림은 서로의 아픔을 위로라도 하려는 심정으로 침묵하였다. 서로의 아픈 마음을 헤아려 감싸 주려는 눈빛으로 서로를 바라볼 뿐이다. 하루가 지나고 드디어 미림이 결론을 내렸다.

"우리가 사랑만으로는 살 수가 없다는 걸 당신도 아시죠? 앞으로 부모님을 찾아뵙지 못하고 사는 것은 용서받을 수 없는 불효이고, 큰 형님이 너무 불쌍해서 도저히 견딜 수가 없어요. 제 신세나 우리 아기도 불쌍하지만, 자식을 둘씩 낳도록 남편 없이 시부모님만 모시고 살아온 형님에게 우리의 죄는 너무 커서 도저히 용서받을 수 없는 거예요. 비참하지만, 우리 헤어져요. 아니면, 내가 우리 민우와 죽는 길밖에 없어요."

"나는 지금 죽을 것만 같으니 나를 살려 줘요. 나도 다 알고 있어요. 부모님께 대한 불효, 착한 본처에게 용서받을 수 없는 죄, 자식들에 대한 죄, 당신과 우리 아가에 대한 죄, 다 모두 알지만 해결책이 없어요. 나는 사랑하는 당신과 헤어지면 살 수 없다는 절망밖에 아무것도 생각할 수 없어요."

두 사람은 서로의 사랑을 확인할수록, 그들의 고통은 더욱더 커져만 갔다.

한성은 출근을 했다. 회사에서 손에 잡히지 않는 일을 겨우 끝내고 퇴근하여 집에 돌아왔을 때 집은 텅 비어 있었다. 아기도, 미림이도 없었다. 한성은 미친 듯이 미림을 찾아 헤매었으나 아무데서도 찾을 수가 없었다.

한성은 직장도 나가지 않고 죽을 각오로 누워만 있었다. 일주일째 되던 날, 굶어서 정신까지 희미해 갈 때 한성의 얼굴에 따뜻한 입김이 닿아 눈을 떴을 때에는 미림이가 아기를 품에 안고 엎드려 한성의 얼굴에 부비며 울고 있었다. 한성은 일어날 기운도 없었지만 생기가 돌아 미림과 아기를 꼭 껴안고 소리 내어 울었다.

"당신이 오늘 오지 않았으면 나는 이대로 죽을 작정이었소. 나를 두고 갈 수가 있단 말이요?"

"그럴 수밖에 없어서 집을 나갔지만, 나도 당신이 아니면 죽을 것 같았어요. 우리 아가가 불쌍해서 죽을 수도 없어서, 이렇게 왔어요. 이제 어찌하면 되나요, 우리 세 식구?"

둘은 서로 껴안고 괴로운 마음으로 밤을 지새웠다. 그리고 헤어지지 말자고 다짐하면서도 미림은 헤어지지 않으면 안 된다는 현실에 슬픈 마음으로 결심하고 있었다.

"민우 아빠, 우리는 결국 언젠가는 헤어질 수밖에 없지만 누구보다 행복했어요. 당신과 나 사이에는 사랑의 결실인 민우가 있어요. 이다음 저세상에서 아무 흠 없이 사랑하는 사이로 만나서 영원히 행복하게 살아요. 꼭 그때를 기다려요."

"우리는 희망이 끊어지지 않았으니 잘 참아 냅시다. 나에게 진정한 사랑을 알게 해준 당신에게 고맙고 미안하오. 당신과 내가 처음에 만났다면 우린 이 세상에서 가장 행복한 부부로 살 수 있었을 텐데……."

"만약에 당신과 헤어지더라도, 우리 민우가 있으니 당신이 보고 싶은 만큼 민우를 더욱 사랑하고 잘 키울게요. 민우 걱정은 하지 마세요. 그리고 아빠를 가끔 만나게 하면서 키울게요. 이다음에 민우가 다 크면 아빠 엄마가 얼마나 사랑했는지 말해 주겠어요."

"그런 비참한 말은 하지 말아요. 어차피 나는 본처가 미워서가 아니고 애정이 없어서 같이 살 수 없으니 당신과 민우와 이대로 죽을 때까지 같이 살면 돼요."

날이 밝아 오자, 뜬 눈으로 밤을 밝힌 미림은 먼저 일어나 한성이 좋아하던 김치를 맛있게 담가 놓고 대충 아침상을 차려서 같이 아침을 먹었다.

한성이 출근을 했다. 날씨는 비까지 내리며 천둥번개가 무섭게 번쩍였다. 동료들은 기분 좋은 얼굴로 아침 인사들을 하는데, 한성은 금시 쓰러질 듯 휘청이는 모습으로 얼굴빛이 창백했다. 염려하는 동료들이 이구동성으로,

"몸이 많이 불편한 것 같으니 회사일은 걱정하지 말고 조퇴해요.

같이 병원에 갈까요?"

"아니요. 어젯밤 잠을 설쳤더니……."

"잠 못 잘 고민거리라도 있어요? 털어놔 봐요. 도움이 될지 누가 알아요?"

저녁에 퇴근을 해서 집에 들어온 한성은 또다시 텅 빈방을 보아야 했다. 그렇게 쉽게 떠날 줄 몰랐던 어리석음에 현실은 너무 가혹하여 가슴을 쳤다. 한순간에 미림과 아기를 잃은 한성은 정신을 잃어 가고 있었다. 그날부터 한성은 매일 술로 살면서 직장도 그만두고 완전히 타락해 갔다. 사랑하는 사람과의 생이별이란 너무 비참한 것이었다. 책임을 지지 못하는 자신이 너무 비관되어 죽고만 싶었다.

인생이 다 망가지는 상황에서 미림의 전화가 왔다. 한성은 구세주라도 만난 듯 벌떡 일어나서 약속 장소에 나갔다. 두 사람은 아무 말도 없이 서로 껴안고 울었다. 아기도 울었다. 시간이 흐른 후에야 미림이 먼저 입을 열었다.

"우리는 어느 땐가는 이 고통을 겪을 수밖에 없는 운명이에요. 당신의 아픔이 얼마나 클지 알아요. 우리 민우를 얼마나 보고 싶을지, 당신의 마음을 알기에 견딜 수가 없었어요. 우리 이렇게라도 가끔 만나요. 몇 시간만 우리 세 식구 같이 있어 줘요. 당신을 사랑해요. 내가 떠나지 않으면, 너무 많은 가족이 희생하게 되잖아요."

"이대로 우리 세 식구, 같이 그냥 살아요. 헤어질 수 없어요."

"민우 아빠, 아버님이 무섭기보다 시골 형님이 너무 불쌍해서 차

마 그럴 수 없어요."

"당신……. 민우야, 너를 보낼 수밖에 없는 아빠를 용서해 주겠니? 엄마는 네가 없으면 살 수 없으니, 아빠가 양보하고 너를 보낸다. 이다음에 자라면 아빠 엄마가 얼마나 사랑했는지 얼마나 심장이 다 까맣게 타 버렸는지 이해하게 될 거야. 건강하고 반듯한 아들로 잘 커 주기를 빌게. 미안하다. 민우야, 사랑한다."

측은한 마음에 민우의 얼굴을 부비는 한성의 마음속에서는 피눈물이 흘렀다.

한성과 미림은 아기를 데리고 이렇게 가끔씩 만나 사랑을 확인하며 서로를 위로해 주었다. 그런 만남도 삼 개월 만에 이별을 고해야 했다. 미림은 아픔을 견디지 못하고 한국을 떠나 미국으로 이민 간 오빠에게로 갔다. 그렇게 그들은 기약 없는 이별을 했다.

*

한성의 나이 열여덟, 고등학생이었다. 5대 독자란 이유로 자손이 급했던 아버지는 대를 이을 자손을 보기 위해 서둘렀다. 사실 1951년, 당시 시골에서는 그리 일찍도 아니었다.

아버지는 읍내 중학교에서 교장 선생님을 하고 있었고, 비교적 가정이 부유하여 한성을 서울로 보내 고등학교 공부를 시켰다. 아버지는 읍과 면내에 구석구석까지 누구누구를 다 알았고 그 자녀들, 혼기가 된 딸들을 다 알고 있었다. 이미 가장 적합하다고 점찍어 놓은 중학교 동창 친구의 딸을 보기 위해 자주 그 집을 찾아다녔다. 그러다가 드디어 친구에게 딸을 며느리로 달라고 직접 청혼했다. 친구는 감히 먼저 꺼내지도 못했던 욕심나던 자리였다.

가문도 좋지만, 키가 훤칠하고 인물이 잘난 사윗감을 기다렸다는 듯이 즉석에서 쾌히 승낙했다. 십팔 세 동갑내기 신붓감은 부모가 봉건적 사상으로 여자라고 공부를 시키지 않고 초등학교만 졸업시켰다. 집안에서 예의범절로 정숙한 신붓감으로 훈육시켰다. 그리고 인물이 뛰어나게 곱고 예뻤다.

부모님 뜻대로 따뜻한 봄날, 고등학생 신랑은 말을 타고 장가를 갔다. 가마를 타고 신랑 집으로 시집을 온 새색시를 보려고 많은 손님들로 북적거렸고, 보기 좋은 원앙 한 쌍을 처녀 총각들은 모두 부러워했다.

밤이 되어 신혼 방을 차리면, 온 동네 여인네들은 잠을 안 자고 신혼방 밖에서 손끝에 침을 발라 방의 문창호지를 찢고 신방을 들여다보았다. 신부, 신랑을 위해 술과 다과상을 미리 차려 놓은 것을 신랑, 신부가 서로 술을 따라 주며 서먹한 분위기를 바꾸고 나서, 신랑이 신부의 족두리부터 풀어 주고 촛불을 끌 때까지 숨죽이고 엿보았다. 다음날 보면, 창호지 문에 여기저기 구멍이 뚫려 있어 보기 흉했다.

혼사를 치르고 닷새 째 되는 날, 한성은 서울 하숙집으로 돌아가야 했고 신부는 혼자 남았다. 그리고 한 달에 한 번이나 방학 때면 집에 가서 손님처럼 자고 가는 것이 고작인 신혼이었다. 그나마 한성이 고등학교를 졸업하고 서울에서 대학을 또 다니게 되면서, 아내와 만나는 날이 더 멀어졌다. 그러나 견우와 직녀 같은 사랑이 없어도 자식들은 태어났다.

　서울에서 대학에 다니는 아들이 궁금한 아버지가 서울 하숙집을 찾아갔다. 하숙집 아주머니는 한성을 아직도 총각인 줄 알고 있었고, 아버지에게 예쁜 아가씨가 자주 찾아온다며 좋은 한 쌍이라고 이야기를 해 주었다. 뜻하지 않았던 아들의 사생활에 큰 충격을 받은 아버지의 불호령이 떨어졌다.

　"다 알고 있으니 속일 생각은 말거라. 네가 집안 패가망신 시킬 작정이냐? 빨리 정리하지 않으면 학비를 중단하겠다."

　"아버지! 제 잘못인 줄 알지만, 저는 그 여자를 사랑합니다."

　"이놈아! 너에게 아내가 있고 자식이 몇 명 있는지 잊었단 말이냐?"

　"아버지, 죽을죄를 지었습니다. 용서해 주십시오."

　"절대 용서도, 이해도 할 수 없다. 네 처가 안다면 어찌되리라는 것쯤 알고 있느냐? 아마 자살을 할지도 모른다. 알겠느냐?"

　"알겠습니다. 시간을 주십시오."

　한성은 대책 없는 대답을 해놓고는 심적 고통을 견디지 못해 잠을 이루지 못하고 공부도 할 수가 없었다. 미림을 알고 나서 처음 사랑이 어떤 것인지 알았고, 보람과 행복과 희망이 있었다. 그러나 마음 한편의 본처에 대한 죄의식과 책임감도 피할 수 없었다.

　본처는 부모님을 모시고 살아야 했으나 아버지는 며느리를 아들에게 보내기로 했다. 그러나 한성이 공부를 하는데 방해가 되고 학생 신분으로 살림을 차릴 수 없다는 이유로 반대를 했다. 아버지는 그 일을 비밀로 혼자 마음속에 담아 두고, 한성이 집에 내려오면 채근을 하면서 헤어질 것을 확답으로 받아 내곤 했다.

아버지는 한성을 믿고 기다리시다가 대학 졸업식 하루 전날 다시 서울에 올라왔다. 한성은 이미 하숙집이 아닌 자취방을 얻어 미림과 동거를 하고 있었다. 아버지는 실망과 불효막심한 아들을 용서할 수가 없어서 노발대발했고, 두 사람을 앉혀 놓고 불호령을 내렸다.

"아가씨, 어떻게 무턱대고 남자 방에 와서 살고 있단 말인가! 부모님은 알고 계신가?"

"지방에 사셔서 아직 모르십니다."

"한성이에게 처자식이 있다는 걸 알고 사귀었나?"

"처음에는 몰랐지만, 나중에 고백을 들었습니다. 그때는 이미 때가 늦어서 어쩔 수가 없었습니다."

"이유 불문코 아가씨의 장래를 위해서나, 한성이에게 딸린 조강지처와 자식들, 우리 가족 모두를 위해서 나는 결코 용납할 수 없으니 빠른 시일 내에 끝내도록 해라. 명령이야!"

"용서해 주세요."

"한성이 너는 이런 무책임한 일을 저질러 놓고 이대로 살 작정을 했다면, 부모와 처자식들을 다 죽일 작정이었단 말이냐? 경고한다. 당장 현명하게 해결들 해라."

아버지 앞에 둘이서 무릎 꿇고 용서를 빌며 한 시간을 그대로 굳어 있었다. 임신 삼 개월이라는 말을 감히 입 밖에 꺼낼 수 없었다.

한성과 미림이 처음 만날 때는 서로 결혼 같은 것을 했느냐고 묻지도 않았다. 우선 신분이 학생들이고, 특히 서울에서는 아직 결혼할 나이가 아니었기 때문이다. 그러나 자주 만나면서 서로를 사랑한다는 것을 깨달았고, 하루만 만나지 않으면 공부도 할 수 없는 사이가 되었다. 그러면서 누가 먼저랄 것도 없이 서로는 서로를 원했고 임신을 하여 헤어질 수 없는 사이가 되어서야 한성이 아내와 자식이 있음을 고백한 것이다.

*

그녀는 한성이와 미림이가 동거하던 집 옆에 살고 있었다. 그녀가 자주 미림이를 찾아와서 놀다갔지만, 독신녀라는 것 외에는 별로 아는 것이 없는 사이였다. 그녀는 한성이와 미림이가 왜 슬픈 이별을 해야 했는지도 빤히 알고 있었다.

한성이 괴로워서 술에 취해 정신없이 집에 돌아왔을 때 문밖에서 기다렸다가 방까지 부축해 주고, 아침이면 해장국을 끓여다 주면서 호의를 베풀었다. 한성은 이러한 그녀의 호의가 부담스러웠고, 그녀를 여자로서 관심을 가지고 대하지 않았다. 그러나 그녀는 더 적극적으로 반찬까지 해다 놓았다.

하루하루 괴로움에 못 이겨 술을 마셨고, 그날도 지나치게 술을 마시고 집으로 들어와 그대로 쓰러지고 말았다. 아침에 눈을 떠보니, 그녀가 술국을 끓여 놓고 한성이 일어나기만을 기다리고 있었다. 한성은 기분이 상해서 짜증을 냈다.

"이게 무슨 경우입니까? 여자가 되어 자존심도, 수치심도 없습니까? 나는 당신이 부담스럽고 관심이 없다고 분명 알아듣게 말을 했을 텐데요!"

"알아요. 하지만 이건 내 자유예요. 그렇게 술로 살다가는 병이 들어 죽겠어요. 이왕 나간 사람은 잊어버리고 새 출발하셔야죠. 제가 도와드리는 것이 그렇게도 기분이 나쁘신가요?"

"그래요. 내 감정이라는 것이 있어요. 왜 무시하는 겁니까? 나에 대한 관심을 버리세요. 서로 만나는 일이 없기를 다시 부탁합니다."

그녀는 지나는 말로 무시해 버리고 여전히 드나들었다.

그날도 한성은 술을 많이 먹고 들어왔다. 정신없이 방문을 열었을 때 그녀를 보고 깜짝 놀랐다. 갑자기 다가와 한성을 껴안는 팔을 힘껏 뿌리치며 정신이 비몽사몽 중에 비틀거리다가 필름이 끊어지고 말았다.

아침에 눈을 떴을 때 그녀는 훤히 비추는 잠옷 바람으로 옆자리에 누워 있었고, 한성의 목을 끌어안았다. 한성은 기가 차고 불쾌하고 분노하여 벌떡 일어섰다. 말조차 하기 싫어서 이불을 힘껏 발길로 걷어차 버리고 밖으로 나가려고 문손잡이를 잡을 때, 그녀가 하는 말은 한성을 질식시켰다. 그녀는 태연하게 애교까지 피우며 속삭였다.

"어젯밤 일 생각나요? 나를 그렇게 싫다고 하던 사람이 나보다 더 적극적이었어요. 사랑해요. 이제 나는 당신의 여자예요."

"뭐라고 말하는 겁니까? 나는 통 아무 기억도 나질 않아요. 그리고 왜 남자 혼자 사는 집에 마음대로 드나들고, 지겹게 거머리처럼 붙어서 날 이렇게 괴롭게 합니까? 어젯밤 무슨 일이 있을 리도 없으려니와 내 의사와 감정이 전혀 없는 일이요. 터무니없이 억지로 일을 꾸며 나를 옭아맬 계획일랑 하지 말아요. 거기에 먹혀들 감정이 아니니까…… 빨리 나가 주고 다시는 오지 말아요.”

“억지라고요? 상관없어요. 마음대로 경멸하고 무시하세요. 나만 좋으면 그만이니까요. 그리고 당신도 변하게 될 걸요.”

“무서운 여자! 치졸한 방법으로 폭력보다 무서운 방법을 쓰는군요. 내가 왜 당신하고 이렇게 얽혀 말씨름을 하고 감정 다툼을 해야 하는지 웃기는 일이군요. 재수 없으니 빨리 꺼져요. 당신을 인간 대접하고 싶지 않아요.”

그녀의 계획적인 함정이었다. 그런 상황에서 타락해 가는 한성에게 접근해 온 그녀는 분명 검은 유혹의 꼬리를 가졌으리라. 한성이 미림이과 헤어질 때, 그녀는 기회가 찾아왔다고 내심 기뻐했는지도 모른다. 한성은 정신을 차리려했지만, 이 지저분한 주위의 작전이 참을 수 없을 만큼 그를 더 비틀거리게 만들었다. 하늘이 내려앉고 숨통이 막혔다. 한성은 그녀를 여자로 받아들이지 않았다. 그녀는 마치 그물에 고기를 잡은 듯 그날부터 막무가내로 눌러앉고 말았다. 온몸에 세균이 들끓는 듯 그 여자가 가까이 오면 징그럽고 혐오스럽기까지 했다. 한성은 집을 나가서 친구 집에서 출퇴근을 했다. 친구는 아주 아무것도 아니란 듯 농담을 섞어 가며 한성을 놀렸다.

“한성아, 너도 참 한심한 놈이구나. 돈 주고 창녀 굴에도 가는데, 손수 찾아와 주는 봉을 그냥 즐기면 되지, 무슨 고민이야? 나중에 차 버리면 되지. 네가 책임질 일이 있니? 그런 여자는 쓰레기야. 남자가 싫다는데 덤벼드니, 그냥 네가 가지고 놀아."

"네 말도 쓰레기구나. 감정 없이 싫은 여자를 어떻게 가지고 놀아! 그리고 내가 놀아날 처지냐? 죽고 싶도록 상처가 깊어 있는데……."

"그럼 어쩌려고? 집을 내주고 떠돌이 될래? 내 생각에는 네 고민거리가 별것이 아니다. 나와 바꾸자. 내가 너의 집에 가서 그 여자와 재미를 볼 테니. 그것도 그 여자 말 못하게 입을 막는 방법이지. 재미있을 것 같아. 아니면, 내 말대로 같이 놀아나. 애는 낳지 않는 조건으로 하고 말이야. 네 고통이 조금은 치유될 수도 있어."

"말 같은 소리를 해! 나는 너 같은 놈이 아니야."

"다 농담이구. 집을 빼 버려라. 그리고 우리 집으로 들어와 있어. 여자를 떼어 버리는 방법은 그 길밖에 없을 것 같다."

"살림하던 짐을 놔두고 어떻게 몸만 나올 수 있겠니? 대책이 없다. 가서 내쫓아야지."

사흘 만에 집으로 돌아왔을 때, 그녀는 여전히 가지 않고 한성을 기다리고 있었다. 서럽고 대화조차 하기 싫었으나 법에 고소를 할 수도 없고 폭행을 할 수도 없고, '정말 실수를 했나?' 의심도 들면서, 아직도 집에서 나가지 않은 그녀에게 소리를 지르며, 폭언을 했다.

"어쩌자는 거야! 인간 대접도 못 받으면서 남자가 그렇게 좋아? 그럼 창녀촌으로 들어가. 재미도 보고 돈도 벌고, 일석이조가 되

봄이 오는 소리

겠군.”

“나는 짝사랑을 할 뿐, 남자에 미친 여자가 아니라고요!”

“내가 싫다지 않아! 저능아야?”

한성은 지쳤다. 한 방에서 잠을 자지만 철저히 경계하고 무시했다. 괴로움을 견디기 위해 매일 술을 먹고 들어와서 쓰러지고 그렇게 한 달 두 달 남녀가 한 방에서 같이 잠을 자다 보니, 인간의 짐승 같은 본능이란 것이 적극적인 그녀의 요괴스런 유혹에 넘어가 결국 황당무계하게 더 무너지게 되었다. 말도 안 되는 두 사람의 관계는 한성이 폐인이 되어간다는 증거였다.

그렇게 단 한 번의 실수로, 그녀는 아이를 임신하고 말았다. 한성은 착한 본처를 배신하고 사랑하는 미림을 잃고 사랑하지도 않는 그녀와 또 동거를 하며 자식이 생기다니, 그건 비극이었다. 한성은 인생이 상처투성이가 되고 온통 먹물이 튀어 빛을 잃었다. 그렇게 인생이 꼬여 불행하게 엮어지는 세 번째로, 또 한 편의 연극무대가 막이 올랐다. 한성은 의논이나 어떤 대화도 없이 침묵으로 세월만 좀먹고 있었다.

그녀는 경호를 낳았으나 한성은 여전히 아무 의욕도, 희망도 없었고, 더욱 간절히 미림이 보고 싶어 깊은 늪에서 헤어나지 못했다. 외기러기 같은 외로움과 그리움만이 인생에 남은 전부였다.

‘민우는 얼마나 컸을까? 미림이의 상처가 조금이라도 아물었으면…….’

연락을 끊어야 끝난다는 미림의 결심은 결국 한국을 떠나며 끝을 내었다. 미림이 몸은 멀리 떠났지만 피를 흘리며 견뎌 낼 것이라는 것을 한성은 잘 알고 있다.

경호 엄마는 성질이 사납고 고집이 세고 무엇이든지 자기 위주
로 일을 처리해 나갔다. 한성은 최악의 여자를 만난 것이다. 도망
도 갈 수 없게 자식을 낳아 쇠고랑을 채워 놓았다. 그리고 본처와
이혼하고 호적에 올려 달라고 요구하기 시작했고, 그 일로 번번이
다투는 괴로운 일이 생겼다. 당당하게 따지며 기어이 본처를 밀어
내려는 경호 엄마는 분명 양심도, 인정도 없었다.

"내가 착한 조강지처 비참하게 만들어 놓고 호적까지 떼어 내칠
수는 없으니, 그 일만큼은 더 이상 요구하지 마. 그 일로 내 감정
돋우어 싸움질 하지 말고, 조용히 살게 내버려 둬!"

"나는 그럼 뭐야? 자식 낳고 첩이라는 손가락질이나 받고 살란
말이야? 평생 살지도 않는 마누라 호적만 붙여 놓는다고 부부야?"

"어차피 나는 행복을 다 잃어버리고 껍데기만 살고 있는 사람이
야. 너는 진작부터 조강지처가 있다는 것을 알면서, 그리고 사랑하
는 미림이와 왜 생이별을 할 수밖에 없었는지, 그 이유를 빤히 보고
듣고 알면서, 나를 함정에 빠뜨리고 강제로 붙잡은 것 아냐?"

"그래서, 나는 죽을 때까지 ,당신 첩으로 살라는 거야? 자식이
있는데!"

"할 수 없지. 당신이 선택한 일이니까. 본처를 내쫓으려고 덤벼
든 악질이었구먼. 나는 그런 요구, 절대 용납할 수 없어."

"그렇다면 나는 살 수 없어. 헤어져요."

"당신 맘대로 해. 잡지 않아. 지금껏 내가 참고 견딘 것은 본가에

애비 없는 자식들 둘을 버리고 또 사랑하는 미림이 낳은 아들 민우를 버렸어. 또 이제 사랑하지 않는 당신이 낳은 자식을 버릴 수가 없어서 이대로 살다가 죽으려는 거야. 미림이는 본처를 버리라고 말한 적이 단 한 번도 없었어. 그리고 나를 괴롭힌 적도 없을뿐더러, 오히려 본처에게 잘하라고 했어. 서로 사랑하면서도 본처를 위해 스스로 물러난 착한 여자야. 그런데 너는 첩인 줄 알면서도 나에게 올가미를 씌워 옭아 놓고, 네 요구가 부당하고 잔인하다고 생각 안 해?"

그날따라 크게 다투고, 경호 엄마는 애를 남겨 두고 집을 나갔다. 한성은 오히려 마음이 편했으나, 에미를 찾는 경호를 보면 괴로웠다.

시골 아버지는 경호 엄마가 집을 나간 것을 아시고, 본처를 한성이 사는 집에 데려다 주고 가셨다. 한성이 저녁에 집에 들어왔을 때 본처와 어린것을 보고 깜짝 놀랐다.

"어찌 된 일이요? 연락도 없이."

"아버님이 강제로 데려다 놓고 가셨어요. 도로 가라고 하시면 가겠어요."

"아니요. 아버지 화나시면, 내가 더 괴롭소."

그 때 본처가 낳은 어린 아들이 나를 보고,

"아저씨!"

하고 불렀다. 전에 한성이 시골집에 갔을 때도 아버지를 아저씨라고 불렀던 측은하고 불쌍한 자식들이다. 한성이 집에 잘 가지 않으니, 아직 나이가 어린 아이들이 얼굴을 익히지 못해서 아저씨라고 부른 것이다. 한성은 자식들에게 얼마나 못할 짓을 하고 살고 있는 지 후회를 하지만, 이제 와서 뒤얽힌 사생활 문제를 해결할 수 없었다. 어쩌다 이 지경이 되었는지…… 차라리 공부를 하지 말고 시골에서 농부로 살았더라면 인생이 훨씬 평탄하였을 것이라는 후회를 했다.

한성은 퇴근하여 집에 들어오면, 본처가 측은하였다. 본처는 경호 엄마가 두고 나간 아들까지 키우며 밥과 빨래나 하며 식모 같은 생활을 하였다. 그런데도 본처는 남편과 한 집에 살고 있다는 것만으로 행복하게 생각하며, 전혀 불평불만하지 않고 지냈다. 자신은 무식하고 못나서 남편 앞에 자격 없는 여자라는 듯 다소곳이 머리를 숙이고 일만 하는 모습은 측은하리만큼 한성에게 불쌍하게 보였다. 그러나 애정이 가지 않는 한성의 마음도 어쩔 수 없었다.

열여덟 꽃다운 나이에 족두리 쓰고 시집왔을 때는 꽃보다 곱고 예뻤다. 수줍게 미소 지을 때는 천사 같았다. 그러나 그때도 한성은 사랑을 느끼지 못했었다. 그렇다고 싫거나 딴 방을 쓰고 싶지는 않았다. 본처에 대한 감정이 처음과 달라진 것이 있다면, 그것은 한 이불 속에 들고 싶지 않다는 점이다.

조혼을 시키신 부모님 원망도 해 보았다. 함박꽃이 활짝 핀 듯 그렇게 곱고 포동포동하던 얼굴에 주름이 생기고 그늘진 얼굴을 훔쳐보는 한성은 세월이라기보다 자신이 그렇게 만들었다는 죄의식에 위로의 말이라도 건네고 싶지만 다정한 대화가 되지 않았다. 사랑 따로 동정 따로 인 본처에 대한 한성의 분리된 감정이었다.다만, 이혼은 하지 않겠다는 배려는 아버지가 무서워서가 아니

봄이 오는 소리

고 본처에 대한 최소한의 동정이고 책임 때문이다.

이혼을 요구하며 다투다 집을 나간 경호 엄마가 일 년 만에 다시 집으로 들어왔다. 한성은 들어오거나 나가거나 별 관심이 없었다. 경호 엄마는 살기를 띠고 본처를 본가로 내려가라며 푸대접을 했다. 싸울 필요조차 없다는 판단을 한 착한 본처는 아무 말없이 집으로 내려갔다. 시골집으로 돌아간 본처는 밥도 먹지 않고 잠도 자지 않았다. 부모님은 며느리를 측은하여 아끼면서 죄지은 마음으로 사랑했다. 며느리가 밤이면 잠도 자지 않고 컴컴한 부엌 구석에 앉아 흐느끼고 있는 것을 다 알고 있는 부모님은 자신들도 같이 밤을 밝히셨다.

"너무 속 끓이지 말거라. 남자들은 더러 바람을 피우다가도 다시 본처에게로 돌아오는 법이다. 한성이가 마음이 독하고 나쁜 놈은 아니다. 그러니 기다려 보자. 내가 길게 가게 놔두지 않을 테니, 나를 믿어라."

"아버님, 감사합니다. 제 걱정하시지 말고 건강만 생각하세요. 요즘 식사도 잘 드시니 않으니 걱정이 됩니다."

아버지는 한성이의 여자 문제로 그만 울화병이 생기고 말았다. 술 아니면 밤잠을 이루지 못하며, 한성을 공부시킨다고 객지로 내보낸 것을 가슴 치며 후회했다. 며느리에 대한 시아버지의 사랑은 유별났기에 더 마음이 아팠다. 아비 없는 손자들도 가여워서 무척이나 아끼고 사랑하셨다.

아버지는 아들로 하여 교육자라는 명예에도 손상을 입었다.

한성을 불러 마지막 유언을 남겼다.

"한성아, 너를 나쁜 놈으로 만든 것이 애비라는 것을 안다. 너를 너무 일찍 결혼시킨 내 잘못이 더 크면서 너를 막다른 길로 몰고 갔구나. 희생된 민우 어미에게 책임을 느낀다. 밟아 온 세월의 어긋난 발자국을 지울 수 있겠느냐. 이제라도 아무쪼록 큰집, 작은 집에 네 마음을 조금씩 고루 나누어 주어서 네가 책임져야 할 처자식들에게 한을 심어 주지 말거라."

일 년을 화병으로 누워 계셨던 아버지가 세상을 떠났다. 한성은 뼈를 깎는 후회와 아픔으로 아버지 장례를 모시고 나서 며칠을 일어나지 못했다. 불효에 대한 죄책감은 죽는 날까지 씻을 수 없을 것이다. 아버지의 한성에 대한 사랑과 기대는 지나칠 만큼 크셨다. 그래서 실망과 분노가 더 크셨던 것이다.

그 은혜를 단 한 번도 갚지는 못할망정 아버지를 너무 비관되게 살다 가시게 했다. 한성이는 자신 하나면 부모님도, 본처도, 모두 다 행복할 수 있었는데 왜 빛나가 미림이까지 모두 불행하게 만들었는지, 죽고 싶었다. 한성에게 배움이란 아무런 인생에 보탬이 되지 않았고 보람이 되지도 못했다.

이제 어머니와 본처와 두 자식들의 의식주를 책임져야 한다는 중압감과 도덕적 양심이 무겁게 어깨를 짓눌렀다. 그러나 현실은 아무런 힘도 없었다. 미림이 자리를 대신 차지하고 앉은 경호 엄마는 한성의 모든 인생을 다 빼앗고 생활 경제권마저 다 움켜쥐고 독선적으로 한성을 무력하게 만들었다. 한성은 그런 걸 가지고 다투기도, 경쟁을 벌이기도, 지치고 싫었다. 잃을 것을 다 잃었기에 그런 문제에 관심이 없었고 필요를 느끼지도 않았다. 사는 날까지 그냥 살다 가겠다며 자포자기 한 것이다.

　아버지가 돌아가신 후 가정이 점점 기울고 형편이 궁핍해지자, 늙으신 어머니는 딸집으로 가야 했고, 본처는 자식들을 데리고 읍내로 이사를 했다. 그리고 본처는 공장에 들어가 일을 다녔다. 집에만 있던 순한 양 같은 아내가 생활을 위해 생활 전선에 나가 일하는 것은 적응하기 힘든 크나큰 모험이고 힘겨운 일이었다.

　그런 가운데 자식들이 성장하여 모두 취직을 하면서 살림을 책임져 나갔다. 그만하면 육신이라도 편히 쉴 여유가 되었다. 자식들도 모두 착하게 성장하여 어머니에게 효도를 했다.

　가엾은 본처는 한시름 덜고 나자, 그동안 쌓였던 화병으로 쓰러졌다. 본처는 복도 지독히 없었다. 병원 응급실로 실려 간 후 의식을 찾지 못한 채 식물인간이 되어 두 달 동안 응급실에 누워 있다가, 그렇게 세상을 떠났다. 자식들의 비통함과 아버지에 대한 증오가 극에 달했다.

　본처의 장례를 치르고 집으로 돌아온 한성은 이상하리만큼 기분 좋게 싹싹하게 구는 경호 엄마의 태도가 내심 시원하다는 속셈으로 느껴져서 가증스럽고 역겨웠다.

　미림이와 살았더라면 본처를 이렇게 비참하게 살다 죽게 하지는 않았을 거라는 생각을 하니, 경호 엄마에 대한 원망이 커져 갔고, 그녀의 독한 행동이 용서되지 않았다.

　공부를 하면서 꿈과 포부가 있었고, 미림이를 만나면서 진실한 사랑과 삶의 보람과 행복이 있었다. 이젠 폭풍이 휩쓸고 간 자리는 황폐하게 변하여 다시는 봄이 올 것 같지 않다. 한성이 살아온 인생이 모두 쑥대밭이 되고, 남은 것은 허탈한 괴로움뿐이다. 미림이가 아니면 아무도 한성의 마음을 치유할 수 없었다.

한성은 경호 엄마와 아무 말도 섞고 싶지 않았다. 얼굴도 마주보고 싶지 않았다. 다시 집을 나와서 친구를 불러내 술을 마셨다.

"한성아, 너같이 인간성 좋고 배우고 똑똑한 놈이 팔자는 왜 그리 사나우냐? 본처의 사망은 마음 아플 줄 안다. 그래서 옛말에 '살아 있을 때 잘 하라'는 말이 있단다."

"춘길아, 나도 내 마음을 맘대로 할 수 없었다. 그런데 막상 죽고 나니 죄책감에 내 평생 헤어나지 못할 것 같다. 경호 엄마는 나를 더 큰 불효자로 만들고, 자식들에게 남만도 못한 애비가 되게 만들어 놓았지. 내 잘못이고 운명이겠지만……."

"나도 안다. 네 인생이 본의 아니게 복잡하고 괴롭게 빗나간 것을……. 경호 엄마와도 애 때문에 어쩔 수 없이 살고 있다는 것도 알아. 어쩌겠니. 이제 할 수 없이 그렇게 살다 죽는 거지. 한성아, 이제 본처에 대한 것은 잊어버려라. 미림 씨에 대한 미련도 싹 버리고……."

"불행의 시초는 조혼에 있었지만, 내가 교육을 받은 것이 문제였어. 본처를 절대 무시해서가 아니고, 나는 신교육을 받으면서 본처와는 수준이 달라지고 대화가 되지 않았어. 게다가 정이 들기도 전에 떨어져서 살다 보니 점점 멀어져 갔지. 불쌍해서 이혼은 절대 하지 않았지만, 가련한 인생에 무슨 보탬이 되었단 말이냐!"

"그래서 부부는 서로 차이가 나면 살기 힘든 거야. 그래도 함께 살았다면 정이 들었겠지. 경호 엄마는 인간성 자체가 너와 융합될 수 없으니 짝짝이 신이야. 양쪽 문수가 다른 구두는 발이 아파서 못 신게 되는 것처럼 말이야. 그걸 신고 살려니 불행인 거지."

"그렇지. 나는 본의 아니게 맞지 않는 신발을 세 번씩이나 잘못 사 신었으니 이렇게 인생이 망가진 거지."

"사람은 누구나 가족이 죽으면 한이 남는 법이야. 아무리 호강하고 살았던 부모도 죽으면 가족들에게는 후회와 한이 남지."

"나는 살 자격도 없는 불행을 타고난 놈이다."

"자책만 하지 말고 기운차려! 지금의 경호 엄마가 아무리 나빠도, 죽어 봐라. 또 후회가 되지. 어차피 벗어날 수 없으니 이해하도록 노력하며 살아. 신발이 안 맞으면 뒤축을 밟아서 신어 봐. 편하게 말이야. 자식이 있으니 미운 정도 드는 법이야. 애를 위해서 정을 붙여 봐."

날이 훤하게 밝아오도록 한성은 친구의 위로와 충고를 받았지만, 괴로움에서 벗어나지 못한 채 친구의 부축을 받으며 술집을 나왔다.

봄이
오는
소리

　연아 엄마는 일이 끝나고 인천 집으로 돌아올 때는 버스를 타고 온다. 차 안에서 아는 사람들이나 간혹 전 직장 동료들을 만났을 때는 자신의 몸에서 생선 비린내와 들고 있는 생선 함지박을 그들에게 보이는 것이 마치 도둑질이라도 하다 들킨 것처럼 치욕적이고 자존심이 상하고 창피하여 기가 죽었다.

　차에 막 올라타고 자리를 살필 때, 바로 앞에 앉은 전 회사 동료가 옆 빈자리를 비켜 주며 놀라서 말을 했다.

　"언니, 언니가 왜 이런 장사를 해요? 무슨 일이 있는 거예요? 그렇게 예쁘고 행복했던 언니가 너무 변했어요."

　"응. 애들 아빠가 갑자기 심장마비로 죽었어. 나, 많이 변했지? 부끄럽다. 사는 게 이래."

　"그런 줄도 모르고…… 미안해, 언니. 그런 아픔이 있었는지는 몰랐어요. 언니, 힘내요. 좋은 날이 오겠지요."

　　　　　　　　　　　　　　　　　　　봄이 오는 소리

"고마워. 죽지 못하니 열심히 살아 보려고 이 짓도 하는 거야."

"언니를 보니, 사람이 산다는 게 허무하네요."

"잘들 가. 나 여기서 갈아타야 해."

연아 엄마는 더 이상 추한 모습을 보이며 이 말 저 말을 하고 싶지 않아서 아무데서나 내렸다. 그리고 멍청하게 서서 지난날을 생각하며, 한숨을 크게 내쉬었다.

운명에 포박당하고 헤어날 수 없는 상황에서 과거의 꿈이나 호강 같은 것은 가랑잎 같이 말라 버린 그림일 뿐이다. 자존심도 휴지처럼 구겨져 버렸고, 사람들의 시선에서도 벗어날 수 없다. 이런 날이면 남편이 더 그립고 서글퍼졌다. 좋은 날은 영원히 없을 것 같은 절망이 머릿속에 가득하다.

연아 엄마는 전 동료가 탄 버스가 더 멀리 가도록 기다렸다가, 다시 차를 타고 집으로 들어갔다. 피곤해서 집에 들어가 아이들에게 저녁을 해먹이고 치운 뒤, 그냥 자리에 눕고 말았다. 그러나 쉽사리 잠이 오지 않았다. 캄캄한 밤 보이지 않는 천장에 눈을 응시하고 통제력을 잃은 눈물이 양 볼을 타고 흘러내려 베갯잇을 적셨다. 다음 날, 생선을 떼러 나가서 아주머니들에게 마음 상했던 일을 말했다.

"아직 초년병이라 그런 거야. 나중에는 그런 것쯤은 신경도 안 쓰게 되고 용감해지지. 그냥 외면해 버리면 돼."

"정말 그렇게 될 때쯤이면 저도 장사꾼으로 능숙해지고 돈도 더 잘 벌 수 있을까요?"

"그럼! 우리네도 처음 시작할 때는 벌어서 자식들 살려야 한다는 각오 하나로 뛰어들었지만, 아는 사람 만나는 것이 부끄러워 비관도 많이 했다네. 그러면서 차츰 뻔뻔해지는 거야. 처음엔 말도 못하다가, 지나는 여자들 불러 세우고 생선 사라고 사정도 하지."

아주머니들은 용기를 내라며 밝게 웃어 주었다.

아주머니들은 지나는 사람들 하나하나를 눈여겨보며, 물건을 살 사람인지 관심 없는 사람인지 잘 짚어 내고 놓치지 않으려는 듯 부르고 사정도 하면서 기어이 물건을 판다. 사람을 골라내느라 눈빛이 번득거렸다.

연아 엄마는 결혼 전에 어려운 환경에서도 고등학교를 졸업했다. 중풍으로 병석에 있는 친정어머니를 돌보기 위해 대학도 포기하고 돌아가실 때까지 2년간 병간호를 해드렸다.

어머니가 돌아가신 후, 회사에 들어가서 직장생활을 시작했다. 그러는 동안 살림살이도 소홀이 하지 않았다. 유난히 외로움을 타시는 아버지께 그나마 큰 위로가 되는 외동딸이었다. 어머니 빈자리를 다소라도 채워 드리기 위해 회사에서 돌아오면, 늘 아버지 곁에서 말동무가 되어 드리며 허전하지 않게 해드리려고 많은 노력을 기울였다.

주위에서 청혼도 많이 들어왔고, 아버지는 딸이 고생을 많이 하는 것이 안쓰러워서 빨리 사윗감을 골라 결혼을 시키려고 신경을 쓰셨다.

스물여덟 살 때, 친구의 소개로 대학을 졸업하고 회사에 근무하고 있던 네 살 위인 호석 씨를 알게 되었다. 자상하고 인정 있고 성실한 호석 씨는 좋은 사람이었다. 둘은 자주 만나면서 서로의 사랑을 확인하고 믿었다. 조용한 곳을 찾아 벤치에 앉아서 손잡고 서로 눈을 마주 보며 많은 대화를 나누는 것이 즐거웠다. 서로가 성장하면서 있었던 이야기, 학창시절의 재미있었던 이야기, 장래 설계를 하면서 귀한 시간을 보냈다.

그렇게 1년 열애 끝에 결혼을 하였다. 행복한 결혼 생활을 하면서 큰딸 연아와 둘째 동호를 낳았다. 남편은 청소며 빨래까지, 다 손수 해주고 아이들을 무척 아끼고 사랑해 주었다.

"여보! 내가 할 일을 왜 다 하느라고 고생해요. 각자 자기 몫이 있는데, 내 몫을 다 빼앗으면 어떻게 해요. 당신은 돈 버는 일, 나는 살림하는 일이니 맡은 것만 각각 하기로 해요."

"지금 세상에 구시대 소리를 하네. 내가 사랑하는 아내와 자식들을 위해서 돕는 일은 내 행복이요."

"고마워요. 당신은 좋은 남편이에요."

"고맙기는 내가 고맙지. 예쁜 아들딸을 나에게 선물해 주었으니……."

이런 행복은 죽을 때까지 이어질 줄 알았다. 그러나 어느 날 불시에 행복은 깨어지고 말았다. 큰딸이 다섯 살, 둘째 아들이 네 살 되던 해, 남편이 직장에서 갑자기 쓰러져 심장마비로 숨진 것이다.

연아 엄마는 앞이 캄캄하여 살 길을 잃고 몸져누운 채 꼬박 두 달을 일어나지 못했다. 그러나 앞에서 지키고 앉아 칭얼대는 어린 남매를 바라보면서 죽으면 안 된다고 정신을 차리고 일어났다. 어린 남매의 초롱초롱한 눈망울을 바라보며 이 자식들을 위해 어떤 일이라도 해야 한다는 각오로 일자리를 찾아보았으나 밑천이 없으니 가게를 얻을 수도 없고, 취직을 하자니 몸이 매이면 아이들을 돌볼 수가 없었다. 그렇게 방황하며 일 년을 보냈다.

그때 이웃 아주머니가 조언을 해주었다.

"연안부두에 가서 생선을 떼다 팔면 많이 남고 팔기에 따라서 일찍 끝나면 애들을 보살필 수도 있으니 그걸 해보면 어떻겠나? 좀 추한 장사이긴 하지만."

많이 벌 수만 있다면 추한 것이 무슨 상관이랴 싶어 단단히 각오하고, 자본금도 많이 들지 않으니 바로 그 일에 뛰어들었다.

처음에는 연안부두에 가서 생선을 떼어가지고 간동시장에 내다 팔았다. 시장 안에는 생선 노점 상인들이 많아서 장사가 잘 되지 않았고, 오래도록 자리를 지켜온 아주머니들이 눈치를 주면서 멀찍이 가라고 냉대를 해서 연아 엄마는 기가 죽었다. 그럭저럭 몇 달 지나면서 낯이 익으니 '젊은 여자가 살려고 애쓴다'고 동정을 했다. 그러나 그렇게 벌어서는 별로 희망이 보이지 않아 고민이 생겼다. 아이들 밥이나 벌어다 먹이다가는, 공부를 시키지 못할 것 같았다. 다섯 달을 못 채우고 장사를 접을까 망설이고 있을 때, 한 아주머니가 다가와 말해 주었다.

"서울로 가면 장사가 잘 된다는데…… 한번 옮겨 봐."

"내가 장사가 서툴러서 그런 거라면 옮겨도 소용없지 않을까요?"

"우리 장사는 자리만 좋으면 되는 거야. 싹싹하고."

연아 엄마는 용기를 내어 바꾸어 보기로 했다.

서울로 갈 때는 같은 장사를 하는 경우라는 사람의 차로 같이 갔다. 그 사람은 자기 차를 가지고 생선을 떼어다 서울의 각 식당에 넘겨주는데, 서울 남대문 시장 앞에서 연아 엄마를 내려 주고 갔다. 연아 엄마는 생선 함지박을 이고 시장 안으로 들어간다. 손아래인 경우를 친동생처럼 생각하면서, 미안하고 고마운 마음을 가졌다. '신세를 어떻게 갚지? 뭘 사 주어야 하나. 애들 과자라도 사 주어야지.' 그러나 과자를 사려고 하니, 집에 있는 아이들이 걸려서 할 수 없었다.

　경우는 새벽에 연아 엄마를 만나면 더 친근하게, 반갑게 대해 주었다. 연아 엄마는 추우나 더우나 날이 궂으나, 매일같이 시장 안에서 노점 장사를 했다. 다행히 재수가 좋으면 저녁 때 일찍 팔고 집으로 돌아오지만, 잘 팔리지 않을 때는 어둡도록 앉아 있어야 하고 여름 같은 더운 날씨에는 얼음을 보충하면서 팔아야 하기 때문에 비용이 더 나가고 막판에는 싱싱하지 않게 되면 싸게 팔아야 한다. 갑자기 비가 오는 날이면 생선 함지박을 안고 비를 피하느라 상가 건물추녀 밑에서 안절부절못했다. 팔지 못하고 집으로 올 때는 그대로 밑지고 만다. 성격이 워낙 차분하고 인내심이 강한 편이라, 힘든 일도 내색하지 않고 항상 밝은 얼굴이다.

　어떤 때는 손님이 없어서 생선 함지박을 앞에 놓고 앉아 꺼덕꺼덕 졸고 있으면, 측은하기도 하다. 칙칙한 검은 아랫바지와 붉은색 잠바에 운동화를 신고, 옷에는 간국이 튄 자리가 군데군데 배어 히득히득 얼룩져 있다. 시장 바닥에서 아는 사람을 만나는 것이 싫어서 모자를 깊이 푹 쓰고 앉아서 장사를 하면, 아는 사람들이 물건을 사거나 지나가면서도 알아보지 못했다. 아직은 모두가 부끄럽고 움츠려들고 자신이 없었다.

새벽에 연안부두에 생선을 떼러가도 아주머니들은 모여서 커피를 마시며 이야기꽃들을 피웠다. 부끄럽지 않게 각자의 사연을 서로 털어놓았다. 아주머니들은 모두 생활 의지가 대단했고, 거의가 40대를 넘어 50~60대로, 직업상 체면이나 얌전을 뺄 처지가 아니고 억척같이 남자의 성격을 닮아 있었다. 추리닝 바지에 스웨터나 잠바를 입고 앞에는 모두 주머니 달린 행주치마를 입고 화장기 없는 얼굴에 그날 돈 벌 일에만 신경 썼다.

남편이 환자로 누워 있거나, 술만 먹고 가족들을 때리고 괴롭히는 남편, 노름질만 일삼아 빚만 지는 남편, 이 여자 저 여자 바꿔가며 바람만 피우는 남편, 하루 종일 다방에서 빈둥빈둥 놀면서 일하지 않는 남편 등 사연이 가지가지였다. 그리고 남편과 헤어져서 아이들을 데리고 사는 여자, 남편이 죽어서 없는 여자 등 혼자 사는 여자들도 많았다.

몸에서 생선냄새 나는 것쯤은 아무것도 아니라고 깔깔 웃어 제끼는 모습에서 직업을 스스로 하시(下視)하지 않고 명랑하게 사는 아주머니들이 존경스러웠다. 서로 이야기를 나누면서 서로를 이해했다. 연아 엄마는 많이 변화해야 한다고 생각하며, 억척스러워져야 산다는 방법도 배우게 되었다.

연아 엄마의 옆에서 장사하는 아주머니는 마늘종, 깻잎, 오이장아찌 등을 집에서 담가서 내다 팔며 그 자리에서 노점상을 이십

년 동안 해서 자식들을 공부시키고 살았다고 했다. 그리고 많은 용기를 북돋아 주면서 이런저런 이야기도 해주었다. 시장에서 점포를 가지고 장사하는 사람들은 각양각색의 사람들이 뒤섞여 있는 곳이라고 했다. 성질이 사나운 사람, 욕심이 지나친 사람, 수다스런 사람, 이중적인 성격으로 이간질하는 사람, 무던한 사람, 교만한 사람, 바람기가 많아 틈틈이 가게를 비우고 남자를 만나러 가는 사람, 인정이 많은 사람 등등, 그러나 좋은 사람이 더 많다고 했다.

생선이 잘 팔리는 날에는 저녁 때 일찍 집에 와서 저녁밥을 해서 애들과 같이 먹을 수 있었다. 그리고 하루 종일 어질러 놓은 집안도 치우고 빨래도 하고 밤늦게 잠자리에 든다.

그리고 어김없이 다음날 새벽 네 시에 일어나서, 애들이 먹을 반찬, 김치와 장조림 등 준비를 다해 놓고, 어느 때는 김밥을 싸놓고 연안부두로 출발한다. 고단하고 힘이 들지만 누구의 도움 없이도 혼자 힘으로 아이들과 생활을 해결해 나갈 수 있다는 것이 다행이었다.

집에 들어가다 보면, 어린 남매는 컴컴할 때까지 골목 동네에서 엄마를 기다리고 있었다. 아이들은 엄마를 보면 좋아서 펄쩍펄쩍 뛰었다. 모두 껴안아 주고 아이들을 데리고 집으로 들어가면, 먼저 까뭇까뭇한 아이들을 목욕시키고 옷을 새로 갈아입히고, 저녁밥을 챙겨 먹인다. 연아 엄마는 아이들이 좋아하는 것을 보면 지친 몸에 다시 생기가 돋아난다. 별다른 반찬은 못해 주어도, 팔다 남은 흠 있는 생선을 가지고 와서 무를 숭덩숭덩 썰어 넣고 푹 졸여서 먹이면 모두 맛있게 먹는다. 생선이 없을 때는 콩나물을 사다가 콩나물밥을 해서 간장에 참기름과 깨소금을 넣고 양념장을 만들어 양푼에 비벼서 각자의 밥그릇에 담아 주면, 투정부리지 않고 맛있게 잘 먹는다. 가끔 돼지고기 반 근을 사다가 시어진 김치에 두부 넣고 찌개를 하면, 둘도 없는 보양식이 된다. 아이들이 정말 맛있게 먹는 모습을 보면, 가난해도 행복해진다.

저녁에는 아이들이 하루 종일 있었던 일을 서로 다투어가며 이야기를 한다. 앞집 아이와 싸웠을 때는 그 엄마가 나와서 혼을 내주고 '아버지 없는 애들은 다르다'고 해서 울었다고 했고, 어떤 때는 옆집 아줌마가 빵을 주었다며 좋아했다. 가슴 아픈 마음으로 이야기를 들어준다. 그리고는,

"아빠 없다고 나쁜 말을 하는 아줌마가 잘못이지, 너희들의 잘못은 아니야. 아버지가 없는 것은 흉이 아니야. 그리고 먼저 싸움을 걸면 나쁜 거야. 친구들과 잘 지내야 한다."

그렇게 말하는 연아 엄마는 아버지 없는 아이들이 불쌍해서 꼭 껴안아 주면서 아픈 마음을 참으며 눈물을 삼켰다. 아버지가 없고 엄마가 집에 없는 아이들이 겪으면서 자라야 하는 피할 수 없는 설움이 어디 그것뿐이랴 싶어, 그런 사람들이 원망스러웠다.

그럴수록 아픔들을 이겨 내려는 강렬한 의지가 생겼다. 열심히 돈을 벌어서 아버지 있는 아이들보다 더 훌륭히 교육도 시키고, 보란 듯이 성공시켜서 상처를 씻어 주리라 다짐했다.

처음 남대문 시장으로 장사를 나갈 때, 미리 가서 마땅한 자리를 골라 놓고 다음 날 처음으로 가서 생선 함지박을 내려놓고 막 노점

을 펴는데, 뒤에 있는 가게 아저씨가 나와서 호통을 쳤다.

"이봐요. 여기 어디서 장사를 하려는 거요? 빨리 비켜나요."

"처음 나왔는데 자리가 없어서 할 수 없이 여기 앉았어요. 좀 봐
주세요."

"뭘 봐 주라는 거야? 남의 가게 앞을 막고 앉아서 경우가 없잖아!
두말 필요 없으니 비켜요."

"저 어린 두 아이를 집에 놓고 와서 빨리 팔고 가야 하는데 좀 봐
주세요."

"왜 남편은 어디 갔우?"

"죽고 없어요. 살기가 참 힘들어요. 도와주시는 셈치고 자리 좀
주세요."

"젊은 나이에 고생이 많겠구먼. 일단 그대로 하세요. 딱해서 봐
주는 거요."

"고맙습니다. 신세 잊지 않을게요."

겨우 허락을 받고 장사를 시작했다. 인정 있고 고마운 아저씨였
다. 남대문 시장에는 아는 사람도 없고 모두가 서먹하긴 하지만,
희망을 가졌다.

한 달 쯤 지나자 안정이 되고, 주위 노점 상인들의 인심이 후하
고 친절해서 먹을 것이 있으면 서로 나누어 먹을 만큼 친해졌다.
듣던 대로 잘 팔려서 기분이 좋았다. 이 상태로 순조롭게 잘 된다
면, 일찍 팔고 집에 들어가 애들과 조금이라도 시간을 함께 더 보
낼 수도 있고, 장사가 잘되면 고등어만 팔았던 것을 갈치나 조기
도 같이 더 떼어다 팔아야겠다는 생각에 희망과 새로운 계획도 세

웠다. 이렇게 차츰 남대문시장에서 재미를 보게 되고 정이 들어갔다. 자리를 내준 야채가게 아저씨는 늘 수심에 싸여 있었다. 옆 가게 할머니 말로는, 부인이 위암 말기로 병원에 있다고 했다. 그 말을 들으니 아저씨 인생도 평탄하기는 틀렸다는 생각을 하며 동정이 갔다. 부부란 평생을 같이 건강하게 살지 못하면 살아남은 한쪽도 불행한 것이고 실패한 것이다. 또 할머니 아들은 장애인이라 집에 누워 있는 것이 수십 년째라고 했다. 사람들은 거의가 한 가지씩 괴로운 일들을 마음에 품고 있었다.

노점상들과 달리 점포를 가지고 장사하는 사람들은 형편이 나은 사람들이다. 가정의 경제적 문제로 장사하는 사람들도 있고, 활동하기를 좋아하여 집에서 놀기 싫어서 심심풀이로 나온다는 여자들도 있고, 돈을 벌어서 더 잘살기 위해 나온다는 여자들도 많다고 한다. 단합야유회나 친목회도 있어서 서로 잘 알고 지내지만, 연아 엄마는 그런데도 끼지 못한다. 아이들이 우선이기 때문이다. 놀고 싶지도 않았다.

하루는 장사가 잘 안 되어서 늦도록 앉아 있는데, 채소가게 아저씨가 와서 들여다보고는,

"오늘 아직도 못 들어가고 있으니 장사가 잘 안 되는 모양이군요."

하고 말을 붙였다.

"예. 그런 날도 있겠죠."

"집에 애들 걱정 많이 되겠네요. 나머지 것 다 담아 주세요."

"그걸 다 뭣하시게요?"

"집에 가져다 절여 놓고 먹으면 되죠."

"잡수실 만큼만 가져가세요."

"그러지 말고 다 담아 줘요. 장사는 더 많이 팔아 달라고 매달려야 하는데, 순진해서 언제 억척같아지시겠어요?"

연아 엄마는 모두 담아 주면서, 감사하다는 인사를 여러 번 했다. 재수가 없는 날이지만 도와주는 사람이 있어서 기분 좋게 장사를 마쳤다.

언제나 집에 도착하기 전부터 배가 고팠다. 새벽에 밥 한 술 급히 떠먹고 나오면, 점심은 그럭저럭 거르기 마련이다. 김밥 한 줄을 사먹을 때는 아침을 굶고 나온 날이다. 배고픈 것쯤은 참을 수 있다. 아이들을 생각하면 돈을 아껴야 한다.

이웃집에 사는 아저씨가 유난히 연아 엄마를 만나면 친절하게 말을 걸어 왔다. 그 아저씨는 마치 기다리기라도 하고 있었던 것처럼 연아 엄마가 버스에서 내려서 집에 가는 골목으로 들어가다 보면, 으레 마주 걸어왔다. 그리고 어떤 때는 어디서부터 따라왔는지 뒤를 따라잡았다. 점점 자주 눈앞에 나타나 앞을 막고, 또 어떤 때는 노골적으로 저녁을 사 주겠다며 사양하는 연아 엄마의 팔을 끌어당기기까지 했다. 곤욕스러워 짜증도 내고 무시하고 비켜서 집으로 들어갔다.

그런데 하루는 어이없는 일이 생겼다. 그 집 아주머니가 뒤를 밟아서 아저씨가 하는 행동을 목격했다. 연아 엄마가 뿌리치고 실랑이를 하는 그 광경을 목격한 것이다.

"한동네서 마누라가 버젓이 있는 남자와 무슨 엉큼한 행동이야? 내 남편이 죽일 인간이지만, 네가 꼬리를 치니 흑심을 갖는 거야! 아예 계집 없는 남자 찾아서 재가를 해! 사람들 손가락질 받지 말고!"

"아주머니, 뭘 오해하시는 모양인데 내가 무슨 짓이나 한 것처럼 함부로 말하지 마세요."

"다 그렇게 뻗어가며 놀아나는 거지. 그런 거짓말 못하는 요부가 어디 있어? 정신 차려! 내 손에 머리채 다 뽑히기 전에……."

"나는 아주머니 남편을 마주치면 기분부터 상하고 저질적인 행동에 분노하고 있어요. 제발 아주머니 남편을 아주머니가 관리를 잘하세요. 쫓아다니든지 묶어 놓든지 하라고요."

"개야? 묶어 놓게! 네가 꼬리만 치지 마!"

"내가 혼자 산다고 그렇게 함부로 말해도 되는 줄 아세요? 나는 자식들밖에 눈에 아무것도 보이지 않는 여자예요. 그리고 돈을 준다는 부자 남자가 유혹해도 나는 싫거든요. 그런데 당신 남편은 돈도 별로 없는 것 같은데, 안심하세요. 생사람 잡지 말고……."

혼자 사는 여자는 분명 울타리가 없어서 짐승들이 혓바닥을 널름거리며 기웃거리고 사위가 음습하다. 그래서 억울한 일을 당해도 오해는 여자의 탓으로 돌린다. 그런 일이 있고나서부터 연아 엄마는 어느 땐가는 이 동네를 떠나야겠다고 다짐하며 살았다.

남대문 시장은 여인들의 천국 같았다. 쇼핑하러 나온 사람들은 거의 다 여자들이고, 참 행복해 보였다. 연아 엄마도 남편이 살아 있을 때는 그들 중 한 명이었다.

물건을 사는 사람들은 돈이 있든 없든, 천 원이라도 백 원이라도 깎으려고 안달을 했다. 깎아 주고 나면 파는 쪽이 그만큼 이윤이 적어지지만, 어쩔 수 없이 깎아 줄 때도 있다.

옷가게에서는 가끔씩 손님들과 싸움이 벌어졌다. 옷을 이것저것 다 입어보고 골라 놓고 그대로 나가면, 상인은 화가 나서 뒤에 대고 욕을 했다.

"꼴 보니 별것도 아닌 것이, 고급 옷 사 입을 주제나 돼? 야! 이년아! 재수 없어!"

그러면 못들은 체하고 그대로 가는 손님은 양순한 성격이고, 반대로 되돌아와서 상인과 맞서 욕을 하며 싸우는 여자들은 보통이 아닌 것 같았다. 심하면 몸을 밀치고 닥치고 옷이 찢어지며 싸우는 여자들도 있었다. 그럴 때면 싸움을 구경하려고 모여드는 사람들로 무질서하게 혼란스러웠다. 상인들끼리 싸우는 일도 생긴다. 그야말로 치열한 생존 경쟁의 소굴이다.

오늘은 지하철을 탔다. 그런데 정말 재수 없는 일이 생겼다. 고등학교 때 짝꿍을 차 안에서 만난 것이다. 외면하려고 했지만, 고개를 돌릴 틈 없이 눈이 마주쳤다. 너무 당황해서 입만 벌리고 아무 말도 하지 못하는데, 친구도 한참 연아 엄마를 바라보다가,

"숙현이 아니냐? 어쩜 너무 달라져서 내가 사람을 잘못 보았나 싶어 쳐다본 거야."

"그래. 혜숙아, 오랜만이다. 나는 너를 알아보았지만, 창피해서 아는 척할 수 없었어."

"뭐가 창피해. 그러지마. 친구들한테 들었는데, 너 애들 아빠 잃었다고 하더라. 그래도 이렇게 고생하고 사는 줄은 몰랐다."

"내 복이 없어서 그이가 죽은 거지. 닥친 대로 살아야지. 아이들을 위해서……."

"나는 그 뒤로는 애들 교육 때문에 캐나다에 가 있어서 친구들과도 만나지 못하다가, 저번 동창 모임에 갔는데 다들 네 소식을 모른다고 하더라. 네가 이렇게 고생하며 살고 있는 줄은 정말 몰랐다."

"부끄럽구나. 너희들은 모두 잘 있지?"

"그럼. 별일들 없어."

발 앞에 놓인 생선함지박에서 풍기는 생선비린내와 간국으로 얼룩진 바지를 친구는 번갈아 보았다. 연아 엄마는 자존심이 상하고 부끄러웠다. 연아 엄마의 마음을 헤아린 친구는,

"숙현아, 괜히 마음 상하지마. 인생 살다 보면, 굽이굽이 뜻하지 않은 일도 당하면서 사는 거야. 나도 애들 아빠가 위암에 걸려서 다 죽었다가 운 좋게 살아나서 이렇게 잘 살고 있어. 만일 애들 아빠가 죽었더라면, 나도 네 꼴이 되었겠지."

"그래, 사람 앞날은 모르고 사는 게 인생인 것 같다."

"오늘 오랜만에 지하철을 탔어. 부천역으로 대학 때 친구가 차 가지고 나온다고 차를 두고 오라고 해서…… 너를 만나려고 그랬나보다. 반갑다. 너무 자책하지 마. 애들이 커 가면 괜찮아질 거야."

"그래, 고마워. 내가 대학을 갈 때 어머니가 돌아가시고, 이제

　　　　　　　　　봄이 오는 소리

남편까지 죽으면서 두 번째 꼬인 거지. 내 운명이 그러니 할 수 있겠니."

친구 혜숙의 귀부인처럼 화려한 옷차림과 얼굴에서 풍기는 귀티는 연아 엄마를 더욱 기죽게 만들고 치욕스럽고 창피하게 만들었다. 남편과 결혼했던 때만 해도 그 친구를 그렇게 부러워하지는 않았다. 사랑해 주는 남편이 있는 것만으로도 행복했기 때문이다. 사람의 운명이란 알 수 없는 것이란 걸 더욱 실감하는 순간이다. 고등학교 때 짝꿍은 공부도 지지리 못하고 특히 수학을 못해서 다 가르쳐주며 가정교사노릇을 해 주었다. 이제는 너무나 다르게 역전되었다.

연아 엄마는 집으로 돌아와서 아이들도 씻기지 않고 밥만 먹이고 굶은 채 자리에 누워 버렸다. 생선 장사를 시작하고부터 친구나 직장 전 동료들을 만난다는 것이 가장 고통스럽고 자존심 상하는 일이었다. 아줌마들 말처럼 얼마나 더 세파에 시달리고 닳아지면 그런 것들이 무시될는지…… 아직은 까마득한 두려움뿐이다.

경우는 새벽에 일찍 일어나 아이들이 먹을 밥을 해 놓고, 연안부두에 나와서 물건을 떼어 차에 싣고 다니며 서울 각 식당에 대주고 있다. 한 바퀴 다 돌고 나면 점심때가 된다. 집에 들어가 두 아들에게 점심을 먹이고 대충 집안 청소를 하고 오후 늦게는 수금을 나가는 것이다. 그리고 늦게 들어와 아이들이 자고 있으면 깨워서라도 사 가지고 간 우유와 빵을 먹인다. 고단하고 힘든 일이지만, 아이들을 맡길 곳이 없으니 별도리가 없다. 경우는 두 아들을 어느 때는 트럭에 싣고 다니며 장사를 했다. 운전석 뒤쪽으로 한 사람 누울 만한 자리가 있는 차라서, 잠이 들면 그곳에 눕히고 옆자리에도 앉히고 다닌다. 집에 두고 나오면 제대로 챙겨 놓고 나온 밥을 먹는지, 혹시 무슨 일은 없는지, 항상 애들 걱정인데, 데리고 나오면 때 찾아 먹을 것을 사 줄 수 있어 마음이 편하다. 어떤 때 집에 두고 나올 때는 아이들이 먼데까지 가지 않도록 보아 달라고 앞집 할머니에게 부탁을 하고 일을 나갔다.

큰아들이 다섯 살, 둘째가 네 살이다. 측은하고 애처롭다. 엄마 사랑을 받아야 할 나이에……. 어쩌다 이런 신세가 되었는지, 지난날이 기억에서 떠오를 때마다 경우는 헤어진 아이들 엄마가 증오스러워 울분이 치솟는다.

경우가 새벽에 집을 나와 연안부두에 반쯤 가다가 생각하니, 옷을 갈아입으면서 수첩을 옮겨 넣지 않고 나왔다. 시간이 늦었지만 운전면허증과 돈이 없으니, 급히 집으로 다시 돌아왔다. 그런데 웬 남자의 운동화가 현관에 놓여 있었다. 방문을 여니, 아내가 어떤 남자와 서로 엉겨 있었다. 그러다가 깜짝 놀라 쳐다보는 순간, 경우는 눈에 불이 나서 후다닥 부엌에 들어가서 식칼을 찾아 들고 방으로 뛰어 들어갔다. 그러나 그땐, 남자도 아내도 어느새 도망을 가고 없었다. 경우는 죽고 싶은 심정으로 아이들이 자는 방으로 들어가 우두커니 아이들을 바라보며, 분노에 다리를 바들바들 떨고 서 있었다. 이 어린것들을 어쩐단 말인가! 절대 용서할 수 없는 아내를 어떻게 끝을 낸단 말인가. 죽이자니 자식들을 두고 살

봄이 오는 소리

인죄로 형무소에 들어가 있으면, 아이들을 누가 키운단 말인가. 평화롭던 가정이 갑자기 폭격을 맞아 산산조각이 난 폐선 같았다. 경우는 날이 밝아오자 처갓집으로 달려갔다. 아내는 숨었는지 오지 않았는지 없었다. 장모에게 애들 엄마에게 전하라며 말했다.

"애들 어미는 이제 오늘 이후 집에 들어오면 그날로 죽여 버릴 테니 그리 알고, 합의 이혼하게 내일 법원으로 나오라고 하세요. 만약 안 나오면 간통죄로 처벌할 테니 양자 택하라고 전하시고요. 애들 어미가 언제부터 나와 자식들을 속여 가며 그런 막된 세상을 살았는지, 이제 하루도 지체할 수 없어요."

경우는 이 말을 전하고 돌아서며 비참한 심정을 참을 길이 없어 벽에 머리를 몇 번이나 박았다. 머리가 터져 피가 흘러 이마로 내렸다. 어린 아이들이 너무 불쌍했다. 아이들을 데리고 벌어먹고 살 일도 막막했다. 그렇다고 부정한 아내, 남편을 배신한 아내, 자식들을 외면한 아내를 용서할 수 없었다.

다음 날, 법원으로 나온 아내와 법률사무소에 가서 합의 이혼서를 작성, 위임하고 각기 돌아왔다.

일이 이렇게 되고 난 다음에야 앞집에 사는 아저씨가 전해 주는 말이 있었다.

"내가 새벽 운동 나오다보면 으레 그 시간에 웬 운동복 차림의 남자가 자네 집으로 들어가곤 했는데, 차마 말할 수 없었네. 인두겁을 쓰고, 고생하는 남편과 어린 자식들을 두고 할 수 있는 짓이 아니지. 짐승만도 못해. 악몽을 꾸었다고 생각하고 마음 정리하게. 울분하다 보면, 몸에 병이 생겨. 이다음에 좋은 여자 만나면, 그게 복수하는 거네.”

　여자도 남편을 잘못 만나면 인생이 불행하지만 남자도 아내를 잘 못 만나면 불행하기는 마찬가지란 것을 알게 되었다. 어린것들이 불쌍하고 발목에 수갑이 차인 신세가 되었다. 깨어진 가정의 비극적 생활이 캄캄한 밤길을 걷는 것처럼 앞이 안 보이고 대책이 없었다. 그러나 벌어야 어린것들을 키우고 공부를 시킬 수 있으니 잠시도 쉴 틈이 없었다.

　경우는 연아 엄마가 존경스럽고 더없이 훌륭해 보여, 자신도 모르게 헤어진 아내와 비교를 하게 되었다. 경우는 연아 엄마를 만나면 마음이 편안해지고 희망 같은 것을 느끼면서 애들 문제나 어려운 일이 있으면 의논하고 싶고 의지하고 싶은 마음이 들었다. 그래서 새벽에 만나면 따뜻한 커피를 따라가지고 가서 같이 나누며 어린애들 이야기도 서로 숨김없이 말하는 부담 없는 사이가 되었다. 하루는 경우가 서울로 가는 차 안에서 연아 엄마에게,

　“누님, 우리 두 집 아이들이 집 안에만 갇혀 있어서 불쌍한데, 쉬는 날이면 데리고 나가서 구경이라도 시켜 줍시다.”

　“그래, 그렇지 않아도 애들이 집에만 있는 것이 딱해서 어디를 데리고 가고 싶었는데 그렇게 하지 못했어. 동생이 잘 생각했으니 그렇게 하지.”

　경우와 연아 엄마는 정말 아이들을 위해 가끔 하루를 같이 보내고 싶었다.

　연아 엄마는 아이들이 좋아하는 김밥을 만들고 과자를 사고 경우네 아이들과 같이 서울대공원으로 놀러 갔다. 큰딸 연아가 일곱

살, 둘째딸이 여섯 살, 경우 큰아들이 여섯 살, 둘째 아들이 다섯 살인데, 두 집 아이들이 처음 만나서부터 서로 잘 어울려 즐겁게 뛰어 놀며 기뻐했다. 저수지 속에 돌아다니는 많은 잉어 떼를 보고 소리를 지르며 신기해하고 동물들을 보고무척 좋아했다. 아이스크림을 하나씩 손에 들고 먹으며 행복해하는 모습을 보면서, 경우와 연아 엄마는 눈물이 글썽하며 미안한 마음이 들었다. 그렇게 좋아하는 것을 한 번도 데리고 나오지 못하고 집에만 가두어두고 고아처럼 키운 것이 마음 아팠다. 경우도 연아 엄마도 똑같은 심정으로 아이들을 바라보며 쉬는 날이면 꼭 애들을 위해 보내자고 약속했다.

그 후 덕수궁으로, 경복궁으로 놀러 갔다 왔다. 아이들 때문에 어른들도 스트레스가 풀리고, 막막했던 기분이 훨씬 숨통이 트이면서 새 기력이 생겼다.

그러던 어느 날, 연아 엄마가 장사를 끝내고 집으로 와서 대문을 열려고 하는데 대문 옆에서 어떤 여자가 기다리고 있다가 갑자기 다가서며 소리를 질렀다.

"이봐! 다 늙은 주제에 생선냄새 풍기고 다니면서 동생 같은 남자를 유혹하고 다녀? 그리고 네가 뭔데 내 자식들 손을 잡고 놀러 다녀!"

연아 엄마는 깜짝 놀라고 어이가 없어서 맞섰다.

"경우 전처인 모양인데, 뭘 잘못 알고 함부로 말하지 마! 나는 벌어먹고 살기에 바빠서 너처럼 딴 남자나 사귀고 돌아다닐 여자가 아니야! 내가 너 같은 여잔 줄 알아! 자식을 버린 주제에......."

"뭣이 어째? 이 늙은 년!"

그 여자는 덤벼들어 연아 엄마의 머리채를 잡고 엎치락뒤치락 하는 사이 어느새 동네 여자들이 하얗게 모여들어 구경을 했다. 연아 엄마는 간신히 몸을 피해 도망하듯 집 안으로 들어갔다. 그리고 방으로 들어가지 못하고 분하고 억울해서 부들부들 떨며 서 있었다. 어떻게 동네 사람들 창피해서 살 수 있단 말인가. 밤새 잠이 오지 않았다. 이사를 어디로 가야한다고 결심하면서, 아이들이 알면 엄마를 어떻게 생각할까 생각하니 더욱 비참했다.

다음 날 아이들에게 아프다는 핑계를 대고 장사도 나가지 않고 누워 있었다. 경우의 전화가 왔다. 그래서 있었던 일을 이야기하고, 이사를 갈 수밖에 없다고 했다. 경우는 대신 사과하면서 처가로 찾아가서 다시는 그런 일이 없도록 병신을 만들어 놓겠다며 연아 엄마를 안심시켰다. 연아 엄마는 살던 곳에서 먼 곳으로 가서 셋집을 알아보았으나, 돈도 모자라고 빈방이 없었다.

동네 아저씨 때문에 그 아주머니에게 망신을 당하고, 이번에 경우 전처에게까지 망신을 당하면서, 이 동네에서 연아 엄마가 정말 바람난 여자로 취급받기에 충분했다.

여인숙으로 우선 이사를 했다. 그리고 주민등록을 옮기지 않았다. 살던 집 보증금은 차후에 집이 나가면 받기로 했다. 이사까지 하느라고 연아 엄마가 닷새 동안 장사를 하지 않고 있다가, 아이들을 위해 독한 마음을 먹고 연안 부두에 다시 나갔다. 잠을 자지 못하고 굶어서 하늘이 노랗게 흔들렸다. 새벽에 나오는 아줌마들은 반가워하며,

"어디가 그렇게 아팠어? 일이 아직 숙달이 되지 않아 그래. 몸살이겠지……."

하며 걱정 어린 말을 건넸다.

"네. 몸살이에요. 이제 괜찮아요."

경우는 연아 엄마의 손을 꼭 잡고 진심으로 사죄하면서 홍삼액 두 봉지를 앞치마 주머니에 속에 넣어 주었다. 집에 누워있을 때보다 훨씬 기분이 전환되었다. 경우는 날마다 새벽에 만나면 홍삼액 두 봉지씩 꼭 주머니에 넣어 주었다. 경우는 이제 다시는 그런 일 없을 거라며, 다음 노는 날도 전처럼 아이들 데리고 놀러 가자고 했다. 연아 엄마는 경우에 대해 아무 감정 없이 다만 아이들 위해서 놀러 갔던 일이 이렇게 오해를 받고 망신을 받고나니 다시는 놀러 가지 않겠다고 거절했다. 그러나 경우는 포기하지 않고 그녀를 설득했다.

"아무것도 모르는 어린것들이 놀러 가자고 조르는데…… 우리, 애들만 위해 갑시다. 애들 엄마가 다시는 나타나지 못하게 내가 처가에 협박을 해놨으니, 걱정할 것 없어요. 그리고 다시 나타나면 경찰서로 끌고 가요. 내가 가서 철창신세를 지게 만들게요. 내 인생에 더 이상 끼어들면 다리를 분질러 놓을 겁니다."

연아 엄마도 그 여자에 대한 반발 같은 오기로 맞서려는 비장한 각오가 불끈 일어나서 허락을 했다.

"어차피 오해 받는 걸…… 그래. 가지, 뭐. 우리 다 애들 위해서 희생하는 사람들이니까 애들 기쁘게 즐겁게 해주자고."

창경원에 가서 아이들에게 동물을 구경시키고 점심을 먹고 놀이

기구도 태워 주며 아이들을 즐겁게 해주었다. 그런 아이들을 바라보며 마음이 조금은 편해지고 잘 왔다는 생각이 들었다. 그리고 어쩐지 혼자가 아니라는 의지하는 마음도 서로에게 있었다. 경우는 결심을 한 듯 아이들이 놀고 있는 사이, 연아 엄마 옆으로 다가가 앉으며 말했다.

"애들 엄마도 내가 혼자 있으니 혹시나 미련을 두고 그런 행동을 한 겁니다. 누님, 우리 서로 모든 것을 이해하고 사정이 같은 처지니, 나는 누님 두 아이들의 아버지가 되어 주고 누님은 우리 두 아이들의 엄마가 되어 주고 행복한 가정을 이루고 삽시다. 누님은 어떻게 생각하세요? 누님이나 저나 아직 젊었잖아요. 제 나이 서른다섯, 이대로 늙어 버리기엔 억울해요."

"뭐라고? 내 나이가 몇인 줄 알면서 그런 말을 하나. 그리고 나는 평생 재혼이란 걸 생각한 적이 없어. 더구나 동생 같은 사람과 말이나 되는 소린가? 안 돼."

"나이가 무슨 상관이겠어요. 누님이 겨우 세 살 위인데, 그게 뭐 어때서요. 서로 뜻만 맞으면 되는 것이죠. 나는 누님 같은 여자와 함께라면 행복할 수 있다고 확신합니다. 그리고 누님에게 이런 장사시키지 않고 편안히 살게 하고 싶어요. 누님, 고생도 이제 그만하세요."

경우는 연아 엄마의 손을 힘주어 꼭 잡았다. 연아 엄마는 경우의 눈을 바라보며 진실을 확인했다. 그리고 경우 인생도 측은하게 느껴졌다.

집으로 돌아온 연아 엄마는 밤새 잠을 이루지 못하고 고민했다.

추한 생선 장수를 죽을 때까지 하여 애들을 키우고 공부를 시키고 결혼을 시키고 나면 늙어서 죽겠지. 늙었을 때를 생각하니 너무 비참했다. 자신이 경우를 행복하게 만들 수 있다면, 또 두 아이들이 아버지가 생기고 경우네 두 아이들에게 엄마가 생겨서 네 아이들이 티 없이 자랄 수만 있다면, 또 자신의 운명이 바뀔 수 있다면 이 기회를 놓치지 않고 선택할 것이라고 결심했다. 경우는 성실하고 열심히 살고 정도 많은 사람이다.

연아 엄마는 잠을 설치고 다음 날 장사를 나갔다. 경우는 연아 엄마의 대답을 초조하게 기다렸다. 서로가 바라보는 눈길에는 초조와 불안과 사모하는 마음이 그득했다. 그들은 주말에 놀러 갈 약속만 하고 헤어졌다.

아이들을 데리고 63빌딩 꼭대기에 올라가 사방의 전경도 구경시켜 주고 수족관 속에 여러 가지 생물들을 구경시켜 주었다. 아이들은 몹시 좋아했다. 아이들을 데리고 한강으로 나갔다. 경우와 연아 엄마는 아이들에게 즐거움을 주는 것이 그 무엇보다 보람 있고 행복했다. 유람선도 태워 주니, 아이들은 환성(歡聲)을 지르며 즐거워했다. 강변로 머리 위로 육교가 있어서, 그 밑에 들어가면 무척 시원했다. 싸 온 점심을 먹고 어른들도 강바람에 속이 후련해졌다. 아이들에게 아이스크림을 하나씩 사 주고 경우와 연아 엄마는 싸 간 커피를 따라 마시며 아이들이 뛰어 노는 것을 바라보았다. 네 아이는 마치 한 형제들처럼 다정해 보였다. 단둘이서 나란히 앉아 아이들을 바라보다가, 경우는 애들 엄마와 이혼이 된 호적 등본 떼어 온 것을 연아 엄마에게 보여주었다.

"누님, 허락하는 거죠? 만약 거절하시면 저는 이대로 불행한 인생을 살 수밖에 없어요. 누님이 저의 앞으로의 운명을 좌우할 수 있어요. 아이들에게 엄마가 되어 주세요. 저는 좋은 아빠가 되도록 책임을 다 할게요. 누님, 우리 인생 역전을 합시다. 누님이나 저나 아직 젊고 행복을 찾을 권리가 있어요. 우리는 아무 흠 없는 그저 희생된 사람들이에요. 가만히 귀를 기울여 보세요. 봄이 오는 소리가 들리지 않아요? 우리를 축복하고 있어요."

연아 엄마는 아무 말 없이 경우가 잡고 있는 두 손에 힘을 주고 눈빛을 마주보며 밝은 미소로 답해 주었다. 이제 두 사람은 행복을 위해 완성된 가정을 이루는 것밖에 더 좋은 일은 없다. 경우는 절대 이 인생 역전의 기회를 놓치지 않고 꽃을 꼭 피우겠다고 굳게 다짐했다. 연아 엄마도 같은 심정이었고, 두 사람에게는 겨울이 지나고 따뜻한 봄날을 위해 준비하는 희망으로 가득 차올랐다.

먹구름이 가득했던 하늘이 어느새 다 걷히고 푸른 하늘이 유난히 청명했다. 지난날의 모든 쓰라린 상처와 흉몽 같은 기억들이 한강 물에 깨끗이 씻겨 떠내려가고 있었다.

봄이 오는 소리

영원한

죄수복

　병원 복도에는 중년 여인과 이십대 중반의 여자가 툭 불거진 배를 안고 나란히 앉아 있었다. 병원 내에서 풍기는 역겨운 소독 냄새가 나의 긴장을 더해 주는 것 같다. 나는 두려움과 공포에 차서 벌벌 떨며 순서를 기다린 지 이십 분이 경과한 뒤, 호명을 듣고 황급히 원장실로 들어갔다. 그리고 숨이 넘어가는 다급한 목소리로 애원했다.

　"저 살려 주세요. 원장님 저 살려 주세요."

　"배가 아프신가요?"

　"원장님, 저 살려 주세요."

　"글쎄, 말씀을 하세요. 뭘 말입니까? 임신 몇 개월째인가요?"

　"7개월이에요. 저 살려 주세요."

　"하혈을 하십니까?"

　답답한 원장은 짜증 섞인 말로 진찰대에 누우라고 했다.

　　　　　　　　　　　　　　　　봄이 오는 소리

"원장님, 저 낙태 수술을……."

"뭐라고요? 미리 아이를 낳게 해 달라고요?"

"아뇨. 낙태 수술을 해주세요. 아이를 낳으면 안 돼요."

원장은 놀라서 큰소리로 화를 냈다.

"여기가 무슨 가축도살장인 줄 아세요? 해산달이 몇 달이 안 남았는데 낙태수술이라니요! 아기가 자연 사산이 된 경우가 아니면 절대 있을 수 없는 일이에요. 낙태 수술은 아무 때나 합니까!"

"저 살려 주세요."

"낙태만은 절대 안 됩니다. 엄마가 어찌 다 큰 아기를 죽여 달라는 겁니까?"

그 말은 내 심장을 찔렀다. 나는 원장 앞에 무릎 꿇고 소리 내어 울었다. 나는 벌떡 일어나 진료실을 나왔다. '어찌 자식을 죽일 생각을 한단 말인가! 내가 자식과 함께 죽어야 하는데, 자식만 죽이려고 하다니…… 나는 천벌을 받아야 해. 영원히 죄수복을 입어도 모자란다. 뱃속에서 엄마를 의지하고 새록새록 숨 쉬고 있는 아무 죄 없는 아기를, 나 스스로 죽지 못해서 아기만 죽이려고 하다니! 어디 나를 죽여줄 사람 없어요?'

병원 화단 옆에서 쭈그리고 앉아 부끄러운 줄도 모르고 통곡을 했다. 병원 드나드는 사람들이 내 곁으로 와서 자기들끼리 뭐라고 말들을 한다. 어떤 환자 가족들은 나를 붙들고,

"누가 죽었나요? 너무 슬퍼하지 말아요. 이 병원에서 병을 고치고 나가는 사람들은 행복한 사람들이고, 아기가 태어나면 경사지요. 불행하게 죽어 나가는 사람들만 불쌍한 거죠. 어쩌겠어요. 운

명이지요."

 '우리 부모가 나처럼 독해서 나를 버린 거야. 그런데 나는 우리 부모보다 더 악한 거야. 처자식이 있는 유부남, 사기꾼, 그 자식을 낳아서 비참한 자식을 만들 수는 없다 는 이유를 누가 타당하다고 하겠는가. 나도 죽으면 되는 거야. 그런데 무슨 미련이 남아서 죽어지지 않는가!' 나는 입술을 깨물었다. 그리고 진료실로 다시 들어갔다. 그리고 다시 나오고 또 들어가고 눈물로 빌고 무릎 꿇고 빌고, 원장의 동정어린 갈등이 창문에 눈을 고정시키고 한숨을 내쉬었다.

*

 순진하고 어수룩하기만 했던 나는 아직 이성친구가 없었다. 나는 고아원에서 고등학교를 졸업한 후 방을 얻어 자립해 살기 시작했고, 아르바이트를 하면서 야간대학을 졸업하였다. 그리고 처음으로 서초동에 있는 납품회사에 경리로 취직하였다.

 비록 부모·형제·친척 아무도 없어도 별로 외롭거나 부럽지 않았고, 일하는 것이 재미있었다. 입가에 미소가 늘 배어 있었다. 그래서 사람들은 나를 명랑한 성격이라 복이 따른다고 칭찬도 했다. 미장원에 나가면 내 몸매가 쭉 빠지고 인물이 예쁘다고 미스코리아에 나가라고도 했다.

 내가 출근하는 납품회사 사무실에는 자주 놀러 오는 사장님의 대학 후배라는 현욱 씨가 있었다. 근처 빌딩에서 영어 학원을 경영하고 있는 그는 하루에 두어 차례씩 와서 사장님과 차를 마시고 환담을 나누다 가곤 했다.

두어 달이 지나면서 자연스럽게 나는 현욱 씨와 서로 반갑게 인사하는 사이가 되었고, 쉬는 주말에는 사장님 부부가 현욱 씨와 같이 시외로 놀러 갈 때마다 나를 데리고 갔다. 그분들은 모두 나를 인간 대접해 주는 마음이 훈훈하고 고맙고 좋은 사람들이었다. 사장님은 현욱 씨에게 나를 과대평가해서 민망하게 했다.

"기숙 씨는 외모도 단정하고 키가 훤칠한데다 첫째 마음씨가 곱고 인물도 예뻐서 누구의 배우자감으로도 손색없는 아가씨야."

"형님, 나에게 자랑만하시기예요? 중매 좀 서 주시지 않고……."

현욱 씨는 농담 섞인 말로 나에게 관심을 가지고 말을 잘 걸어오고 다정했다. 나는 현욱 씨만 오면, 괜스레 가슴이 두근거리고 반가워졌다. 내 표정을 다 읽고 있는 현욱 씨는,

"너무 얌전만 빼면 손해 보는 수가 있어요. 나를 빨리 잡으세요. 괜찮은 놈입니다. 사랑하는 여자라면 모든 걸 바칠 수 있거든요."

하고 능청스럽게 말하곤 했다.

날이 갈수록 현욱 씨와 나는 석류가 익어가듯 좋아하는 마음이 깊어져만 갔다.

"내가 좋아하는 줄 알면서 왜 관심도 두지 않습니까? 우리 서로 사귀어 봅시다."

나는 머리를 숙이고 얼굴을 붉힌 채 듣고만 있었다. 그는 조바심을 내면서,

"기숙 씨, 무슨 대답 좀 하시죠. 제가 마음에 안 듭니까?"

"그런 것이 아니고, 저는 아무도 사귀고 싶지 않아서요."

"왜요? 서로 싫지 않으면 사귀는 것이 어때서요. 그러다가 서로 진실하게 사랑하게 되면 결혼해서 행복하게 살면 인생에서 성공이 아닌가요? 나 이제 스물아홉밖에 안 된 장래 포부가 큰 사람입니다."

"그런 것이 아니고 저는 고아예요. 그러니 못 올라갈 나무는 올려다보지 않아요."

"진작 형님에게 들어서 알고 있어요. 그런 거라면 걱정할 것 없어요."

그는 대수롭지 않다는 듯 자신 있게 말했다.

나도 그가 쾌활하고 남자답고 미남이었기에 호감이 갔다. 그러나 내 출신을 알고 만만하게 농락해 보려는 흑심이 아닌가? 정말 나를 좋아하는 걸까? 의심 반 믿음 반, 마음속을 교차했다.

그는 내가 퇴근할 때면 차를 대기하고 있다가 집까지 태워다주면서 저녁을 꼭 사 주었다. 사장님도 우리 사이를 다 알고 응원해 주었다.

"잘들 해봐. 처녀총각인데, 누구 눈치 볼 것 있나. 참 잘 어울리는 사람들이라 부러워. 좋은 인연이란 소중한 거야. 일생에 자주 있는 것이 아니지. 나도 집사람 말고 대학 때 좋은 여자 친구를 만났으나 내가 거만 떨다 놓쳐 버리고 오랫동안 가슴앓이를 했다네."

"나를 형님 꼴 만들지 말고 형님이 서둘러 성사시켜 주시면 되잖아요. '중이 제 머리 못 깎는다'는 말도 있잖아요."

"자네가 나와 같은가? 나는 미련했다니까. 스스로 짝을 잘 찾아 부모님이 반대해도 결혼들 하는 요즘 젊은이들이야……."

"다음 주말에는 형님 따라오지 마세요. 기숙 씨와 단둘이서 조용한 곳에 가서 담판을 지어야겠어요. 형님이 방해가 될 수도 있어요."

"요 봐라, 잘 생각했다. 우리 부부도 너 없으면 더 잘 즐길 수 있어. 귀찮아."

"기숙 씨는 내가 하자는 대로 따라만 오세요. 그래야 좋은 일이 있어요. 나는 요즘 기숙 씨 때문에 꿈이 탱탱하게 영글고 있어요. 사는 재미가 있어요. 전에는 형님하고 잡담하는 것이 고작이었는데…, 연분이 아니어서 그런지, 어떤 아가씨도 같이 만나는 것도 싫었어요. 기숙 씨, 영광인 줄 아세요. 복권이 당첨되었으니 말이죠. 하하하하!"

현욱 씨 가족은 아버지가 고등학교 교장 선생님으로 정년 퇴임하신 후 강화에 과수원을 사 놓고 관리인에게 맡겨 운영하시고, 어머니는 초등학교 교장 선생님으로 퇴임하신 후 유치원을 경영하시고 계신다고 했다. 그리고 그는 영어 학원을 운영하고 있어서 부유한 가정에서 부러울 것 없는 사람이었다. 그 사람이 왜 고아인 나를 그렇게 좋아하는지 점점 더 불안해졌다. 그는 옷이며 구두, 핸드백, 목걸이 같은 선물들을 사 주고 애인처럼 대했다.

그러나 나는 어느 땐가는 직장을 옮기고 만나지 말아야 한다는 절망적인 생각을 가지고 있었다. 점점 좋아지는 것을 느끼며, 결혼할 상대가 아닌 사람을 사랑하게 된다는 것이 불안했다. 고아라는 장애물이 자신의 앞길을 막아섰다. 현욱 씨를 만나기 전에는 고아란 것을 별로 문제로 걱정해 본 적이 없었다.

하루는 그의 손에 잡혀 직장에서 그리 멀지 않은 곳에 있는 현욱 씨 집에 끌려가게 되었다. 60평 아파트에는 처음 보는 으리으리한 귀한 가구와 화려한 실내 장식품들이 나의 기를 죽이기에 충분했다. 그의 어머니는 기품 있고 우아한 모습이었고, 교양이 몸에 밴 아버지와 같이 거실 소파에 앉아 기다리고 있다가 나를 맞아 주었다. 그는 나를 부모님께 여자 친구라고 소개를 했다.

나는 공손히 고개 숙여 인사를 하고 어쩔 줄 몰라서 그대로 서서 불안한 기색을 감추지 못했다. 부모님이 자리에 앉으라는 말을 두어 차례 한 다음에야 자리에 엉거주춤 쭈그리고 앉았다. 그때 가정부 아줌마가 차를 내 왔다.

"편히 앉아요. 우리 현욱이를 만난 지 얼마나 되었지?"

"5개월쯤 됩니다."

"부모님과 같이 살고 있나요?"

"부모님 안 계십니다."

"그럼 지방에 계신가요?"

"아닙니다. 안 계십니다."

"언제 돌아가셨어요?"

"부모님을 보지 못했고, 고아원에서 고등학교 졸업할 때까지 살았습니다. 지금은 자립해서 혼자 살고 있습니다."

내 대답이 끝나자, 싸늘한 시선과 말투로 명령처럼 말했다.

"알았어요. 이야기 끝났으니 가 봐요."

부모님이 일어서며 나를 바라보는 냉정한 눈빛이 사람을 쓰러뜨릴 만큼 위력이 있었다. 나는 두근거리는 가슴을 진정하지 못하고 얼굴이 새파랗게 질려 후들거리는 발걸음으로 밖으로 나왔다. 드디어 항상 불안했던 문제가 현실로 다가왔다. 그는 뒤따라 나와서 나의 어깨를 감싸 안고 위로하면서 차에 태웠다.

"걱정하지 말아요. 힘내요. 나만 믿어요. 절대로 흔들리면 안 돼요."

그는 따뜻한 두 손으로 나의 얼굴을 어루만지며 한참을 바라보았다. 나를 안심시키는 그의 눈에도 어둠이 서려 있었다. 집 근처에서 내려서 가까운 식당에서 저녁식사를 시켰다. 수저를 쥐어 주고 먹으라고 권하며 어린아이처럼 생선을 발라 입에 넣어 주면서 밥을 먹게 하려고 애를 썼다. 나는 아무 식욕도 없었고 불길한 예감과 절망이라는 그물망 속에 이미 갇혀, 어떤 위로도 도움이 되지 않았다. 드디어 올 때가 왔다는 생각을 하면서, 이미 예측했으면서도 진작 끝내지 못하고 정을 키운 것을 후회하면서 눈물을 주룩 흘렸다. 나는 이제야 비로소 그와 헤어지면 살 수 없다는 것을 깨달았다. 미처 현욱 씨를 그토록 사랑하고 있다는 것을 알지 못했다. 자신이 고아라는 문패가 이렇게 끈질기게 인생을 괴롭히고 비참하게 만들 줄은 짐작했던 것보다 수십 배 잔인했다. 고아가 무슨 범죄자라도 되는 것처럼 사람들이 꺼리는 이유를 알 수 없었다. 나는 아주 평범한 여느 아가씨들과 다를 것이 없고, 마음이 악한 것도 아니고 이기적이고 독선적이거나 주제를 모르는 것도 아닌데, 무엇 때문에 고아여서 안 된다는 것인가. 나는 나를 낳아서 버린 부모가 원망스러웠고 증오스러웠다.

갑자기 고아원에서 같이 자라서 뿔뿔이 헤어져 나간 애들을 생각하며, 불쌍한 생각에 가슴이 아팠다. 내가 당하는 수모를 그 애들도 겪을 것 같았다. 누구를 믿고 이 험난한 세상을 살아간단 말인가! 하늘이 무너진 듯 앞이 캄캄했다.

다음 날 현욱 씨가 사무실에 다시 찾아왔다. 그의 얼굴에도 검은 그림자가 비치고 있었지만, 억지로 웃으며 나를 위로하고 용기를 주려고 노력을 했다. 나도 미소를 억지로 지으며 괜찮다고 그를 위로했다. 퇴근 때까지 기다린 그는 나를 데리고 나가서 저녁을 사 주고 집까지 바래다주면서 아무 말 없이 나를 꼭 껴안고 20여 분을 서 있다가 드디어 결심한 듯이 말을 꺼냈다.

"만약 내가 당신과 외국으로 가자면 따라가겠소? 외국에 가서 한 삼 년 동안 살면서 아기 둘만 낳아가지고 다시 돌아와서 부모님께 아기들을 안겨 드리면 손자들이 예뻐서라도 결혼을 허락하실 줄 믿어요. 우리 그렇게 합시다."

"아니에요. 부모님을 그렇게 애태우는 것은 큰 불효예요. 저는 그렇게 할 수 없어요."

"사랑은 물러서는 것이 아니고 쟁취하는 거예요. 스스로 찾고 지키는 거예요. '자식 이기는 부모 없다'는 말대로, 더 이상 반대하지 않으시고 양보하시게 될 거라고 믿어요. 걱정 말고 나만 따라오면 돼요. 알았죠? 마음 약하게 굴지 말고……."

나는 차에 오르는 그의 뒷모습을 바라보며 '정말 그렇게 해도 될까?' 하는 흔들리는 마음이 순간 생겼다. 헤어진다는 것은 죽음 같은 절망이기 때문이었다. 밤이 그렇게 긴 줄은 미처 몰랐다. 뜬 눈으로 밤을 지새우고 아침을 굶은 채 출근을 했다. 점심때가 되어 올 때 현욱 씨 어머니로부터 전화가 왔다.

"아가씨, 나 현욱이 어미 되는 사람인데 열두시에 잠깐 옆 커피점에서 봐요."

"네, 알겠습니다."

나는 짐작을 하면서 죄인처럼 떨리는 마음으로 약속 장소에 나갔다. 현욱 씨 어머니가 먼저 나와 있었다.

"앉아요. 긴 말은 않겠고 우리 현욱이와 어울린다는 생각은 하지 않겠죠? 다시는 만나지 말아요. 그리고 우리가 이사를 갈 수는 없으니 아가씨가 직장을 바꾸어 주었으면 좋겠어요. 방 얻을 돈이 부족하거나 취직이 쉽지 않으면 모두 도와주겠어요."

"……."

"왜 대답이 없어요? 어른 말을 무시하는 건가?"

"아닙니다. 도움은 필요 없습니다. 제 힘으로 그렇게 하겠습니다."

나는 사무실로 돌아와서 책상에 엎드려 한참을 피 같은 눈물을 쏟았다. 사직서를 써서 외출 중인 사장님 책상에 올려놓고 황급히 현욱 씨가 오기 전에 회사에서 나와 택시를 타고 집으로 왔다. 그리고 주인아주머니에게 사정이 생겨 지방으로 내려간다고 말하고, 방이 나가면 전세금을 통장에 넣어 달라고 부탁하면서 누가 찾아오면 모른다며 비밀로 해달라는 당부를 했다.

짐을 들고 급히 나와 택시를 타고 무작정 달려가다가 서울을 벗어나 한적한 곳에서 내려서 우선 허술한 여인숙으로 들어갔다. 방에 들어가서 나는 짐 위에 엎어져 칼로 베는 듯한 아픔과 그를 보지 않고는 도저히 살 수가 없다는 죽음 같은 절망으로 오열했다. 고아로 살아온 외로움보다 더 외롭고 추웠다. 욕심을 부린 것도 아닌데, 어쩌다 여기까지 왔는지 후회를 해 보지만 소용없는 일이었다. 그가 얼마나 애타게 나를 찾고 있을지 잘 알고 있지만, 휴대폰도 이미 꺼 버렸다. 이제 내가 있는 곳을 알고 있는 사람은 아무도 없다. 사흘 동안 물만 먹고 누워 있다가 비틀거리고 일어나 방을 얻어서 나갔다. 새로 얻은 자취방에서 직장도 구하지 않고 방구석에 박혀 있다가, 가끔 밤에 앞 구멍가게에 가서 꼭 먹고 사는데 필요한 것을 사오는 것 외에는 밖에 나가지 않았다. 그러기를 삼 개월, 나는 질식할 것 같은 생활 속에서 점점 몸도 쇠약해졌다.

*

사랑하는 현욱 씨와 슬픈 이별을 하고 몸과 마음이 유난히 뼛속까지 혹독하게 시린 겨울이 두 번 지나고 가까스로 일어서려는 나에게 또 다른 비운은 예고 없이 더 가혹하고 비참하게 악마의 얼굴로 덮쳐 왔다.

나는 비틀거리는 발걸음으로 정처 없이 길을 걷고 있었다. 정적을 깨는 반가운 목소리가 나의 숙인 고개를 들게 했다.

"이게 누구야! 기숙이를 여기서 만나다니 꿈만 같구나."

봄이 오는 소리

"언니, 나 기숙이에요. 언니 맞죠?"

언니는 달려와 나를 부둥켜안았다. 나도 언니를 엄마 품속처럼 파고들며 꼭 껴안았다. 언니와 나는 서로 바라보며 눈가에 이슬이 맺혔다. 가까운 찻집으로 들어갔다.

"그런데 기숙이 네가 여기는 왜? 무슨 이유로?"

"언니, 말하자면 너무 슬퍼요. 언니한테 내 비밀이 어디 있어요. 나 언니를 만나서 숨통이 트일 것 같아요."

나는 모든 것을 언니에게 털어놓고 언니를 붙잡고 엉엉 울었다. 언니도 내 어깨를 다독이며, 연신 눈물을 흘렸다. 마치 자신의 일처럼 아파했다. 그리고 우리는 오래도록 서로를 바라보았다.

"언니, 형부 소식은 들었어?"

"응. 아들딸 낳고 잘 산대. 그이가 가끔씩 내 친구를 붙들고 나를 보고 싶다며, 만날 수 없느냐고 조른대. 지금 와서 만나는 것은 부질없는 일이지. 상처만 덧나지."

이제 모든 아픔을 이겨 내고 새로운 일자리를 찾아 결혼상담소에서 일을 한다고 했다. 다시 명랑하게 일하는 것을 보니 매우 대견하고 고마웠다. 언니에게 불행한 일이 생기면서 연락을 끊었던 관계로, 무척이나 그립고 보고 싶었던 언니였다. 친정 부모님이 계시니 나와는 환경이 다르지만, 언니의 심적 고통도 감당하기 힘든 일이었다.

언니가 결혼 전 나에게 자랑하며 행복해 하던 일이 아직도 생생하다.

"기숙아, 이 언니에게 청혼해 온 사랑하는 사람이 생겼어. 한번 소개해 줄게, 만나 봐."

"그럼. 형부 될 사람을 내가 안 만나 볼 수 있겠어? 그나저나 언제? 언니, 축하해요."

"좋은 사람을 만나 결혼하는 것은 세상 태어날 때 맺어진 연분이 래. 하늘이 맺어 준 인연이 아니면 못살고 헤어진대. 나는 정말 행복해."

그 언니는 좋은 남편을 만나 결혼하고 사랑을 받으며 행복하게 살았다. 그런데 삼 년이 넘어도 아기를 갖지 못하게 되면서 시부모님의 구박이 심해졌다. 그런 가정불화 속에서 방황하던 남편은 같은 회사에 다니는 여자 동료직원과 바람이 났고, 부부의 정이 멀어지기 시작했다. 그러다 일 년이 지나고 그 여자에게서 소원대로 아들이 태어났고, 남편은 아예 집에 들어오지 않았다. 애를 못 낳아 생긴 일이니 참고 살았으나, 이혼하라는 시부모님의 독촉이 심해지고 남편도 요구하여 서로 헤어질 수밖에 없었다.

언니에게도 불행은 비켜 가지 않았다. 언니는 아픔과 고통을 못 이겨 자살을 하려다 미수에 끝나고 폐인이 다 되었던 불쌍한 언니였다. 그 후 언니는 자취를 감추어 만날 수가 없었다.

언니를 만나고 일주일쯤 지나서 언니에게서 전화가 왔다.

"점심시간에 잠깐 근처 중국집에서 만나 점심을 먹자."

"그래요. 열두 시에 만나요."

내가 약속 장소에 갔을 때, 언니는 어떤 남자와 같이 앉아 있었다. 나는 딴 자리에 가서 앉았고, 언니가 와서 조용조용히 속삭

봄이 오는 소리

였다.

"오늘 처음 우리 사무실에 신부 될 사람을 구해 달라고 온 손님인데, 중학교 선생님이고 아내가 죽고 없대. 괜찮은 사람 같아서 너 한번 사귀어 보라고 데리고 나왔어."

"언니, 미리 말도 없이……."

"기분 나빠? 그럼 안 만나도 돼."

"언니 마음은 고마워요. 그런데 나 결혼 같은 것은 일생 하지 않고 살 결심이란 걸 잘 아시지 않아요."

"알았어. 하지만 새 출발해서 행복하게 살아야지. 유령처럼 잡히지 않는 그림자도 없는 사람 붙들고 바보처럼 더 큰 희생을 할 거야? 언제까지 그렇게 살려고? 내가 미리 말을 하지 않은 것은 실수지만, 잘 생각해 봐."

언니는 그 남자를 보내고 나와 점심을 먹고 헤어졌다. 그 일이 있고, 며칠 후 언니의 전화가 또 왔다.

"그 남자가 너를 만나보고 싶다고 사정하는데, 마땅한 자리 같으니 다시 생각해 보면 어떻겠니? 혼자 산다는 것이 쉬운 일이 아니야."

언니는 나의 상처를 알게 되었으니 좋은 사람과 맺어 주려는 진실한 바람이었다.

나는 밤을 새워 가며 나의 장래를 생각해 보았다. 현욱 씨를 혹시 우연히 만난다 해도 다시 이룰 수 없는 사랑이고 그는 결국 부모님 뜻에 맞는 여자와 만나 결혼하면 나를 잊고 행복하게 살 것이라는 생각을 하니 서글펐다.

사랑이란, 곁에서 눈빛을 마주보며 정담을 나눌 때 사랑을 느끼고, 손을 마주 잡을 때 온기를 느끼는 것이다. 멀어지면 눈빛도 없고 온기도 없으니, 마음속에 품은 사랑은 죽은 사랑이다. 사랑이란 이미 헤어질 때 깨진 물 컵이다. 언제까지 몸살을 하고 열병을 앓아야 한단 말인가. 그 늪에서 빠져 나오는 길을 선택해야 한다는 결심으로, 나는 언니에게 전화를 걸어서 솔직한 심정을 털어놓았다. 다음 날, 언니는 그 사람과 연락하고 나에게 약속 장소와 시간을 알려주었다. 그 사람을 소개받고 만나 보면서 그 사람에게는 부모가 돌아가시고 없다는 점에 무조건 적합한 상대로, 오히려 그런 조건이 나의 마음을 안정시켜 주었다. 뼈아픈 경험이 있었기 때문이다. 나는 더 이상 바랄 것이 없었다.

그동안 나는 그 남자와 서로 자주 만나는 사이로 발전했다. 그러나 통 별다른 감정이 생기지 않았고 어떤 희망이나 장래 설계 같은 것도 의논하지 않았다. 나는 마음속은 이미 현욱 씨 생각으로 가득차서, 딴 사람이 들어갈 자리는 없었다. 이미 행복을 송두리째 잃어버린 빈 껍데기였다. 그 사람도 아마 죽은 아내를 잊지 못해 건성으로 나를 만나는지도 모른다.

내 상처가 아물지 못했지만, 새로운 출발을 감행했다. 그 사람은 무뚝뚝하고 말이 없었으나 어차피 서로에게 아픈 과거란 것이 있어서 사랑으로 만나는 인연은 아니기에, 모든 것을 서로 이해해 주며 차츰 새로운 좋은 앞날로 키워 나가야 한다는 각오였다.

나 스스로 현욱 씨를 잊기 위해 선택한 길이다. 사랑을 새로 싹 틔우기란 많은 세월을 요할지 모른다. 그러나 최선을 다해서 남편을 존중하고 가정에 충실하다 보면, 아기가 태어나고 행복해질 수 있으리라 믿고 싶었다.

그 후 한 달쯤 지나 그 남자는 강원도 ○○면 변두리에 있는 사립 중학교로 취직이 되어 가게 되었다며, 같이 가서 살면서 돈을 벌어 결혼식을 올리자고 했다. 나는 주저하지 않고 그 사람의 제의를 받아들였다. 그 사람에게 직업이 있어 안정된 생활을 할 수 있으니, 아무것도 바라지 않았다. 살던 방을 빼고 모든 것을 정리하여 그 남자를 따라가 그곳에 방을 얻고 살림을 차렸다.

그 남자는 먼저 있던 학교를 그만두게 되어 서울로 와서 계속 놀고 있었기 때문에 돈이 없다고 하여 그날부터 그 남자의 교통비와 식대를 대 주어야 했다. 나는 바로 임신이 되었다. 그런데 수개월이 지나도 월급을 갖다 주지 않았다. 여전한 변명은 그동안 친구와 친척들에게 빌려 쓴 돈을 갚는 중이라며 이해해 달라고만 했다. 나는 그 말을 꼬박 믿고 기다려 주었다. 그리고 돈이 없어 주인아주머니에게 빚까지 얻어 쓰기에 이르렀다. 그러나 반년이 넘어도 여전히 월급이 들어오지 않아 경제적 타격이 압박해 왔다.

그 사람은 아주 성실하게 아침 일찍 학교로 출근하고, 저녁이면 틀림없이 같은 시간에 퇴근을 했다. 성격이 그런지 별로 말이 없고 주인아주머니에게도 무척 겸손하게 인사하고 좋은 사람이라는 평을 받았다. 더구나 시골에서 중학교 선생님이라고 하니 대단하게 알고 대접도 좋았다.

나는 몸이 무겁고 별로 할 일도 없으니 방 안에서 책이나 보면서 지냈다. 그러나 배는 점점 불러오는데 병원비나 아기용품 하나 준비가 되지 않아, 걱정이 되었다. 그리고 그 사람이 월급을 가져오지 않는 이유가 그 사람 말대로 사실인지도 의심스러워지기 시작했다. 나는 전에 그 사람에게서 양복점하는 육촌형이 있다는 말을 들었던 생각이 나서 몰래 수첩에서 양복점을 찾아 전화번호를 적어 숨겨 두었다. 나는 그 사람에게 거짓말을 했다.

"돈이 떨어져서 서울 친구에게 돈을 빌리러 갔다 올게요. 당신이 생활비를 한 번도 준 적 없으니 그동안 빚을 지며 살았지만, 아기 낳을 준비는 해야 하잖아요."

핑계를 대고 서울로 올라왔다. 그리고 적어 두었던 전화번호로 전화를 했다.

"거기가 OO양복점인가요?

"예. 맞는데 누구신가요?"

"만나 뵐 일이 있는데, 주소가 어떻게 되나요?"

"종로2가 OO양복점으로 찾아오면 됩니다."

나는 쏜살같이 찾아갔다. 사십대의 육촌형이란 사람은 이미 짐작을 했다는 듯이 딱하다는 눈빛으로,

"나를 이제야 찾아오시면 어쩝니까? 배를 보니 너무 늦었어요."

"이제라도 사실대로 말씀해 주세요. 학교에 나가는데 칠 개월이 되도록 월급을 한 푼도 갖다 주지 않아 내 돈으로 살다가, 결국 빚까지 지게 되고 해산할 돈도 없이 되어 의심을 품게 되어 찾아오게 되었어요."

"이제 어쩌시겠어요? 남도 아니고 말하기 곤란합니다. 한두 여

자도 아니니, 나도 창피합니다."

"무슨 비밀이 있지요?"

"여자들마다 나를 찾아와서 울고불고 야단이니, 골치가 아프네요."

"나를 도와주시는 셈치고 사실을 말씀해 주세요."

육촌형은 딱한지 동정하는 표정으로 사실을 말했다.

"전라도 고향 OO에 아내와 애들이 있는데, 집에는 가지도 않고 돌아다니면서 여러 명의 여자들과 동거하고 돈을 손해 보게 만들고, 도망 다니고…… . 창피해서 집안들도 상대하지 않는 사람입니다. 학교 선생이라는 것도 모두 상습적인 거짓말입니다. 속지 마세요. 전에 여기 찾아왔던 여자들도 다 중학교 선생으로 알고 있었어요. 여자들한테 못할 짓만 하고 다니는데, 당하는 여자들이 어리석습니다. 이 년 전에 어떤 여자가 사기죄로 고발까지 했었는데, 도망가서 찾지 못했던 걸로 알고 있어요."

나는 더 이상 말을 들을 필요도, 물어볼 필요 없이 허둥지둥 쓰러지면서 양복점을 나와서 길을 방황했다. 이젠 갈 곳이 없었다. 주인아주머니에게 빚까지 얻어다 썼으니, 이제는 돈도 한 푼 없었다. 그 사기꾼에게 이제 돌아가 따질 필요도 없는 일이었다. 하늘이 노랗고 천 길 낭떠러지로 곤두박질하는 것처럼 모든 것이 산산조각 났다. 나는 오로지 뱃속에 든 아기가 사기꾼의 자식이라는 것과 처자식이 있는 남자라는 공포밖에 아무 생각이 없었다. 비틀거리며 비몽사몽 중에 들어간 곳은 병원이었다.

내가 눈을 떴을 때는 하얀 병실이 빙빙 돌고 있었다. 배를 만져 보았다. 나는 무서웠다. 세상 살 자격을 잃었고, 어느 땐가는 스스로 세상을 끝낼 각오였다.

병원비가 없으니 친구에게 연락하고 오기를 기다렸다. 세상 천지에 아무도 없었고 오직 도움을 청하고 사정을 말할 수 있는 것은 친구 은영이 한 명뿐이었다.

친구 은영이는 고등학교 동창으로, 우정으로 맺어진 진실한 친구였다. 은영이에게는 남편이 있고 재롱둥이 딸이 둘이나 있었다. 은영은 외로운 나를 언제나 감싸주고 서로 비밀이 없었다. 급히 달려온 친구는 아무것도 묻지도 않고 얼마나 절박한 상황이 벌어졌는가를 납작해진 배를 보고 짐작하고 있었다. 그리고 나의 손을 잡고 같이 아파하고 있었다. 친구가 입을 열었다.

"우리 집으로 가자. 친정 엄마가 그러시더라. 해산한 것과 똑같이 몸조리를 해야 한대. 그렇지 않으면 산후병이 생긴대. 몸이라도 건강해야지. 우리 집으로 가자."

나는 갈 곳도 없으니 친구의 부축을 받아 일어났다. 친구가 병원비를 계산하고 나를 부축해서 차에 태웠다.

집에 들어가니 사람이 드나들지 않을 골방을 따끈따끈히 데워 놓고 이부자리를 깔아 미리 준비해 놓았다. 미역국을 끓이고 밥을 해서 자주 갖다 주었지만 번번이 그대로 물렸다. 친구는 나의 아픈 상처를 알기에 서로 바라만 보았다. 그리고 같이 울고 잠도 같이 잤다. 친구의 남편도 이해하며 몸과 마음이 회복되기 전에는 밖에 내보내지 말라고 아내인 친구에게 당부를 했단다.

나는 자신의 혐오와 환멸로 이어졌고 고립되어 갔다. 영원히 지워 버리고 싶은 무서운 기억들이 오히려 나를 비웃듯이 내 온 머릿속을 점령하고 활보했다. 본래의 차분하고 수용적이던 성격은 편협해지며 열등감이 심해갔다. 나는 두 달이 되어도 정신적 회복을 하지 못해 환자가 되어 일어나지 못하고 실신해 누워 있었다. 자식을 죽인 살인자라는 죄책감에 시달리며 내 자신도 죽어야 한다는 결심을 수없이 했다. 나 자신을 용서할 수가 없었고, 어떤 이유로도 자식을 살해한 엄마란 엄연한 사실을 정당화할 수 없음을 인정해야 했다. 나는 영원한 죄수복을 벗지 못할 죄인이었다. 차라리 그때 아기와 함께 자신도 같이 죽었어야 옳았다는 때늦은 후회는 더 큰 죄책감으로 날이 갈수록 깊어가는 마음의 병이었다. 네 달 동안을 그렇게 누워 일어나지 못했다. 얼굴까지 노랗게 떠서 비참했다.

친구 은영이는 나를 일으켜야겠다는 생각으로 방법을 찾았다. 나를 억지로 데리고 목욕탕으로, 유명한 식당으로, 백화점으로, 손을 잡고 돌아다녔다. 영화 구경도 가고, 운동 경기도 보러 갔다. 어느새 나의 얼굴에 실낱같은 화색이 돌기 시작하자, 친구 은영이는 더 열심히 나를 데리고 돌아다녔다. 부모가 아니면 할 수 없는 사랑과 정성을 다 쏟아 바쳤다. 지성이면 감천이라고 정신적으로 병이 들어 죽고 말 나를 회생시키고 있었다.

마음대로 죽어지지 않는 것이 모진 목숨이다. 이렇게 혼자 살아남았으니 죄의 대가를 치러야 한다.

몸과 마음이 폐인이 되어 친구 집에서 은둔 속에 지냈다. 다섯

달을 보내고도 일어서지 못하는 나를 보고, 친구와 친구 남편은 많은 염려를 하며 마음을 써 주었다.

친구는 사업하는 남편 사무실에 경리가 더 필요하다며 도와 달라고 부탁을 했다. 나는 너무 많은 신세를 졌으니 당연히 도와주어야 한다는 생각으로 쾌히 승낙했지만, 사실은 친구가 남편과 의논하여 나를 일으키려는 속셈이었다.

내가 병석에서 일어나 친구 남편 사무실로 출근을 시작했다. 친구도 사무실에 거의 매일 나와서 같이 이야기 벗이 되어 주고 식사도 하면서 활기를 주었다. 친구의 신세를 조금이라도 갚을 수 있는 일이 있다면 평생이라도 도와주고 싶고, 같이 의지하고 살고 싶은 마음뿐이었다. 그러나 한 달이 되자, 딴 직원보다 많은 월급을 주었다. 물론 절대 받지 않으려 했지만, 안 받으면 적금으로 넣겠다는 것이었다. 고아, 상처투성인 나를 사랑과 애정으로 포근하게 감싸 일으켜 준 친구 은영이는 나의 부모이자, 형제이자, 친구이다.

오늘은 나를 소생시켜 준 친구 은영이와 같이 내가 자란 고아원에 다녀왔다.

*

그로부터 십오 년이 흘렀다. 나는 많은 아들과 딸들을 거느린 엄마가 되었다.

모든 고아들이 핏덩이 때부터, 또는 엄마 얼굴을 알 때 버려져서 엄마 사랑을 모르고 외롭고 불쌍하게 성장하는 것을 보며, 나는 그 애들의 진정한 엄마가 되어 주고 누나가 되어 주고 언니가 되어 주고 싶었다.

고아원에 나의 방은 따로 없다. 어린것들을 외롭지 않도록 골고루 품어 재우다 보면 날이 밝았다. 오십 명의 고아 어린아이들을 돌보는 유모들조차 모두 아픔을 겪은 고아 출신으로 채웠다. 자신이 겪지 않고는 참된 애정과 사랑이 부족하기 때문이다. 진정한 가슴으로 아프게 낳은 고아들 모두를 나는 무척이나 사랑한다.

어린것들을 재우고 나는 한참씩 천사 같은 얼굴들을 지켜보며, 그 애들을 낳아서 버린 엄마들을 떠올려 보았다. 키울 능력이 없어서 핏덩이 자식을 버린 아픈 모성이었을까? 무분별한 문란한 사생활을 하다가 생겨난 자식을 잔인하게 버린 부도덕한 엄마였을까? 그러나 다 큰 자식을 살인하는 낙태수술을 한 나보다는 훨씬 도덕적이고 적어도 자식의 생명은 지켜준 엄마들이라는 점을 존중했다. 나는 죽어서도 용서받지 못할 영원한 죄수복을 입었다는 죄책감으로 살아가고 있다.

그 애들이 성장하여 결혼할 때는 또 다른 상처를 받지 않도록 결혼 중재자가 되어 인도해 주는 역할도 하고 싶었다. 어린것들이 다 자라서 성인이 되고 가정을 이룰 때까지 단 한 명도 낙오된 인생, 포기하는 인생, 멸시와 상처로 두 번 희생되지 않도록 끝까지 돌보는 일이 나의 의무였고 소망이었다.

성년이 되어 자립해 나간 고아들을 찾아다니며, 주소와 명단을 빼 놓지 않고 일일이 기록하고 명단을 만들었다. 아픈 아이들끼리 위로하고 의지하고 가정을 이루고 행복할 수 있도록 배필을 맺어 주는 것을 고아원의 관례(慣例)로 만들어 정착시키고 싶었다.

"너희들은 사랑하고 싶을 때, 가정을 이루고 싶을 때, 이 엄마에게 연락해라. 결혼 전에는 누구에게도 몸을 맡겨서는 절대 안 된다. 결혼할 때 배우자 부모에게 고아라는 멸시와 냉대를 받는 것은 부모 없이 자란 서러움보다 더 큰 무서운 상처가 된다. 외로운 너희들 중에서 사랑을 찾아라. 엄마가 먼저 그 설움을 겪었기에 너희들만큼은 절대로 그렇게 만들지 않으려는 애절한 소망이고 의무이다. 내가 사랑하는 아들딸들을 지키려는 엄마의 진정한 절규이다. 이 엄마가 배필을 맺어 주마."

나는 낮과 밤을 가리지 않고 진정한 고아들의 엄마로 사랑을 베풀며 살아간다.

영원한 죄수복을 입었기에 스스로 선택한 길에서 나 자신을 위한 인생은 이제 없다.

운명의
수레바퀴

　해선이 부모님께 첫 인사를 다녀온 며칠 후 형달을 집으로 불러서 갔다. 어쩐지 먼저와는 달리 싸늘한 분위기에서 형달과 해선이를 앉혀 놓고 말했다.

　"자네 사주를 보니 부모도 일찍 죽을 팔자고, 아내도 없이 살 나쁜 팔자라네. 만약 해선이와 결혼하게 되면 내 딸이 죽는다고 하네. 그러니 이 결혼은 절대로 시킬 수 없네. 그런 줄 알고, 오늘 이후 다시는 만나지 말게. 만약 모르게 만나면, 용서하지 않고 해선이를 가두어 두고 머리를 깎아 놓을 테니 그리 알게."

　정말 형달은 팔자라는 것을 믿고 싶지 않았다. 하지만 해선이 부모님 입장에서는 딸을 사랑하기에 안 좋다는 말을 듣고 부득이 결혼을 시키고 싶지 않을 거라는 것을 이해할 수 있었다. 그러나 해선이와 헤어진다는 것은 상상도 하기 싫은 아픔이었다.

　형달은 하늘이 무너지는 절망과 괴로움을 안고 집으로 돌아왔다. 정말 나는 왜? 그렇게 나쁜 팔자를 타고난 것일까! 이미 어머니가 일찍 돌아가신 것을 생각하니, 맞는 말인지도 모른다. 고칠 수 없는 것이 운명이고 팔자인 모양이다. 형달에게는 해선이 하나뿐, 처음이고 마지막이라는 사실에 더욱 끝난 인생이라는 체념이었다. 해선이는 명랑하고 언제나 다른 사람을 배려할 줄 아는 의리 있고 양심 바른 착한 여자였다.

형달은 아버지를 일찍 잃고 어머니와 단둘이 살았다. 어머니가 많은 고생을 하시는 것을 보고 자라면서 이 다음 크면 어머니에게 효도해야겠다고 결심했다. 그러나 어머니는 나이 오십도 안 되어 갑자기 위암이라는 병을 얻어 세상을 떠났고, 형달만이 홀로 남게 되었다.

슬퍼하는 형달을 친구들이 위로해 주려고 여름휴가를 내어 대천 해수욕장으로 데리고 놀러 갔었다. 그곳에서 우연히 친구의 소개로 해선이를 만났고, 첫 만남에서 서로 좋은 감정을 가지게 되었다. 하루도 빼놓지 않고 같이 만나면서 석류가 익어가듯 사랑이 여물어 갔다.

"해선이는 나의 인생에서 둘도 없는 존재야. 사랑이란 말로는 부족해. 더 크게 표현하는 말은 없나? 내 심장이 당신 심장과 실핏줄 하나도 다르지 않고 똑같을 거야."

"나는 사랑이란 말이 더 좋은데요. 형달 씨 생각만 하면 행복하니까. 그 외에 더 행복할 수 없으니까, 더 큰 것은 없어요."

"하늘이 내려준 인연일 거야. 우리 영원히 행복하자. 죽어서도 떨어지지 말고 사랑하자.”

해선이에게 남자 친구가 생겼음을 알고 부모님께서 형달을 불러 만나 보았다. 부모님은 흡족해 하시며 속히 결혼을 시키겠다고 했다. 그리고 날짜를 잡겠다며, 형달이의 생년월일을 적어 달래서 아무 거리낌 없이 적어 주고 집으로 돌아왔다. 그것이 바로 형달의 나쁜 팔자라는 것이 화근이 되어 운명은 가혹하게 두 사람의 사랑을 갈라놓았다.

형달에게 해선이를 잃는다는 것은 인생을 송두리 채 잃는 거나 마찬가지였다. 해선이도 형달이 친구 같고 이미 깊이 사랑하고 있었으므로 결코 헤어질 수 없었다. 해선이는 밥도 먹지 않고 방문을 잠가 놓고 밤낮으로 두문불출하며 부모님에게 무언의 반항을 하였다. 형달을 만나보지 않고는 살 수가 없어서 죽어도 좋다는 각오로 부모님 몰래 집을 빠져나와 형달의 직장을 찾아가려고 버스정류장으로 달려가고 있었다. 그러나 해선이의 탈출을 알고 허겁지겁 뒤따라온 아버지에게 잡혀 따귀를 얻어맞고 집으로 끌려가 방에 갇히는 신세가 되고 말았다. 해선은 아버지에 맞서 따지고 대들고 눈물로 애원도 하면서 굽히지 않았다. 두 번째 탈출 도전은 대문도 나서기 전 실패하고 말았다. 이번에는 아버지의 더 강력한 처벌이 내려졌다. 해선이의 머리를 삭발한 것이다.

형달이 한 달을 괴롭게 보내고 있을 때, 해선이 친구가 찾아와서 뜻밖의 청천벽락 같은 소식을 전했다. 해선이가 가두어 놓은 방에서 칼로 동맥을 끊고 자살을 하여 비참하게 발견되었다는 것이다. 해선이 써놓은 유서에는,

'차라리 죽어서 부모님께 후회를 주고 사랑하는 형달 씨에게 혼이나마 붙어 같이하고 싶어서 세상을 떠납니다.'

와 같은 말이 적혀 있었다고 한다.

해선이에게 그런 일이 있었는지도 모르고 만날 날만 기다리고 있던 형달은 하늘이 내려앉았다. 진작 해선이 부모님이 반대할 때, 데리고 도망가지 못한 것을 후회하며 가슴을 쳤다. 일이 손에 잡히지 않았다. 그때부터 형달은 공장도 나가지 않고 두문불출하며 자신의 운명이 해선이를 죽였다는 죄책감에서 벗어나지 못하고 괴로워했다. 눈만 감아도 해선이의 피 흘리는 비참한 광경이 눈앞에 아른거려 죽을 듯이 고통스럽고 그립고 보고 싶었다. 형달은 해선이 부모님 말대로 역시 자신의 팔자대로 되었다는 것을 부정할 수 없었다.

*

형달이 살고 있는 판자촌 앞에는 작은 개천물이 시커멓게 썩어 이상한 냄새까지 풍기면서 흐르고 있고, 위생상 사람이 살 곳이 못 되는 곳이었다. 어느 공장에서 내보내는 폐수가 섞여 흘러서, 깨끗한 물을 썩게 만들어 놓았다.

그 개천물이 흐르는 뚝 위로 길게 판자촌이 있다. 집 구조는 일자로 길게 방만 열 세 개가 있다. 방에 들어가기 위해 신발을 벗어놓는 자리 옆에는 연탄아궁이가 있었다. 그 앞에 좁은 공간에서 밥을 지어 먹어야 하니, 그곳이 부엌이 되는 셈이다. 여름에는 더

우므로 집집마다 방문을 열어 놓을 수밖에 없어서 판자촌 입구에서부터 지나는 사람들이 고개만 돌리면 집집마다 방에 있는 사람이 다 들여다보였다.

판자촌 입구에 있는 방에는 병들어 누워만 있는 어머니와 같이 살고 있는 아가씨 연화가 늘 사람들 눈에 띄었다. 형달도 오며가며 보아 온 그 어머니가 어느 날 앓고 있던 병이 악화되어 갑자기 죽게 되었다. 가끔 방문 와서 기도해 주던 봉사단체에서 와서 장례를 치러 주었다.

그 후 연화는 혼자가 되었다. 그런데 그 아가씨도 항상 누워만 있는 것이 보였다. 주위사람들 말로는 그 딸도 죽은 어머니 폐병이 전염되었다고들 했다. 형달은 연화가 마치 동생처럼 가엾은 생각이 들어서 병원에 데리고 다니면서 보살펴 주었다.

그러기를 반 년 동안 정성을 들인 탓인지, 핏기 없던 하얀 얼굴에 생기가 도는 듯했고 외로움이 조금은 없어지는 듯했다.

형달보다 여덟 살이 아래인 스물네 살이었다. 연화는 형달을 아버지처럼, 어머니처럼, 오빠처럼 의지하며, 어머니 잃은 슬픔을 조금씩 잊어가고 있었다.

그렇게 일 년이 지나는 동안, 서로는 가족처럼 연인처럼 헤어질 수 없도록 정이 들었다. 가냘픈 연화의 그늘진 모습이 애처롭도록 동정이 갔고, 그래서 마음이 늘 짠했다. 형달은 해선이로 인한 깊었던 상처가 조금씩 사그라져 가고 있는 자신을 느끼며 놀랐다. 해선이만 생각하며 일생 독신으로 살겠다던 결심이 느슨해졌다.

해선이 죽고, 형달이 살 의욕을 잃었을 때 친구 아버지에게 울며 이런 말을 했었다.

"아버님, 저는 팔자를 잘못 타고난 불행 때문에, 어머니를 잃고 해선이를 잃고…… 이젠 꿈이 다 사라졌어요. 회생할 수 없을 만큼 제 인생이 뭉그러져 버렸어요."

"죽을 것 같은 고통도 살다 보면 차츰 잊어가고 새살이 돋느니라. 지금 당장은 어렵겠지만 '세월이 약이다'라는 말이 있지 않느냐. 그러니 너무 조급히 삶을 포기하는 어리석은 판단을 하지 말고, 희망을 가지고 살거라."

형달은 지금 친구 아버지의 말이 옳다는 것을 깨닫고 있다. 평생 그 고통이 그대로 간다면, 극복하지 못하고 폐인이 되든지 죽고 말 것이다.

연화를 돌보며 현실에 몰두하는 삶을 살면서 그 절망이 연화로 하여금 치유되어 가고 있었다. 사람의 마음이란 참 변덕스럽고 냉혹하고 믿을 것이 못 된다고 생각하며, 어머니와 해선이에게 미안한 마음을 가졌다. 자신이 해선이를 배신한다는 생각마저 들었다. 형달은 동정에서 애정으로 점점 변하여, 이제는 연화와 헤어질 수 없는 사이가 되었다.

"연화야, 오빠가 너를 데리고 야산에라도 가고 싶다. 공기가 안 좋은 좁은 방 안에만 있으면, 건강에 해로워."

"오빠, 나도 그러고 싶어요. 오빠 일 갔다 오면 매일 저녁에 가요. 건강하게 오래 살고 싶어요. 엄마 돌아가시고 살고 싶지 않았는데, 오빠를 만나고 나서부터 살고 싶어졌어요. 친오빠 같아요. 하느님께 감사해요."

형달은 연화도 자신처럼 마음의 변화를 일으키고 있는 것을 느끼며, 꺼져 가는 불씨를 살렸다는 흐뭇함과 보람을 느꼈다. 딱해서 도움이 될 만한 일을 했던 것이 두 사람 모두에게 햇살 따뜻한 봄이 올 줄은 몰랐다.

어느새 일 년이 또 지났다. 형달은 연화에게 청혼을 하였다.

"연화야, 우리 가족이 되자. 같이 돌보고 같이 밥 먹고 외롭지 않게 밤새 오순도순 이야기하며, 그렇게 살자. 사랑하는 부부가 되자."

"오빠, 그래도 돼요? 제가 너무 부족한데, 살다가 후회하시지 않겠어요."

"후회라니, 만족이지…… 나에게 새로운 힘을 불어넣어 준 사람이 연화야."

어머니를 잃고 형달에게 신세를 지던 연화는 벌써 정이 흠뻑 들어 주저 없이 기다리기라도 했던 것처럼 반갑게 승낙하였다.

형달은 사람이 살아가는데 앞일은 아무것도 장담할 수 없는 일이고, 아픔도 평생 가는 것이 아님을 깨닫게 되면서, 그러나 한편, 또 어떤 불행이 찾아오지 않을까하며 '팔자'라는 단어가 불안으로 머릿속을 스치고 지나갔다.

형달은 해맑은 색으로 도배와 장판을 새로 했다. 신혼 방을 꾸미는 것이다. 주방이랄 것도 없이 비좁고 허술하지만, 찬장도 예쁜 작은 것으로 사다 놓고 두 사람이 밥해 먹고 살 그릇도 샀다.

서로가 친척도 없고 형제들도 없으니 단둘이 신부님을 찾아가서 예식을 하고 연화를 형달 집으로 데려왔다. 부부가 된 연화는 살림살이도 알뜰하게 잘해 나갔고, 착하고 상냥하고 마음이 조용했다. 그러나 건강 때문에 병원비 없애는 것이 늘 형달에게 미안한 마음을 가지고 있었다.

형달은 이제 연화로 하여금 지난날의 상처를 잊고 행복을 느끼며 살게 되었다. 연화를 진정으로 사랑하게 되었고, 온갖 정성을 다해서 병원 치료를 받게 해주었다. 연화는 이제 건강을 찾고 혈색이 돌았다. 형달은 비록 힘든 공장일이지만, 희망을 가지고 열심히 일하며 보람도 느꼈다.

지성이면 감천이라고 죽을 것 같던 연화가 회생하여 형달과 결혼도 하였으니 화가 복이 되었다. 형달은 이제 팔자라는 것을 믿지 않기로 했다. 그렇게 행복한 삶을 시작한 지 오 년이 지났으나 몸이 약한 연화는 아기를 갖지 못했다.

어느 날 형달이 저녁에 돌아와 보니, 늘 밖에서 기다리던 연화가 보이지 않았다. 방문을 여니 연화는 자고 있는 듯 누워 있었고, 방 안에는 가스 냄새가 가득했다. 깜짝 놀라 신을 벗고 들어가 연화를 깨우니, 이미 몸이 차게 식어 있었다. 형달은 눈앞이 캄캄하고 하늘이 내려앉는 절망과 슬픔이 곤두박질하여 그 자리에 쓰러지고 말았다.

연탄을 갈면 언제나 작은 뒤 창문을 열어 놓고 앞 방문을 닫아 놓아야 했다. 그렇지 않으면 부엌에서 연탄 냄새가 들어왔다. 조절을 하며 살지 않으면 안 되는 집의 구조에 연화는 이제 숙달이 되어 있었다. 그런데 사고라니…… 믿어지지 않았다. 원인은 연화에게 본시 있던 현기증이 일어나 연탄을 갈고 방으로 들어가 쓰러지고 그대로 누웠다가, 가스가 방으로 들어와 변을 당한 것으로 보였다. 형달은 너무 비통하여 같이 죽어 버리고 싶었으나 연화의 장례는 자기 손으로 잘 치러 보내 주어야 했다. 아내 연화의 장례를 치르고 화장한 뼛가루를 가지고 산으로 갔으나, 밤이 되어도 보내지 못하고 가슴에 안고 있었다. 주체할 수 없는 슬픔을 뼛가루에 섞어 넣고 있었다. 같이 갔던 직장 동료의 독촉에 못 이겨 겨우 재를 뿌리고 돌아왔다.

해선이 부모님 말씀대로 형달은 자신이 팔자가 사나워서 사랑하던 여자마다 만나면 죽는다는 사실을 인정하고 자책하며, 이제는 자신이 죽어야 한다는 결심을 다시 했다. 그러나 죽는 것도 팔자라는 것을 형달은 인정하지 않을 수 없었다. 죽는 방법을 찾다가 막상 죽으려 하면 공포가 엄습해 와 되돌아섰기 때문이었다.

*

을순이를 처음 만난 것은 같은 판자촌 공동 우물에서였다. 무허가 판자촌에 수도가 있을 리 없어서 모두 공동 우물을 사용했다. 을순이는 두레박을 쓸 줄 몰라서 사람들이 도와주어야만 물을 길어갔다. 형달이도 번번이 물을 끌어올려 주다 보니, 을순이는 물을 길러 나갈 때면 아예 형달이 방을 찾아와서 물을 길어 달라고 했다.

을순이는 시집을 갔다가 퇴박맞고 내쫓겼으나 갈 곳이 없어서 밤이면 그 시댁 대문 밖에서 쭈그리고 잠을 자게 되었는데, 시집에서는 주위사람들 눈이 무서워서인지, 인정상 도리로 그랬는지는 알 수 없었으나 그 판잣집에 방 한 칸 얻어 내보낸 것이라고 했다. 그리고 통장이 말해서 동사무소에서 쌀을 주어서 먹고 산다고 우물가에서 아주머니들이 수군거리는 말을 형달이 들었다.

을순이는 모자라서 사람들이 바보라고 별명을 붙였다. 인간성은 착하나 누가 말들을 하면 꼭 끼어들어 물어봐서 귀찮은 존재라며 핀잔을 잘 들었다.

형달은 을순이를 도와주면서 측은한 마음이 들고 불쌍했다. 혼자 힘으로 살 여자가 못 되니 더욱 동정이 갔다. 형달은 을순이가 도와달라고 찾아오면 싫어하는 내색 없이 도와주었다. 주위에서 보는 사람들도 그런 형달을 인정 많은 사람이라고 칭찬했을 뿐 아무런 딴 의심은 하지 않았다. 을순이를 이성으로 대할 남자는 없음을 다들 알고 있기 때문이었다.

형달은 인정이 많고 사람 됨됨이가 인격을 지녔고 똑똑했다. 그러나 형달은 두 여자를 사랑했으나 둘 다 떠나보내고 상처를 안고 정신적 고통을 이겨 내면서 부지런히 일해서 삶을 살아가는 사십 중반이 넘어가는 초라한 인생이었다.

형달은 이미 인생의 행복을 다 잃어버린 지 오래다. 해선이나 연화처럼 사랑하는 여자는 죽는 날까지 만날 수 없다는 것을 알기에 평생 혼자 살 결심이다.

운명은 언제나 형달의 약한 마음 동정에서부터 시작되었다.

을순이가 언제까지 바보로 가족도 없이 혼자 살아갈 수 있을까? 장애인 시설에라도 알아보고 보내는 것이 낫겠다고 생각했다. 그저 불쌍하다는 동정으로 도와주고 있었다. 동료들은,

"형달이, 공장에서 일하는 아주머니들 중에 과부가 많으니 골라서 한번 사귀어 보게. 가정이 있어야 안정이 되지, 혼자 살면 언제나 떠돌이 같은 인생을 살게 되네. 혼자 몸인데 여자들한테는 좋은 상대가 되지."

"나는 팔자가 나쁘다네. 여자를 만났다가 또 죽으면 어쩌려고 욕심을 내겠나. 그리고 다시 여자를 만나지 않겠다는 것이 내 각오야. 이대로 살다 가려네."

"자네, 미신 같은 말을 왜 하나. 쓸데없는 말 걷어치우고 내 말대로 새 출발하게. 아직은 늦둥이도 낳을 수 있어. 사람 사는 냄새가 나게 살게."

어느 날 형달이 직장에서 집에 들어오니, 을순이가 네 활개를 펴고 웃통도 벗고 젖통을 내놓은 채 치마도 젖혀져 팬티를 내놓고 정신없이 자고 있었다.

형달은 을순이를 흔들어 깨우며 야단을 쳤다.

"어쩌자고 여기 와서 자고 있냐? 빨리 네 방으로 가거라."

"오빠라고 하랬지 않아요. 오빠 집에서 동생이 자는데, 어때서요."

"그건 친남매일 때 말이고, 남들끼리는 결혼한 사이가 아니면 같

이 한방에서 자는 게 아니야. 그러니 어서 가거라."

"나 졸린데, 오빠 집에서 조금만 더 자고 갈래요."

"안 돼."

그러나 형달은 을순이의 내놓은 젖가슴을 보며 갑자기 열이 오르며 본능이 발동을 하여 주체할 수 없었다. 을순이가 바보라는 것은 순간 무력하게 무시되고, 성의 노예가 되어 본래의 의도나 관계가 허물어졌다. 형달은 순간 을순을 범하면서도 죽은 연화를 떠올렸다. 그리고 제정신이 돌아온 형달은 그 비참함이 형용할 수 없었고, 후회 또한 가슴을 찢었다. 인간은 동물과 하나도 다를 바 없다는 것도 깨달았다. 사람은, 특히 남자란 본능이 발동할 때 그 순간만은 고귀함도, 양심도, 도리도, 진정한 사랑도 없는 똑같은 행위일 뿐, 다를 바가 없다고 가슴을 쳤다. 돌이킬 수 없는 실수는 누구에게 말조차 하기 싫은 망령과 같았다. 을순이가 바보라고 범한 책임을 회피할 만큼 비도덕적인 형달도 아니고, 그렇다고 같이 살 수도 없었다. 형달은 자신의 음침한 눈을 저주했다. 눈에 보이지만 않았어도 비켜 갈 수 있는 일을, 한편 을순이를 크게 미워하는 마음이 생겼다.

비참했다. 예쁘고 똑똑한 여자라 해도 다시 결혼이나 가정을 가지지 않으려 결단하고 살았는데, 순간 시골 화장실 오물통에 빠진 기분이었다. 을순이를 탓하기 전에 자신이 치졸하고 위선적인 인간이라고 비관했다.

연화는 비록 동정에서 시작된 인연이라 해도 사랑이 있었다. 보람이 있었고 행복했다. 그런데 을순이를 어떻게 해결해야 할지 숨통이 막혔다. 을순이에게 부모형제 아무도 없고 바보이니 시치미 떼고 살아도 되겠지만, 형달은 그런 무자비한 성격이 되지 못했다.

을순이는 아는지 모르는지, 아니면 그런 것은 아무렇지도 않은지, 아무 변화도 없었다. 누가 본 사람도 없고 을순이가 그런 일을 말하고 다닐 주제도 되지 못했다. 다만 형달이 자신의 양심이 스스로 볶아 대며 고민하고 괴로워하고 있는 것이다.

여전히 을순이는 물을 길어 달라고 왔다. 그리고 형달이 집으로 가서 자라고 야단을 쳤던 것이 무서워서 다시 방에 들어오지 않았다. 그것이 더 양심을 찔렀다. 그런 순박한 바보를 범했다는 것이 더 나쁘다고 계속 자신을 학대했다. 의사소통도 되지 않는 을순이를 아내로 삼을 수도 없었다. 누구에게 의지하지 않으면 스스로 살 수 없는 바보를 외면할 수도 없고, 날이면 날마다 똑같은 고민으로 인생이 좀먹고 있었다.

형달은 드디어 '희생'이라는 두 글자에 굴복했다. 죽는 날까지 자신을 의지하고 살게 해주고 싶었다. 형달은 을순이에게 차라리 집으로 들어오라고 했다. 을순이는 벙실벙실 웃으며 좋아했다. 을순이는 밥도 할 줄 모르고, 반찬도 할 줄 몰랐다. 연탄불도 갈지 못하니 모두 형달이 해야 했다. 그런 바보에게 화를 낼 수도 없었다.

일 년이 지나고, 을순이는 아들 득팔이를 낳게 되었다. 아이가 태어났으니 호적을 올리고 아들을 입적시켰다. 형달은 이미 합칠 때부터 사랑과 인생의 희망을 포기한 상태였고, 을순이를 동정하

봄이 오는 소리

여 돌보겠다는 의도뿐, 부부라는 관념이나 한 가정을 이루었다는 안정을 가지지 못했다. 불행하게도 득팔이가 자라나면서 정상이 아닌 저능아라는 것을 알게 되자, 형달은 더욱 비참해졌다.

형달이 이제 육십오 세가 되었으니 직장에서 밀려나왔다. 그래서 생활능력이 없는 세 식구가 정부에서 나오는 생활 보조비로 살아가게 되었다. 아내 을순이는 아들보다는 좀 나은 편이지만, 아들 득팔이는 키도 난장이처럼 자라지 않고 몸은 가로로 퍼지고 말은 더듬거리며 정신연령이 어린애 같은 바보로 성장이 멈추어 있었다.

세 식구는 할 일도 없고 하니 집에 앉아서 별일도 아닌 일에 언제나 짜증이 나서 말씨름을 하며 살고 있다. 벽에 박아 놓은 옷걸이 못에 을순이가 좋아하는 붉은색 옷을 여기저기 걸어 놓았다. 형달이 누워서 쳐다보니, 한쪽 겨드랑이만 걸쳐 놓은 것이 길게 늘어져서 보기 흉했다.

"저 옷 좀, 제대로 걸어 놔. 보기 싫게 뭐야!"

"그거, 아무렇게나 걸어 놓으면 어때서."

"이왕이면 보기 좋게 걸어 놔 봐. 굿할 때 죽은 사람 혼 불러내느라 걸어 놓은 옷가지처럼 흉하지 않아? 제대로 하는 게 하나도 없어."

듣고 있던 득팔이가,

"주, 죽은 사람 호, 혼이 어, 어떻게 새, 생겼어?"

하고 묻는다.

"죽은 사람 혼을 본 사람 있다더냐?"

"차, 찾아다니면 마, 만나지."

"어미나 자식이나 똑같은 바보들아! 입이나 닥치고 있어!"

을순이는 슬그머니 화가 나서,

"내가 왜? 바보야. 득팔이는 키만 작지, 어때서?"

형달은 한심하여 쯧쯧 혀를 찼다. 제대로 대화를 나눌 사람이 없는 가정에서 지쳐 있었다.

득팔이가 갑자기 열이 몹시 나면서 아파서 앓아누웠다. 변두리 가난한 동네라서 병원도 없고 돈도 없으니, 택시도 탈 수 없어서 걱정이 생겼다.

"열이 나서 몸이 뜨거우니까 찬물로 씻어서 식히면 되지. 찬물로 목욕하자."

득팔이는 어미의 말을 듣고 찬물로 목욕을 하고, 을순이는 득팔이 등에 찬물을 부어 주었다. 그런데 밤부터 열이 더 오르고 불덩이가 되었다. 앓는 소리가 집 밖에까지 나갔다.

득팔이는 큰소리로,

"나, 주, 죽어. 사, 사람 살려! 아이구! 아이구! 나, 나 죽어!"

"병원도 문 닫고 어쩔 거야! 아픈 애를 왜 찬물을 퍼 부어?"

형달은 득팔이가 인간 구실을 못할 바에야 차라리 죽어 버렸으면 낫겠다는 생각을 했다. 을순이는 겁이 나서 득팔이 앞에 찬물을 떠다 놓고 무릎 꿇고 두 손으로 싹싹 하느님께 빌었다.

"하눌님, 우리 득팔이 살려 주세요. 아프지 않게 해주시고요. 우리 득팔이 색시도 주셔서 득팔이 꼭 닮은 예쁜 아들도 낳게 해

주세요."

듣고 있던 형달이 고함을 질렀다.

"바보야! 득팔이 죽게 생겼는데, 색시는 무슨 얼어 죽을 색시고!
득팔이처럼 똑같은 것 낳아서 뭣에다 써! 아이고, 속 터져. 차라리
둘 다 죽어 버려라."

"그럼 다시 빌게요. 하눌님 지금 빈 거 고칠게 있어요. 득팔이랑
똑같은 아들 주시라고 했는데 그게 아니고요. 득팔이보다 나은 아
들 낳게 해주셔요. 하눌님, 바꿨어요. 잊어버리시면 안 돼요. 아
셨죠? 득팔이 죽지 않게 먼저 고쳐 주시고요."

을순이가 비는 소리를 듣고 마음에 들었는지 득팔이는 누웠던 자
리에서 벌떡 일어나면서 기분이 좋아서 물어보았다.

"어, 엄마가 비, 비는 대로 되, 되는 거지? 새, 색시 어, 얻으면
애, 애기 나, 낳는 거, 거지?"

득팔이가 하는 말에 어이가 없어서 형달이 오랜만에 웃었다.

을순이를 처음 만났을 때는 지금처럼 속 터질 일은 크게 없었다.
서로 대화도 할 일이 없었고, 바보여서 필요한 말만 했기 때문이
었다. 애도 없었으니 말할 구실도 없었다.

그러나 이제는 득팔이로 하여 시끄럽기 짝이 없다. 형달이 낮에
는 나가서 일을 하여 돈을 벌어야 하고 집 안에 들어오면 두 바보
를 돌보며 살림까지 해나가는 것이 너무 힘들고 사는 재미가 없었
다. 형달이 밥 짓는 것, 빨래하는 것, 청소하는 것, 모두 다 해야
했다. 을순이와 득팔이는 오로지 먹고, 똥 싸고, 자는 것밖에 하

지 못했다. 공동화장실에 가면 언제나 대소변을 바로 대고 누지 못해서 곁에다 배설을 해놓아서, 형달이 바로바로 닦아 놓지 않으면 딴 사람들이 소리를 지르고 야단이 났다.

형달이 사는 판잣집 옆방에 사는 할머니가 형달에게 말했다.

"내가 하는 말을 섭섭하게 알아듣지 말게. 득팔이나 그 어미는 고칠 병도 아니고, 자네 죽을 때까지 신세 볶아먹을 애물단지들이네. 마음을 단단히 먹고 현명하게 판단을 해야 해. 장애인 시설에 보내서 죽을 때까지 보호받게 만들어 주고 자네도 남은 세상 마음 편히 살게. 왜 붙들고 인생을 그렇게 사나."

"할머니, 고맙습니다. 저도 어떻게 이 세상을 살아야 할지 고민하고 있습니다. 그래도 가족이라고 내다버리는 것 같아서 양심상 하지 못하고 있습니다. 그러나 언제까지 이 마음이 변하지 않을지, 저도 장담할 수 없습니다."

사실 형달은 지쳐서 을순이와 득팔이를 장애인 시설로 보내고 자신은 정처 없이 어디론가 떠나고 싶을 때가 많았다.

'판자촌 아래에 시커멓게 썩은 냇물도 계속 흘러가다 보면, 바다나 강으로 흘러들어 검은 빛이 사라지고 맑아지기 마련이다. 그런데 나에겐 세월이 흘러가도 점점 더 새까맣게 타는 가슴은 무슨 팔자란 말인가. 겨울이 지나면 봄이 오는데, 나에겐 더 혹독한 겨울만 계속되니, 무슨 팔자란 말인가. 이제 내 인생에 닻을 내리고 싶다.' 혼자 한탄을 하며 하늘을 보았다.

　　　　　　　　　　　　　　　봄이 오는 소리

여름 칠월 중순이 되자, 더위가 기승을 부렸다. 좁은 방에서 더위와 씨름하던 형달은 가족들을 데리고 동네에서 한참 떨어진 곳에 있는 작은 공원으로 바람을 쏘이러 나갔다. 걸어가는 동안에도 속이 터졌다. 바람 한 점 없이 무더운 땡볕에서 땀이 줄줄 흘러내리는 것을 수건으로 연신 닦아 내며, 뒤따라 뒤뚱거리고 따라오는 득팔과 오리걸음으로 기우뚱거리며 따라오는 을순이를 바라보며 소리를 질렀다.

"밥들은 양판으로 먹으면서, 기운이 없어? 왜 못 따라와?"

"아, 아빠는 같이 가, 가지. 호, 혼자 달아나면서 그, 그래. 그건 아, 아빠 자, 잘못이지!"

"그래, 네 말이 맞아. 내가 시집을 잘못 와서 매일 혼나고 사는 거야."

"내가 팔자가 더러워서 너 같은 여자 만나서 이 신세가 되었다. 입 닥치고 빨리 못 와! 너희들이 길을 잃어버릴 테니 더운데 나도 빨리 갈 수가 없잖아?"

"어, 엄마, 나 같은 사, 사람이면 조, 좋았을 텐데 아, 아빠 자, 잘못 마, 만났지?"

"그럼. 너하고 나하고는 마음이 척척 맞아서 좋은데."

마침 기다란 빈 의자가 하나 있었다. 형달은 앉아서 수건으로 얼굴에 땀을 닦아 냈다. 앞을 딱 막고 서 있는 을순과 득팔을 쳐다보며 답답하고 속이 터져서,

"왜 앉지 않고 서 있어?"

"어디에 앉아?"

"옆에 앉으면 되지. 바보야!"

형달은 하늘을 올려다보며 한숨을 길게 내쉬고 눈을 감았다. 무슨 생각을 하는지 좀처럼 눈을 뜨지 않았다. 형달은 을순이와 득팔을 데리고 이 재미없는 세상을 언제까지 살아야 할지 앞날이 캄캄했다. 몸에 덕지덕지 붙은 살덩이를 주체하지 못해 땀으로 미역을 감고 있는 득팔이에게 수건을 내밀며 측은한 눈빛으로 바라보았다.

"이 수건으로 땀이나 닦아! 시원한 것 사 올 테니, 꼼짝 말고 앉아 있어!"

형달이 아이스크림 세 개를 사 가지고 돌아오니, 둘 다 어디로 갔는지 보이지 않았다. 한참 찾아서 돌아다니다 보니, 둘이서 엉뚱한 곳에서 가서 헤매고 있었다.

"의자에 그대로 앉아 있으라고 했는데, 왜 이렇게 돌아다니는 거야!"

을순이는 오히려 화를 내며,

"빨리 오지 않으니까 길 잃어버린 줄 알고 찾았지, 뭐."

"내가 너희들 같은 줄 아니? 그것도 바보여서 그런 생각을 하는 거야."

형달은 다 녹아 흐르는 아이스크림을 을순과 득팔이에게 빨리 먹으라고 재촉하며 자신의 팔자를 원망했다.

집으로 돌아와 저녁밥을 해서 먹었다. 둘은 잠자리에 들어 금세 코를 골았다.

돈이라도 벌 수 있는 나이였으면 저녁에 잠이나 자러 집에 들어

갔을 텐데……. 그랬다면, 지금처럼 하루 종일 얼굴 맞대고 싫은 소리하며 부딪치지는 않을 것이다. 세월은 흘러 점점 몸은 늙어 가는데, 가족들을 누구에게 맡기고 죽는단 말인가.

세상 살아가는 방법을 아무것도 모르고 밥도 해먹을 줄 모르는 을순이와 바보 아들 득팔이, 그들이 다 죽을 때까지 돌보려면 형달은 백 살은 살아야 한다고 생각하니 끔찍하고 두려웠다.

*

형달은 잠도 오지 않아서 혼자 공원으로 다시 나갔다. 담배를 연거푸 두 대를 피우고 의자에 누워 여러 가지 생각을 했다. 형달은 의자에서 잠이 들었다. 얼마나 잤는지, 그때 소방차 소리를 들으며, '어디에 화재가 났나' 뇌까리며 눈을 감고 누웠다가 다시 잠이 들었다. 모기에 뜯겨 잠이 깨었다.

일어나서 집으로 돌아오다 보니, 판잣집이 온통 다 타 버리고 소방차는 가고 없고, 경찰차가 와 있고 사람들이 모여 있었다.

형달은 놀라서 급히 뛰어 판잣집 잿더미로 들어가 보았으나, 아무것도 없었다. 참변 당한 시체들은 이미 병원 영구실로 실어갔다고 했다. 불이 어떻게 났는지 알 수 없었고, 모두 잠을 자는 시간이라 삽시간에 판잣집을 태워버렸지만 거의 다 빠져나와 살았는데, 을순이와 득팔이와 혼자 사는 노인 두 명만이 참변을 당했다고 한다. 집에 없었던 자신이 죄인 같아 비통함으로 통곡을 했다. 시체는 형체도 알아볼 수 없었다. 형달은 병원에서 밤을 새웠다. 집에 같이 있었더라면 가족을 죽이지는 않았을 것이다. 다 똑똑하지 못해서 빠져나오지 못한 것이니 더 불쌍했다.

을순이와 득팔이 때문에 속이 터질 때면 죽어 버렸으면 차라리 낫겠다고 미워도 했지만, 막상 참변을 당하고 곁에서 없어지니 후회로 가슴을 쳤다. 그것도 참변을 당하며 얼마나 아빠를 찾았을까를 생각하니, 살고 싶지 않았다. 가족이란 잘났든 못났든 궂은 일이 있을 때 애착과 소중함을 깨닫게 되는 법이다.

세 번째 방에 살고 있던 할머니도 참변을 당했다. 아들이 삼 형제나 있었지만, 홀로 살고 있었다. 아들들이 다 잘 살고 있었지만, 서로가 모시지 않으려고 형제들끼리 다투면서 의리가 상하고 서로 왕래도 하지 않았다. 할머니는 세 아들 집을 다 돌아다니며 밥을 얻어먹고 살다가, 며느리의 구박과 천대가 심해지자 죽으려고 약을 먹었으나 죽지 못하고 살아났다고 했다.

어느 무자식인 할아버지가 홀로 살다가 돌아가시자 방이 비어 있었다. 그 방으로 오신 할머니는 동사무소에서 주는 식량으로 힘들게 살고 계셨다. 몸까지 아프셔서 바깥 출입을 하지 못하고 방에만 누워 계시다가 피하지 못했다. 아들 삼형제의 집도, 연락처도, 아는 사람이 없어서 영구실에 찾아오는 가족이 없었다. 언젠가 자식들에게 알려지겠지만, 모두 애통해 할 것 같지 않았다.

차라리 그 자식들을 낳아 키우지 않았다면, 노후 대책을 마련했을 지도 모른다. 점점 남처럼 되어 가는 자식들을 바라보는 불쌍한 노인들은 너무나 많다. 형달이 사는 판자촌에도 반은 홀로 정부의 도움으로 살아가는 노인들이다. 아직은 거동을 할 수 있는 살아남은 노인들이 영구실을 찾아와 자신들의 일인 것처럼 눈물을 훔치고 있었다.

형달이도 그런 노인들처럼 나이를 더 먹으면 병들고 일어나지도 못하게 될 것이라는 것을 내다보니, 앞이 캄캄했다. 사람은 한 치 앞을 보지 못하고 살기에, 언제나 눈감고 가다가 가로막은 철조망에 부딪히고 찢기고 머리통이 터져 피가 흘러서야 길을 잘못 들어선 것을 깨닫게 된다. 운명의 수레바퀴는 형달을 싣고 쉬지 않고 굴러갔다.

형달의 일생은 돈도 없고 반반한 직업도 가져 보지 못하고 살면서 주위에 불쌍한 사람을 보면, 몸으로라도 도와주고 싶은 마음 때문에 본의 아닌 운명을 걸머지었다. 형달은 이제 자신의 운명이 끝났다고 생각하며 몸을 일으켰다. 영구실 앞에서 마지막으로 이름을 불렀다.

"을순아, 득팔아, 두려워하지 말고 나를 찾지 말고 같이 손 꼭 잡고 다녀라. 너희들과 나 사이는 요르단 강이 가로막아 너무 깊어 헤엄도 칠 수 없고 배도 없단다. 그러니 뒤돌아보지 말고, 나를 부르지 말거라. 내가 하늘을 날 수 있는 날개를 받으면, 그때 너희들을 찾아가마. 불쌍한 것들아!"

을순이와 득팔이의 목소리가 들리는 듯 고막을 울렸다. 눈앞에 아른거리고 마지막 살려 달라고 소리 지르는 듯 심장을 뚫었다.

다음 날 새벽 일찍 형달이 판잣집이 탄 잿더미로 다시 찾아왔다. 잿더미 속에서는 소방관들이 뿜어댄 물로 뜨거웠던 훈기가 아직도 남아 김이 올라왔다. 모여들었던 사람들도 하나도 보이지 않고 음산한 기운만 돌고 있었다. 세상에는 자신보다 더 비참한 팔자는 없다고, 누구를 향한 원망인지 모를 소리를 질렀다.

"나를 죽여라. 나를 잡아 가거라. 불쌍한 사람들 도와준다면서, 바보인 처자식을 학대하고 미워했으니 나는 위선자다. 음흉한 죄인이다. 죄 많은 인생이니 참혹하게 벌해서 끌어가거라. 이 운명의 수레바퀴를 멎게 해다오."

형달은 잿더미 앞에 서서 통곡하며 떠날 줄을 몰랐다. 미워하는 것이나 욕을 하는 것이나 모두가 가족이란 애착 때문이었다는 것을 깨달았다. '그래도 내 아내였고 내 아들이었는데, 이제 어찌 산단 말인가. 불쌍한 것들아! 이럴 줄 알았더라면 내가 너희들 곁을 지켰어야 했는데…… 차라리 나도 같이 죽었어야 했는데, 이럴 줄 알았더라면 잘해 줄 걸, 이렇게 마음 아플 줄은 몰랐구나. 나에겐 이제 가족이 없구나. 이렇게 홀로 남아서 무슨 좋은 꼴을 보겠다고 산단 말인가. 불쌍한 것들, 너희들은 죽어서도 저승길도 못 찾아 나를 기다리고 있을 것 아니냐! 을순아, 득팔아, 너희 모자 때문에 내가 죽고 싶었는데, 이제 너희 모자가 죽고 없으니 살고 싶지 않구나! 구박하고 미워만 한 것이 후회되어 가슴이 이렇게 칼로 베듯 아프구나! 용서해다오. 죽어서 다시 만나면 잘해 주마. 저승에서도 가족끼리 만나는지 모르겠구나. 내가 가야, 너희들이 나를 의지하고 살지.' 형달은 울며 소리 지르며 하늘을 우러러 기도를 했다.

"하느님, 천당에 가려면 어린아이처럼 되어야 한다고 하셨지요.

봄이 오는 소리

우리 을순이와 득팔이는 악의도 없고 욕심도 모르고 겨우 대여섯 살 어린애들입니다. 그 애들에게 천당 문을 열어 주시고 천사들 보내시어 손잡고 가게 해주십시오. 제가 가거든 천벌을 내리시어 지옥에 처박으소서."

형달은 잿더미에서 무엇인가를 정신없이 찾고 있었다. 한참 후 형달의 손에 잡힌 칼자루가 손에서 뚝 떨어질 때, 빨간 선지피가 흘러내려 잿더미 속에 붉은 길을 내고 있었다. 달려오는 해에 쫓겨 가던 희미한 새벽달만이 가던 길을 멈추고 놀라서 뒤돌아보았다.

갈등의

양면성

　예쁜 머리핀을 사려고 동네에 있는 가게에 가다가, 마주오던 어떤 청년과 몸을 부딪치어 넘어질 뻔했다. 그리고 그 사람의 손에 든 책이 땅에 떨어졌다. 청년은 나를 힐끔 쳐다보더니 기분 나쁜 찌푸린 얼굴로 칼날 같은 말을 내뱉었다.

　"재수 없게 뭐야! 눈 생긴 꼴이 길을 제대로 보고 다니겠니."

나도 화가 났다.

　"뭐라고! 눈이라고? 너는 뱁새눈 같이 생겼으니 길이 제대로 보이겠니? 그러니 나를 보지 못하고 치받고 걷는 거지."

　"네 눈이 눈이냐? 황소 눈이지."

　"오, 너는 내 흉만 보이고 네 흉은 모르는 얌체구나! 너는 주걱턱에 코는 납작하고 꼭 원숭이처럼 생겨서 징그럽다!"

　나는 지지 않겠다고 맞서 떠들어 대고 집으로 돌아왔다. 빨리 방으로 들어가서 거울을 보며 엉엉 울었다. 그 청년이 한 말이 잘못

된 말도 아니다. 전에도 밖에 나가면 사람들이 나를 이상하게 눈길을 떼지 않았다. 나이가 들면서 분명 나는 남과 같지 않다는 것을 확실히 알 수 있었다.

공공근로 일을 다니는 어머니가 들어오셨다. 어머니가 자리에 앉기도 전에, 나는 울면서 엄마에게 대들었다.

"엄마는 내 눈이 커서 시원하게 생겼다고 사람들이 뭐래도 신경 쓰지 말라고 했잖아! 그런데 나를 다 이상한 병신으로 취급한단 말이야!"

어머니는 어두운 얼굴로 아무 말도 없으셨다. 나는 계속해서 어머니에게 화풀이를 했다.

"눈을 병원에 가서 고쳐주든지 몸도 옆으로 퍼지지 않게 먹는 것을 챙겨 먹였어야지, 그냥 내버려두니 이 모양이 되었지! 나를 왜 이렇게 낳아 놓았냐?"

듣고만 있던 어머니는 울고 계셨다. 나는 금세 후회를 했다. 어머니가 불쌍해졌다. 아버지가 일찍 돌아가시고 고생만 하는데, 나는 나쁜 딸이다. 어머니가 돈이 없으니 나를 병원에도 데리고 가지 못하는지도 모른다.

"엄마, 괜히 투정 부린 거야. 미안해. 아무데도 아프지 않으니 엄마하고 행복하게 잘 살면 돼."

어머니는 나를 꼭 껴안아 주셨다.

그러나 나이를 먹을수록 고민은 커져만 갔다. 이제 내 나이 스물다섯이니, 비관도 하고 세상을 원망도 하면서 밖에 나가는 것조차 싫어졌다. 혹간 일이 생겨서 밖에 나가 걷다 보면, 아가씨들은 모두 키가 크고 예쁜 다리가 쭉 뻗어서 부러웠다. 다리가 짧고 통통한 나 자신이 미워서 얼른 집으로 들어와 버린다. 얼굴마저 가로로 퍼져 호박 같고, 눈마저 튀어나와서 창피하고…… 아무것도 자신이 없다. 엄마도 나에게 어떤 희망을 가지고 있지 않다는 것을 나는 짐작할 수 있다. 어머니의 마음도 나처럼 괴롭고 한이 맺혀 있을 것이다. 남편 복도 없고, 딸 하나인 나마저 어머니에게 애물단지가 되었으니, 나는 불효자식이다. 친구들은 고등학교를 졸업하고 거의 대학을 다니고 있는데, 나는 겨우 중학교를 졸업하고 집에서 숨듯 처박혀 밖에 나가지 않았다. 그러니 친구나 남자 친구가 있을 리 없다.

TV를 보면 가수들이나 탤런트들의 아름다운 몸매와 미모에 나는 기가 죽어 슬퍼지기까지 했다. 봄이 와서 꽃이 아름답게 피어도 아름다움마저 느끼지 못했다. 해가 뜨면 일어나 밥을 먹고 하루 종일 방에서 TV나 보다가, 일 나간 어머니가 들어오면 그때야 입을 열어 보고, 밤이 되면 잠이나 자는 것이 세상 살아가는 나의 일과의 전부이다. 눈에 보이는 것은 다 짜증스럽고 불만스럽다.

어쩌다 밖에 나갔다가 길에서 나보다 더 큰 불구를 가진 장님이나 목발을 짚은 한쪽 다리만 있는 장애인들을 만날 때면, 나는 눈도 잘 보고 걸음도 잘 걸을 수 있다는 것에 위로를 받으며 용기가 생겼다. 마음먹기에 따라 기분이 달라졌다. 세상에는 여러 가지로 불구를 가진 사람들이 많지만, 나름대로 위로를 받는 데가 있어서 삶을 포기하지 않고 그런대로 꿈을 가지고 살아가는 것이 아닐까 하는 생각을 해보았다.

봄이 오는 소리

어머니는 몸이 아파서 일을 하루 갔다 오면 꼬박 하루를 앓았다. 고통과 가난에 시달리는 어머니를 보면서 내가 돈을 벌어서 어머니를 편안히 모셔야겠다는 책임감이 생겼다. 나는 돈을 벌어야 하는데…… 나 스스로를 재촉하며 점점 불안이 심해갔다.

오늘은 답답해서 근처 공원에 가서 벤치에 앉아 비둘기들을 보고 있었다. 한참 있다 일어서려고 할 때, 어떤 깔끔한 육십 중반의 할아버지가 치와와를 안고 성큼성큼 오더니 내 옆에 앉았다. 그리고,

"아가씨는 어찌 혼자 앉아 있지?"

하고 물었다.

"네. 집이 이 근처라 심심해서 나왔어요."

"음, 직장에서 노는 날인가 보지?"

"아뇨. 집에서 놀아요."

나는 일어서려고 하는데 할아버지가,

"나 아이스크림 하나 사다 주고 아가씨 것도 하나 사 와."

하며 만 원짜리 하나를 주었다. 나는 할 일도 없고 해서 심부름을 했다. 아이스크림 두 개를 사 가지고 와서 나머지 돈을 주니까, 심부름 값이라며 받지 않았다. 공돈이 생겼다. '훔친 것도 아닌데 주는 것을 못 받을 거 있나. 그런 심부름이라도 매일 할 데만 있다면 반찬값이 되는 거야.'

할아버지는 아이스크림을 먹으며 이야기를 했다.

"몸이 특이하게 생겼구먼. 아무러면 어때. 젊음만 있으면 좋은 거야. 나는 늙어가는 것이 쓸쓸해. 젊음이 있다는 게 축복이야.

나는 당뇨병으로 한쪽 눈이 시력을 잃어서 잘 보이지 않지."

할아버지는 잠시 어두운 얼굴이 되었다. 치와와를 사랑스럽게 얼렀다. 그리고 다정한 말투로 나에게 말을 걸어 왔다. 아이스크림을 맛있게 먹느라 정신없던 나는 고개를 들어 할아버지를 쳐다보았다.

"아가씨, 한참 나이에 놀면 어쩌나. 내가 취직시켜 줄까? 어떤 곳이 좋아?"

"아무데도 괜찮아요. 돈만 많이 주면요."

나는 '히히' 웃으며 말했다.

"그럼 잘됐군. 내가 마침 사람을 구하는데……."

나는 할아버지가 돈도 있어 보이고 거짓말을 할 것 같지 않아서 귀가 솔깃해졌다.

"할아버지, 정말이세요? 무슨 일을 하는 건데요?"

"응, 우리 집 일하는 아주머니가 친척인데, 나이를 먹어서 내 방과 서재를 청소하다가는 걸핏하면 비싼 도자기도 깨고 일을 저질러서, 내 방과 서재는 내가 한다고 들어오지 말라고 했어. 그런데 내가 하는데 힘이 들어서…… 방과 서재만 청소해 주면 한 달에 백만 원 줄게. 일할 테야?"

"식구가 없으세요?"

"응, 아들 하나, 딸 하나인데, 모두 미국에 가서 살지. 나 보고 들어오라는데, 나는 한국이 좋아서 들어가지 않지."

"일하겠으면, 지금이라도 우리 집에 가 볼래?

"네. 그럴게요."

나는 할아버지를 따라갔다. 버스 한 정거장 정도의 거리를 걸어서 가니 산이 있고, 산 밑에 수목이 울창한 속에 예쁜 집이 있었다. 큰 철문으로 들어가 넓고 푸른 잔디밭을 지나 현관으로 들어가니, 아주머니가 문을 열어 주며 밝게 웃으며 인사를 했다.

"들어오셨어요? 아가씨는 누구지? 어서 와요."

할아버지가 나를 거실에 앉으라고 권하고 방으로 들어가서 옷을 갈아입고 나왔다. 그때 아주머니가 차를 내왔다. 할아버지가 집 구경을 하라고 데리고 다니며 설명했다. 꽤 넓은 잘 꾸며진 집 안 전체가 TV에서나 보던 호화스런 장식품들로 꾸며져 있는 것으로 미루어 볼 때, 그 할아버지가 부자라는 것을 바로 알 수 있었다.

"저녁을 잡수셔야지요. 아가씨도 와요."

식탁에는 우리 집에서 명절 때도 해먹지 못하는 귀한 요리들이 깔끔하게 여러 가지 놓여 있었다. 할아버지는 행복한 부자였다.

이런 집에서 맛있는 음식도 먹고 하루 세 시간 일하고 한 달에 백만 원 받으면 운수 대통이다. 나는 꿈도 꾸지 못한 행운을 잡았다. 할아버지가 후덕한 사람 같았다.

내일부터 일하기로 하고 집으로 달려왔다. 어머니께서도 집을 직접 가보고 왔다고 하니 안심이셨다. 우리 집 화장실에는 겨우 몸만 들어가서 일을 보고 나와야 한다. 목욕을 하려면 물을 데워 주방 문밖 좁은 공간에서 씻어야 하니 힘이 들지만, 신나게 목욕을 하고 일찍 잠자리에 들었다. 할아버지가 전화가 왔다.

"아가씨, 내일 올 거지? 일찍 오지 않아도 돼."

"그럼요. 걱정 마세요. 꼭 갈게요. 안녕히 주무세요."

다음 날 일찍 서둘러 갔다. 할아버지와 아주머니가 반갑게 맞아 주었다. 나는 할아버지 방과 서재만 깨끗이 치우고 딴 일은 시키지 않았다. 그리고 점심을 먹었다. 나는 희망이 있어서 싱글거리며 미소가 떠나지 않았다. 이제 돈도 모아 어머니를 편안하게 모시고 살 수 있다는 생각에 행복했다.

'내 몸이 아무렇게나 생겼으면 어때, 돈만 벌 수 있고 어머니와 함께 살면 되지.' 나는 잠자리에서 콧노래를 불렀다. 매일 무료신문에서 구직을 신경 쓰며 찾아볼 필요도 없고, 사기당한 것도 이제 잊어가고 있었다. 인생에서 누구나 몇 번은 행운이 찾아온다고 들었는데, 나에게도 잘 풀려 나가니 복권당첨이라도 된 기분이다.

할아버지 집에 취직되기 전 나는 식전에 눈만 뜨면 밖으로 나가서 매일 나오는 무료 일간 신문을 골고루 한 아름씩 집으로 가져다 광고를 보면서 일할 수 있는 자리를 찾아보았다. 많은 광고를 보다가, 다음과 같은 글귀가 눈에 들어왔다.

- 월 200만원 보장. 20세~30세까지 안내원 -

마땅한 것 같아 신문을 오려가지고 주소를 확인한 후 찾아갔다. 사무실은 오류동 변두리, 허술해 보이는 삼층 건물에 있었다. 노크하고 들어가니 사십대 남자가 나를 쳐다보더니,

"어쩌나, 인원이 벌써 다 차서."

하는 것이었다.

"좀 전에 전화하고 오라고 해서 왔는데 무슨 말씀이세요."

"아가씨! 취직하려면 얼굴이 반반하고 키가 어느 정도 되어야지!"

봄이 오는 소리

나는 문을 닫고 나오면서 화가 치밀었다.

'미인대회야? 키고 인물이고 왜 따져! 일이나 잘하면 되지.'

하고 중얼거렸다. 나오다보니 오른쪽 복도에서 시끄럽게 떠드는 소리가 나서 쳐다보니, 젊은 아가씨와 아줌마가 말다툼을 하고 있었다.

"처음에 뭐랬어요? 안내원이라고 했죠? 보증금을 오십만 원 내라고 해서 냈어요. 그런데 일할 자리로 보내지도 않고, 데리고 간 곳이 겨우 술집이니 기가 막혀서……. 돈 내놔! 사기지, 사기야!"

"다 그런 곳으로 보내는 것이 아니라 아가씨가 인물이 반반하고 끼가 있어 보여서 그리로 보낸 거야. 그리고 말조심해. 사기라니?"

"술집 같은데 가려면, 나 스스로 얼마든지 갈 수 있어! 당신들한테 오십만 원씩 주고 가겠냐! 거짓말 광고하지 마. 고발하기 전에 빨리 돈 내 놔!"

내가 인물이 없어서 퇴짜 맞기를 잘했다고 생각하며 미련 없이 집으로 돌아왔다.

광고에 나온 일자리는 사람을 끌어들이기 위한 허위 과장으로, 사실과는 달랐다. 내가 걸었던 기대가 무너져 내렸다. 집에 처박혀 있자니, 안달이 났다. 어떻게 일자리를 구하나 하는 생각만 머릿속에 꽉 차서 입맛도 잃었다.

내가 인물이라도 예쁘든가, 키라도 컸으면 고민할 것도 없다. 일자리는 무엇이든지 자신이 있을 것 같다. 부모를 원망하는 마음도 커졌다. 뾰족한 방법도 없이 방구석에서 고민을 잡고 뒤척이다 보니 자살이라도 할 것 같았다. 나는 며칠 후 다시 광고를 뒤지다가 눈이 번쩍했다.

　－ 가내공업 월 150만원 보장. 20~65세까지 －

　65세까지라고 하니 나쁜 곳은 아니겠지, 하는 마음에서 찾아가 보기로 했다. 용두동에 허술한 집들이 모여 있는 곳에 사무실이 2층에 있었다. 부부 같은 젊은 두 사람이 앉아 있었는데, 나를 보더니 웃음을 입가에 흘렸다. 그리고 말했다.

　"여기서 일하려면 시키는 대로 해야 하는데…….."

　"일이야, 시키는 대로 하면 되죠."

　"일하다가 물건 훔쳐가지고 달아나는 여자들이 있어서 보증금 육십만 원씩 받고 있으니, 일하고 싶으면 내일 돈 해가지고 다시 와요. 그만둘 때는 그 돈 찾아가면 돼."

　나는 집으로 와서 어머니에게 말했다.

　"어떻게 믿고 돈을 줘. 그럴 돈도 없고, 그만두어라."

　내가 배우지도 못하고 못생기고 이 나이에 취직하려니 마땅한 곳은 없고 속이 상했다. 허리 디스크와 무릎 관절로 고생하시는 어머니를 쉬게 해 드려야 하는데, 포기할 수도 없다. 일을 그만두게 되면 돈 내준다는 말에, 나는 어머니 몰래 육십만 원 현금서비스를 두 카드사에서 뽑아 가지고, 다음 날에 찾아갔다.

　한참 덥던 날씨가 이제 고개를 숙이고 시원해서 걷기가 힘들지는 않았지만 어쩐지 발걸음이 무거웠다. 어머니를 속이고 많은 돈을 인출했기 때문이다. 내가 다시 찾아갔을 때, 나를 반기는 두 부부는 친절하게 말했다.

　"돈 해 왔어요?"

"네. 육십만 원이라고 하셨죠? 일은 바로 할 수 있죠?"

"그럼요. 내일이 토요일이니, 일요일까지 쉬고 월요일부터 나와서 일해요."

나는 신이 나서 집으로 와서 곧장 시장으로 가서 옷을 사고 미장원에 가서 파마도 하고 준비를 했다. 날아갈 듯 홀가분한 마음은 행복했다.

월요일 아침 일찍 사무실로 갔다. 너무 일찍 간 탓인지 문이 잠겨 있어서 밖에서 기다리다 보니, 12시가 되었는데도 문이 열리지 않았다. 불안하고 조바심이 나서 견딜 수가 없었지만 꾹 참고, 혹 오후 늦게 문 여는지 모른다는 미련을 가지며 기다리다 보니 오후 5시가 되었다. 나는 지치고 절망하여 그 자리에 주저앉고 말았다. 몸에서는 갑자기 땀이 쏟아지며 앞이 안 보였다.

내가 사기를 당했구나 생각하니 죽고 싶었다. 벼룩의 간을 빼 먹지, 이럴 수가 있을까 억울했다. 말 할 데도 없었다. 싸들고 간 일복 가방을 덜렁덜렁 들고 집으로 돌아와서 어머니에게 피곤하다는 거짓말을 하고는 이불을 쓰고 누워 버렸다. 하루 종일 굶었지만 배도 고프지 않았다. 며칠 동안 매일 가 보았지만, 역시 문이 잠겨 있었다. 나는 그 돈이 생각나서 견딜 수가 없었다. 빚만 지고 말았다. 어머니에게 돈 준 말은 하지 않았다. 이제 다시는 광고신문을 보지 않겠다고 결심하고 나니, 일자리 구할 희망이 사라져 텅 빈 절망만이 남았다. 카드를 무슨 돈으로 갚아야 할지 아무 대책 없이 주저앉아 한숨만 내쉬었다. 결국 어머니까지 알게 되면, 빚 갚을 길 없는 어머니는 화병에 누울지도 모른다.

오늘은 첫 월급 일백만 원을 받았다. 나는 처음 만져 보는 큰돈이었고, 처음 내가 벌어 본 돈이었다. 자신감이 생기고 가난하다는 비관도 없어지고, 부자가 된 듯 뿌듯했다. 그런데 한 달 하고 일주일이 지나서 일하던 아주머니가 허리가 많이 아파서 시골집으로 쉬러 갔다. 나는 또 딴 아주머니가 오겠지 하고 걱정을 하지 않았다. 그런데 할아버지가 나에게 제안했다.

"식구가 나 혼자고 일은 별로 없으니, 집안일 다 맡아서 해주면 백만 원 외로 백만 원을 더 줄 터이니, 그렇게 해볼래? 싫으면 사람을 구할 테니 말해 봐."

"제가 그렇게 할게요. 저는 돈을 더 벌고 좋아요. 아주머니 올 때까지 해요?"

"그래도 되겠어? 하다가 힘들거든 말해. 사람 구할 테니."

나는 신이 나서 아주머니가 오지 않았으면 하는 마음까지 생겼다. 나는 매달 이백만 원씩 받는 돈을 통장에 넣었다. 계획도 있었다. 어머니도 기뻐하셨다.

"꾀부리지 말고 열심히 하고, 시집갈 때까지 다녀라. 고마운 할아버지다."

"내가 이제 돈을 많이 벌고 있으니, 엄마는 일 나가지 마세요. 고집부리면 나 일 안 나갈 거예요. 약속해요."

어머니가 아픈 몸으로 일을 하지 않아도 되니 나는 효녀가 되었다. 행복했다.

나는 아주머니 하는 것을 본 대로 요리를 했고, 할아버지는 맛있다고 잘 드셨다. 일을 다 하고 나면 쉴 시간도 충분했다. 할아버지가 치와와를 안고 공원을 가시거나 자전거를 타고 운동을 나가시면, 나는 어머니나 친구에게 전화도 하고 TV도 보고 어떤 때는 낮잠도 잘 수 있었다.

　나에게는 친구가 없다. 하지만 단 한 명, 중학교 동창이 있다. 그 친구도 가난해서 고등학교도 가지 못하고 공장에 다닌다. 나는 그 친구를 불렀다. 찾아온 친구는 앉지도 못하고 왔다 갔다 하며, 환성을 연발했다.

　"어쩌다 이렇게 부잣집에 들어와서 많은 돈을 벌고 있니? 나는 점심에 라면도 못 먹는데, 여기 차려 놓은 이 음식들을 명절도 아닌데 매일 먹고 살다니…… 좋겠다. 나도 이런 자리 구해 달라고 할아버지에게 부탁해 줘라."

　"얘도! 어서 밥이나 먹어. 맛있는 것 먹고 싶으면 자주 와. 다 해 줄게."

　"애, 혹시 할아버지 엉큼하지 않니? 돈이면 다인 세상이니 노인네 마음만 먹으면 젊은 여자들 얼마든지 애인 할 수 있단다."

　"이 할아버지는 그렇지 않아. 점잖아."

　"이런 집 만나기도 힘들어. 너에게도 운이 찾아온 거야. 너는 인물도 별로인데, 잘 비위 맞추고 오래오래 있으면서 돈 벌어라. 계집애야."

　"나도 그럴 계획이야. 돈 모아서 조그만 집도 사고, 가게도 내어 장사도 하면서 어머니와 행복하게 살 거야."

"요즘 돈 많은 노인들은 좋은 음식, 좋은 약을 먹어서 백살도 더 산대. 그러니 안심하고 잘하고 있어."

그럭저럭 일한 지가 세 달이 되었다. 아주머니는 아직도 오지 않았다. 오늘도 기분 좋아 부지런히 갔다.

할아버지는 아직 일어나지 않았고, 몸살이 났다고 다리를 주물러 달라고 하여 친할아버지 같은 마음으로 정성껏 주물러 드렸다. 할아버지는 일어나시겠다고 붙들어 달라고 하여 몸을 일으켜 주려고 할 때, 갑자기 나를 껴안았다. 나는 순간적으로 할아버지를 밀쳐버리고 밖으로 뛰쳐나왔다. 그리고 밥도 안 챙겨 주고 집으로 오면서 하늘이 내려앉는 절망을 느꼈다. 좋은 직장을 얻었다고 부자가 될 듯 기뻐했더니 순식간에 와르르 무너져 내렸다. 할아버지의 엉큼한 마음을 알아채지 못한 것이 나의 실수였다. 그동안 많은 호감과 안심을 하도록 해 놓고 구렁이처럼 감아오는 것인가!

돈이면 다 얻을 수 있다고 생각하는 할아버지가 괘씸했다. 내가 아무리 못생기고 가난해도, 그렇게 늙은 할아버지는 싫었다. 나는 총각들이 그립고, 돈만 벌면 그 꿈도 이뤄질 수 있다고 희망을 가지고 살고 있다. 나는 밤새도록 울었다. 다시는 나가지 않을 결심이었다.

다음 날 저녁, 할아버지에게서 전화가 왔다.

"내가 굶어서 죽어도 좋아? 내가 외로워서 손녀딸처럼 껴안아 보고 싶었는데, 오해한 거야. 이해하고 내일 나와서 밥 좀 해 주면 안 되겠니? 아가씨, 내가 많이 도와주려고 했는데, 그렇게 가버리고…… 내일 오지 않으면 딴 사람 구해야 하니 알아서 결정해.”

나는 갈등이 왔다. 밥이라도 챙겨 주고 왔어야 했는데…… 내가 오해하고 너무 심했나? 나는 이제 어디 가서 돈 벌 곳도 없는데, 딴 사람 구하기 전에 들어가지 않으면 딴 여자에게 빼앗기는 아까운 자리가 될 것이다. 나는 불안한 마음에 조바심이 생겼다.

아침 일찍부터 비가 조금씩 내리고 있는데 길을 나섰다. 어쩐지 미지의 굴속을 들어가는 것 같은 어두운 마음이 깔려 있었다.

내가 들어가자, 할아버지는 반갑게 맞아 주셨다. 그리고 빨리 밥부터 하라고 하셨다. 나는 냉동실과 냉장고에 있는 재료들을 꺼내 반찬을 만들고 준비를 했다. 문어와 커다란 영광 굴비, 전복, 한우 갈비까지……. 나는 그동안 못 먹고 살아온 귀한 음식을 마음껏 먹으며, 어머니 생각이 간절했다.

식사가 끝나고 나서 녹차를 달라고 하셔서 두 잔을 따라 나도 마셨다. 나 같은 천한 여자를 사람대접하고 마주 앉아 차도 마시며 이야기도 나누는 할아버지가 고마웠다. 할아버지가 물으셨다.

“너, 남자 친구가 있니?”

“저같이 못생긴 게 무슨 남자 친구예요. 결혼하지 않을 거예요. 어머니와 살려고요.”

“예쁘고 잘생겨도 팔자가 사나우면 술집에나, 창녀촌에서 일하는 아가씨가 얼마든지 많단다. 그리고 몸이 건강치 않으면 다 쓸모가 없지. 너는 건강하고 젊으니 그게 재산이다. 결혼하고 어머니를 모시면 되는 것 아니냐.”

“그런 좋은 남자가 어디 있나요.”

"그렇기도 해. 결혼하지 않으려면 평생 먹고 살 돈이 필요한 거야. 부지런히 벌어야지."

"저는 돈만 벌면 어머니 모시고 아무 욕심 없이 살아갈 거예요."

"나는 내 곁에서 나를 외롭지 않게 이야기 상대가 되어 주고 보필해 줄 사람이 있었으면 좋겠다. 그런 젊고 건강한 사람이 있으면, 내 재산이 많으니 아깝지 않게 도와주고 싶다."

그리고 잠시 침묵이 흘렀다. 할아버지는 가족과 떨어져서 살면서 정이 그립고 외로운 것 같아서 안됐다는 생각이 들었다. 할아버지는 내 기분을 살폈다. 나 같은 것을 의지하고 싶어 하는 마음이 역력히 나타났다.

"할아버지, 돈이 많으시니 이렇게 사람 쓰고 사시면 불편할 것 없잖아요. 지금 제가 다 해드리잖아요. 더 필요하신 것 있으면 시키면 되고요."

"그래, 네 말도 맞다. 그런데 늙을수록 같이 잠자고 돌봐 주는 이성이 필요한 거야. 너는 내 말 못 알아듣는 모양이다. 등도 긁어 주고 살 맞대고 잘 수 있는 사람 말이다. 너는 안 되겠니? 나는 네 젊음이 좋아서 그래."

"에이, 할아버지, 저는 할아버지 집에서 일하고 돈만 받으면 되고, 저도 좋다는 사람이 생기면 결혼할 거예요."

"너는 결혼하기 힘들어. 꿈은 가지고 살아야 하지만, 너에겐 돈이 필요해."

할아버지도 나를 정확히 판단한 것이다. 나도 알지만, 그냥 한 말이다. 할아버지는 산보를 하고 오겠다고 나가고, 나는 많은 고민이 생겼다. '이러다가 할아버지와 살 딴 여자가 들어오면 나는 쫓겨나는 거 아닐까. 그렇다고 노인네와 한 이불 속에서 잠잘 수도 없고. 에이 일이나 하자' 집안일을 부지런히 마치고, 아주머니 방에 들어가 쉬고 누웠다가 잠이 들었다.

얼마를 잤는지 이상해서 눈을 떠 보니, 할아버지가 들어와서 내 손을 잡고 내 옆에 누워 있었다. 나는 깜짝 놀라서 손을 확 빼 버리고 일어났다. 할아버지가 애원하듯 나를 바라보며 조용히 내 손을 잡고 소파로 나와서 앉혔다.

"내 말을 듣고 가거라."

"듣고 싶지 않아요. 할아버지를 믿을 수 없어서 일 그만 두겠어요"

"겁내지 말고 내 말 들어봐. 너를 강제로 해치지는 않는다. 네 의사를 존중한다."

뿌리치는 나를 잡고 할아버지는 계속 말을 했다.

"돈 때문에 몸을 팔아 사는 여자들도 많다. 나도 그런 여자들에게 돈 조금만 주면 내 마음대로 다 할 수 있어. 그런데 그런 여자들은 싫어서 상대를 하지 않고 살았다. 나는 청순한 너를 좋아하고 너에게 주는 돈이 아깝지 않고 너를 도와주고 싶다. 너는 내가 싫다면 전처럼 일만 해도 돼. 네 의사를 무시하고 강제로 너를 해칠 나쁜 사람은 아냐."

내 마음을 떠보려는 할아버지는 나쁜 사람 같지는 않았다. 나는 내 인생에서 다시 만날 수 없는 구원자 같은 할아버지, 내가 부자가 될 수 있는 황금자리를 놓치고 싶지 않았다. 나는 갈등을 하면서 고개를 떨어뜨리고 앉아서 할아버지가 잡은 손을 빼려고 바동거렸다. 내 손을 놓아 준 할아버지가 어쩐지 동정이 갔다. 얼마나 외로우면 나 같은 천한 것을 의지하고 싶어 할까.

"다시 말하지만, 네가 할아버지가 싫지 않아 같이 곁에 있어 준다면, 내가 죽더라도 네가 죽을 때까지 잘살 수 있도록 넉넉히 주겠다. 나를 외롭지 않게 곁에만 있어 주면 돼."

"……."

'하기야 돈 많은 젊은 남자가 나를 쳐다나 보겠어. 나에게 찾아온 기회인지도 몰라. 이대로 갔다가 연락이 안 오면 어쩌지! 아니야. 할아버지가 싫지는 않지만, 너무 늙었어.'

나는 갈팡질팡 하는 마음을 가지고 방황을 했다.

"필요 없어요. 내가 왜 할아버지 같이 늙으신 분과 이상하게 살아요? 돈이면 다인가요!"

나는 벌떡 일어나서 집으로 돌아왔다. 밤새 잠이 오지 않았다. 직장을 구할 일이 첫째로 걱정이었다. 이튿날 나는 나가지 않았고 이불을 쓰고 누워 있었다. 막막했다. 나는 왜 이렇게 되는 일이 없을까. 인물이라도 예뻤다면 취직하기가 얼마나 쉬웠을까.

한편, 할아버지 집에 가지 않은 것이 후회도 되었다. 돈 많이 주는데 나대신 어떤 일하는 여자가 들어와 버리면 어쩌나. 내 마음을 나도 종잡을 수가 없었다. 어머니에게는 절대로 그런 문제를 내색하지 않았다. 나는 누워 있는 것도 좀이 쑤셨다. 나는 벌떡 일어나서 혹시 할아버지가 공원에 나왔나 하고 근처에 숨어 살펴보았다. 보이지 않았다. 다시 발걸음을 재촉해서 할아버지 집근처에 가 숨어서 누가 들어가나, 누가 나오나 살펴보았다. 아무 기

182   봄이 오는 소리

척도 없었다. 혹시 할아버지가 굶어서 병이 나지나 않았나? 온갖 생각들을 하며 하루를 보냈다. 밤이 되어서야 맥없이 집으로 들어왔다. 어머니가 나를 유심히 바라보며 근심어린 말을 했다.

"너 혹시 무슨 일 있는 것 같구나. 할아버지한테 혼났니? 아니면, 그만두라고 했니?"

"아니야, 내 걱정 말고 엄마 건강이나 생각해. 일은 절대 나가면 안 돼."

"알았어. 별일 없으면 됐다."

잠자리에 누워 안절부절못하며 팽개치고 나온 것이 후회되었다. 그때, 할아버지에게서 전화가 왔다. 나는 어쩐지 살 길이 생긴 것처럼 반가웠다. 나도, 할아버지도, 다 불쌍하다는 생각이 들었다. 나는 위험한 길로 빠져 들어가고 있었다.

"내 제안이 싫으면 와서 일만 해도 돼. 딴 여자들은 우리 집에 오지 못해서 야단이야. 아가씨가 오지 않는다면 딴 사람 구해야 하니까…… 다시 생각해 봐."

나는 연락 오면 가겠다고 마음먹고 있었는데, 막상 전화가 오니 또 갈등이 왔다. 일자리도 없고 할아버지를 잃기도 싫었다.

'그래, 나를 도와줄 수 있고 내 사정을 알아주는 사람은 할아버지뿐이야! 그리고 할아버지는 젊은 사람처럼 멋쟁이고 젊어 보이고 여자들이 좋아할 수 있는 부자야. 나 같은 못 생기고 병신에다 배우지도 못한 가난뱅이 여자는 상대도 안 되는데…… 나는 늙어도 결혼하자는 남자가 나타나지 않을 거야.'

나는 조금은 이성적으로도 호감이 갔다. 그래서 이런 기회를 놓치지 말아야겠다는 결론을 내렸다. 나는 다음 날 일찍 일어나서 할아버지 집으로 갔다. 할아버지는 반가워했다. 나는 할아버지 보기가 좀 미안하기도 했다. 내 마음을 짚어 본 할아버지는 내 손을 꼭 잡았다. 특유한 남자 냄새가 좋았다. 나는 스물다섯이 되도록 어떤 남자도 나를 거들떠보지도 않았고, 사랑해 주지도 않았다. 할아버지에게서 젊음이 좋다는 그 말을 처음 듣고 나서 이상한 기분이 들었다. 할아버지는 거부하지 않는 나의 태도를 알아차리고, 나의 손을 잡고 할아버지 침대로 갔다. 그리고 '싫으면 나가도 된다'고 말하고는 다시 대답을 기다렸다. 나는 할아버지가 하는 대로 스물다섯 나의 모든 것을 바치면서 싫지 않았다. 몸이 닿는 순간만큼은 나이나 신분이 아무 쓸모가 없는 듯싶었다. 나는 밤에 집에도 가지 않았다. 나는 여자로서의 새로운 딴 세상을 경험했고, 그것이 싫지 않았다.

이튿날 아침, 할아버지는 나에게 별도로 일백만 원을 주며 옷을 해 입으라고 했다. 나는 은행에 가서 돈을 모두 통장에 넣고 집으로 돌아오면서 기쁨 반 후회 반 혼동된 감정으로 내 머릿속이 헝클어져 멍청해진 것 같았다. 갈피를 잡을 수가 없이 혼란스러웠다. 아무 이름도 붙일 수 없는 내 존재. 아내도, 애인도, 창부도 아닌 할아버지와 나 사이. 조건과 필요와 이성적 충동이 관계를 만들어 놓았다. 내 젊음이 이대로 멈추어 버리고 할아버지처럼 늙어 버릴 것 같기도 했다. 외롭고 억울하고 슬픈 마음이 들었다. 하지만 이제는 바꿀 수도 없다. 헌옷이 새 옷이 되지는 않는다. 할아버지 품에서 벗어나면, 어머니의 병든 육신과 가난이 나를 더 고통스럽게

봄이 오는 소리

할 것이 뻔했다. 그리고 나에게는 영원토록 사랑이 찾아오지 않을지도 모른다. 나는 장애인이나 다름없다. 누구도 나를 도와 줄 사람은 없다. 나에게는 어머니가 내 몸보다 더 소중하다. 어머니를 위해서도 나는 무엇이라도 해야 한다. 나는 마음을 정리해야 한다. 스스로 선택한 일을 후회하거나 회피해도 안 되고, 할아버지를 파렴치한 부도덕한 노인으로 몰아서도 안 된다. 할아버지는 얼마든지 내가 나 자신을 지킬 수 있고 선택할 수 있는 기회를 주었기 때문이다. 할아버지가 강제 추행하지는 않았다는 것을 알기에, 할아버지를 비난하고 싶지는 않다. 이제 할아버지 품에 안겨 있을 때는 포근하고 의지가 되고 이성으로서의 감정도 느낀다. 그러면서도 여전히 처녀로서 잘못된 길이라는 부정적이고 비관 같은 것이 마음 한구석에 맴돌며, 내 얼굴에서 웃음을 빼앗아갔다. 오로지 돈이 통장에 들어가는 것만이 기쁨이고 보람이었다. 나는 어머니에게 사실을 털어놓았다. 어머니는 '잘못 타고난 내 팔자가 딸까지 불행하게 만들었다'며, 가슴을 치며 우셨다. 그러나 돌이킬 수 없는 내 결정을 받아들였다. 나는 할아버지 집에서 하룻밤, 집에 가서 어머니와 하룻밤, 오고가며 결혼도 하지 못할 흠 있는 여자로 굳혀 가고 있었다. 나는 아주머니가 음식 하는 것을 보고 배운 대로 할아버지 식성을 맞추어 가며 칭찬을 받았다. 할아버지는 아깝지 않게 별도의 돈을 자주 백만 원씩 주었다.

시골에 간 아주머니는 차라리 오지 않기를 바랐다. 할아버지와의 관계가 알려지는 것도 싫고, '아주머니는 정말 친척일까?'

하며 은근히 질투심 같은 것도 생겼다. '혹시 할아버지가 나를 나오지 말라고 마음이 변하면 어떻게 하나!' 걱정까지 되었다. 앞으로 할아버지 아들딸이 와서 알게 되면, 어떤 변화가 생길까? 혹시 할아버지가 갑자기 일찍 죽는다면 어쩔 것인가! 그 모든 부질없는 온갖 상상의 날개를 펼치며, 할아버지는 나에게 소중한 사람이 되었다.

할아버지가 운동을 나가면 나는 집안일을 하고 아내처럼 할아버지를 기다렸다. 외로움은 사람을 삭막하고 어둡게 만드는 것 같았다. 이제 할아버지는 많이 밝아지셨다.

*

오늘은 유난히 날씨가 따뜻하다. 산행을 즐기는 사람들이 지나다니는 길목 어귀에 우리 집이 자리 잡고 있다. 우체부가 재산세 영수증을 편지함에 넣고 간다. 가게에는 순대, 떡볶이, 부침, 커피가 준비되어 있다. 통장에 늘어나는 숫자가 쉬지 않는다.

그 많은 갈등과 방황, 후회, 비관 등 모두 다 지나간 지금, 안정(安定)을 하고 아침 일찍 가게 문을 연다. 내 옆 의자에는 어머니가 밝은 얼굴로 앉아 내가 장사 준비하는 것을 흐뭇하게 바라보고 있다. 열심히 장사를 해서 어머니 여생 동안 잘 모시고 효도하는 길만이 나의 앞날의 소망이고 기쁨이다. 나의 과거처럼 길 잃은 가난하고 못난 사람이 있으면 일어설 수 있도록 작게라도 아끼고 쪼개서 도와주고 싶다는 것도 나의 작은 희망이다.

봄이 오는 소리

할아버지가 미국 아들집으로 가신 지 삼년 째 되는 따뜻한 봄날이다. 돌아보면 일시나마 그 할아버지를 만나는 기회가 없었다면 나는 여전히 가난에서 헤어나지 못하고, 어머니는 병원에도 가지 못하고 돌아가셨을지도 모른다.

세상 사람들은 흔히 말하기를 '돈이 무슨 필요가 있느냐'고 한다. 그러나 그런 말은 돈이 있고 배부른 사람들의 사치스런 말이다. 누구나 돈이 없으면 병도 고칠 수 없어 죽어야 하고, 식생활도 할 수 없어 굶어야 한다. 몸 쉴 거처지도 없으면 추위에 떨어야 한다. '사흘 굶어 남의 집 담장 넘지 않는 사람 없다'는 속담도 있다. 나에게 선택의 여지가 없었다고 스스로 변명을 하면서도 잘못된 선택이었다고, 분명 딴 살길이 있었을 거라는 후회가 나를 괴롭힌다. 처녀로서 무모하고 수치스런 과거로 남겨진 것에 아직도 여전히 마음 한구석에 어둠으로 남아 괴롭힌다. 그러면서도 한편 나의 행실이 범죄성이나 부도덕한 불륜은 아니라는 것에 스스로 위안을 삼는다. 부모님에게 조금만이라도 기댈 언덕이 있었더라면, 그리고 어머니가 건강만 했더라면…….

부를 누리고 살아가는 할아버지를 돌아보며 마음속에서 외친다. 고마움과 미움이 교차한다. 가뭄에 시들어 가는 햇순을 꺾지 말고 넘치는 물질(物質)로 거름도 주고 물도 주면서 진정 자선(慈善)을 베풀어 주었다면 얼마나 훌륭하게 존경받는 할아버지였을까를, 그리고 내 앞길이 얼마나 밝았을까를…….

나는
어머니가
되었다

　오늘 무를 썰다가 잘린 손가락 흉터를 베었다. 쏟아지는 피를 휴지로 감싸 쥐고 한숨을 크게 내쉬었다. 남자는 역시 주방에 있을 자리가 아니다. 아빠·엄마가 된다는 것은 너무 서툴고 힘겨운 자리인 것이다. 뒤바뀐 운명을…… 지고 가는 짐이 너무 무겁다. 빨리 딸들이 자라서 상처를 잊고 행복해지기를 기원하는 마음 하나로 음식을 만든다.

　"아빠, 우리는 왜 고기를 안 해먹어? 먹고 싶어. 떡볶이도 해줘."

　애들은 철없이 해달라는 것이 많다. 철이 들면 오히려 더 가슴이 아플 것 같다. 엄마 없는 비관으로 명랑하게 자라지 못하고 침울하게 성격이 성장할까 두렵다. 아이들만은 티 없이 잘 자라 주기를 바라는 마음이 간절하다.

　아내가 본래 근성이 나빴는지? 그렇다 해도 아마도 돈 잘 벌고

봄이 오는 소리

잘난 남편을 만났다면, 흠은 감춰지고 귀한 사모님으로 변모하며 잘 살 수도 있지 않았었을까? 아내의 허영심 많은 생활 태도와 끼가 많은 불건전한 행실은 나 같은 무능한 남자를 만나서 돈에 불만이고 가정 살림에 만족을 못한 탓에 불거져 나온 본성이 아닐까. 아내는 내가 직장에 다닐 때도 불만투성이로 살다가, 내가 직장을 잃자 술집에 나가면서 뭇 남자들과 어울리면서 막된 여자로 굳혀 갔다. 천박한 직업으로 전락하고 불륜의 인생을 즐기는 여자로…… 모두 내 책임이고 무능한 탓이지만, 두 딸에게는 엄마로서 실격자임에 틀림없다.

나는 점점 삶의 의욕을 잃어 가고 있다. 헤어날 길 없는 이 환경 속에서 앞길이 꽉 막히고 절벽이 막아서 있고, 내 건강마저 비틀거리고 있다.

평탄한 인생을 살기 위해서는 우선 결혼 전에는 양친 부모 사랑 속에 성장해야 하고, 결혼 후에는 착한 아내와 안락한 가정과 직장이 보장되어야 사람답게, 행복하게 살 수 있는 것이다. 나는 잘못된 결혼 선택으로 모두를 다 잃었다. 미란이 미숙이가 태어나기 전에 차라리 헤어졌었어야 했다. 아니, 그보다 먼저 나는 사랑하던 혜정이를 버리지 말았어야 했다. 그 죄를 톡톡히 받고 있는 것이 분명하다.

내가 대학을 졸업하고 강원도 철원읍 군청사무소에 취직해 있을 때는 주말이면 부모님 농사일도 도와드리고 보람 있는 생활을 하며 희망이 있었다.

이웃에 사는 초등학교 동창인 혜정이는 고등학교를 졸업하고 우체국에 다녔고, 나와 서로 사랑하는 사이였다. 성실하고 여자답고 예의바르고 상냥하고 흠할 데 없는 아가씨였다. 부모님은 더 이상 바랄 것 없이 만족해하시고는 빨리 결혼시키려고 집을 넓히는 등 갖가지 준비를 하셨다. 우리는 손잡고 까치소리며 매미소리를 들으며 오솔길을 걸었다. 오순도순 이야기꽃을 피우며 마냥 행복했다.

"우리 아기 몇 명 날까? 여섯 명?"

"아이, 몰라요. 그렇게 많이?"

"한 놈은 선생을 만들고, 한 놈은 나처럼 공무원 만들고, 한 놈은 경찰 만들고, 한 놈은 의사 만들고, 한 놈은 농촌지도자 만들고, 한 놈은 판사 만들고"

"영천 씨는 욕심도 많아요. 다 아들만 낳아야겠네."

"그렇게 되나? 하하하하."

"우리 신혼여행은 어디로 가요?"

"글쎄. 제주도로 갈까? 외국으로 가기에는 경제적 부담이 크고, 그렇지만 혜정이가 가고 싶은 데는 어디든 무리가 되어도 따라 줄게."

"나는 아무데도 가지 않아도 돼요. 당신과 함께만 있으면 행복하니까."

"세상에 사람이 모래알보다 많아도 일생 함께할 배필은 단 한 사람이지. 나와 혜정이는 하늘이 맺어준 짝이야."

서로 마주보며 행복하게 웃으며 장래를 아름답게 꿈꾸었다. 개울 도랑 물 내려가는 소리도 음악처럼 들렸고, 스치는 바람결도 사랑의 손길처럼 느껴졌다. 만나는 할머니 할아버지들은,

"보기 좋은 천생 연분이야. 빨리 떡국 주지 않고, 왜 뜸들이나?"

하고 묻곤 하셨다. 동네 사람들은 우리가 당연히 결혼할 것이라는 것을 모두 알고 있었다.

*

이듬해 나는 월급이 많고 장래성이 있다는 서울의 딴 직장으로 옮겼다. 허술한 하숙집에는 개인 회사에 다니는 딸 계숙이가 있었다. 그녀는 나에게 특별한 관심을 가지고 친절하게 대했다. 그리고 적극적으로 나를 만나는 기회를 만들어 갔다. 직장에 갈 때에도 의도적으로 같은 버스를 탔다. 그러나 나는 혜정이와 자주 연락을 하며, 그녀에게는 관심이 없었다. 잠자리에 들려고 할 때면 으레 과일이나 차를 들고 들어왔다. 그럴수록 그녀의 꾸준한 호의는 내 마음을 불편하게 만들고 귀찮게 만들었다. 내 기분은 아랑곳하지 않고 안면 불수, 자존심조차 없는 여자는 끈질기게 접근해 왔다. 객지에서 외롭던 나는 그렇게 반년이 지난 후에는 나도 모르게 그녀를 거부하던 냉정이 차츰 느슨해지기 시작했다. 방에 들어오면 함께 이야기를 했고, 웃고 농담도 하면서…… 늦어지면 기다려지기도 했다. 그러다가 시골 혜정이가 생각나면 미안해서 마음을 정돈하며, 전화를 했다.

그런 되풀이도 얼마가지 못했다. 남녀가 가깝게 자리를 하면,

'이성'이란 함정이 있는 것이다. 놀러 같이 나가자면 따라나서고, 내 본의와는 달리 그녀에게 끌려 다녔다. 그렇게 변해 가면서 혜정이에게 연락을 잘하지 않고 멀어지기 시작했다.

혜정이는 전화로 애절하게 사랑을 고백하며 만나자고 애걸했지만, 나는 바쁘다는 핑계로 시골도 가지 않았다. 혜정이에 대한 나의 심적 변화는 나 자신도 꿈도 꾸지 못했던 일이었다. 사람은 믿을 것이 못 된다는 생각을 하면서 나 자신을 미워했지만, 이미 사이는 벌어져 다시 돌아가기에는 늦었다.

혜정이의 긴 편지가 왔다. 내 양심을 아프게 찔렀다.

"사랑하는 영천 씨, 힘드시죠? 그래서 잠시 위로가 필요하셨죠? 나보다 가까운 곳에 위로의 손길이 닿았나 봐요. 그러나 영천 씨, 나를 잊어 가는 것은 아닐 줄 믿어요. 너무 깊이 빠지지 마세요. 곁길은 목적지로 가는 길이 아니니까요. 우리는 영원히 같이 가야 할 약속한 목적지가 있잖아요. 영천 씨가 뜸하게 소식 없을 때, 저는 목이 말라 심장이 타들어 갑니다. 이런 편지를 보내게 될 줄도 몰랐던 일이 우리 사이에 벌어지고 있군요. 침착하게 기다릴게요. 영천 씨, 사랑해요."

나는 돌이킬 수 없는 단계에서 혜정이가 다시금 그리워졌다. 죄인처럼 고개를 숙이며 마음으로 용서를 빌었다.

나는 결국 일 년 후, 계숙의 집에서 서두는 대로 그녀와 결혼을 했다. 그렇게 하여 그녀는 나의 아내가 되었다.

아내는 결혼과 더불어 전에 그렇게 살갑고 애교가 많았던 때와
는 달리 무서운 계모처럼 변해 갔다. 결혼 초부터 아내는 나의 월
급이 적다는 투정과 불만을 했고, 이는 점점 심해졌다. 그리고 백
화점에서 사는 옷만 입었고 ,외식은 물론 집에서 식사를 배달시켜
먹는 일은 예사로운 일이었다.

두 딸을 낳고부터 집 안은 엉망이 되어 갔다. 설거지통에는 설거
지할 그릇들을 쌓아 놓고, 여자, 남자들을 끌어들여 하루 종일 화
투를 치는 것이 일과였고, 딸들 밥도 제대로 챙겨 먹이지 않았다.
내가 퇴근해서 집에 돌아오면 사람들이 슬금슬금 나갔고, 아내는
나에게 짜증을 부렸다.

"월급은 쥐꼬리만큼 받아오면서 친구도 없어? 집밖에 몰라!"
아내는 아침에 먹던 김치찌개 하나에 밥상을 드밀고 나가 버렸다.
나는 불평 한 번 하지 않고, 아내가 주는 대로 먹었다.

어느 날 퇴근해서 집에 돌아와 보니, 마루에는 요리를 시켜다 먹
은 빈 그릇들이 쌓여 있었고 아내는 집에 없었다. 딸들은 나에게
자랑했다.

"우리도 짜장면을 먹었어. 엄마는 화투꾼들과 나갔어."
퇴근할 남편 같은 것은 안중에도 없이 남편 대접이나 인간 대접
을 하지 않았다. 나는 배가 고파 주방에 들어가 라면을 끓여 먹
으며 목이 메었다. 어째서 가정이 이렇게 잘못되어 가고 있는 것
인지…….

아내의 불만을 해결하고 만족시키려면 직장에서 부정이라도 하
는 방법밖에 없었다. 그러나 나는 굶어 죽는 한이 있더라도 정당

치 않은 것은 원치 않으며, 내가 받는 월급으로 우리 가족이 살기에 별로 궁색하지 않다고 믿기에 직업에 대한 불만도 없었다.

아내는 처음 결혼하고부터 시골 부모님 생신 때나 설 명절, 추석 명절 같은 때도 돈이 없다는 이유로 가지 않았다. 그리고 시골 부모님을 무시했다. 그런 일로 아내와 말다툼도 했고 타일러도 보고 사정도 해 보았지만, 그럴 때마다 아내는 번번이 나에게 더 큰 상처만 주었다. 월급 적다는 것이 아내의 무기였기 때문이다. 직장 동료 아내들은 나와 같은 월급을 받아도 알뜰하게 살림을 하고 시부모님께 할 도리를 다 하고 산다는 이야기를 들을 때, 나는 앞날이 캄캄했다.

명절 때나 올려나 하고 손녀들을 밤을 새워 가며 기다리시는 부모님께 나는 혼자서 맨손으로 갈 때마다 늙으신 부모님의 실망과 눈물을 보았다. 그럴 때마다 나는 부모님께 짓는 불효를 해결할 방법이 없어 더 큰 절망에 빠지곤 했다.

내가 버린 혜정이는 아내와는 상반되게 알뜰하고 양순한 성격을 가졌다. 혜정이는 교제할 때 삼겹살이라도 사 주겠다면 고개를 저었다.

"짜장면 먹어요. 아니면 김밥 먹을까?"

"맛있는 것 사 줄게."

"돈 아껴야 결혼하죠. 부모님들은 일만 하시고 고기도 못 사 드리는데, 우리만 맛있는 것 먹으면 안 돼요."

혜정이가 백합꽃이라면 아내 계숙이 마음은 가시엉겅퀴 꽃이다.

혜정이와 결혼했다면 부모님을 모시고 행복하게 잘 살 수 있었을 것이라는 생각을 하며 후회를 했다. 아내의 표독한 얼굴을 대할 때마다 혜정이의 해맑은 웃음이 겹쳐 왔다.

하루는 아내가 큰 인심을 썼다. 차비를 내놓으며, 애들을 데리고 시골 부모님 계신데 가서 한달 있다 오라는 것이다. 아이들은 좋아했다. 살기 힘드신 부모님에게 보태 드리지는 못할망정, 오래도록 세 식구가 식량을 축내고 있을 수 없는 노릇이지만, 아내의 명령에 따라야 한다. 나는 아무 능력도, 권리도 없기 때문이다.

다음 날 일찍 아이들을 데리고 강원도 철원 부모님 계신 고향으로 내려갔다. 다 헐어진 고향집과 몰라보게 야위어 버리신 노부모님을 보는 순간, 가슴이 터질 듯 아려 왔다. 나 하나로 하여금 부모님과 어린 딸들을 이렇게 불쌍하게 만들었다는 죄책감에 나 스스로 용서가 되지 않았다.

부모님은 어느새 커 버린 손녀딸들을 보실 수 있는 것만으로 반갑고 기뻐서 활짝 웃으시며 모든 시름을 놓으신 듯 행복해 하셨다. 이렇게 자식들 만나면 반갑고 잘되기만을 빌 뿐, 아무 욕심도, 요구도, 간섭도 없는 부모님을 아내는 왜 그리도 싫어하고 미워하는지, 이해할 수가 없다.

철없는 딸들은 그저 신이 나서 닭을 쫓아다니고 돼지우리를 들여다보고 재잘거리며 웃음소리가 떠나지 않았다. 나는 딸들을 위해 '참 잘 왔구나' 생각하며 대견하게 바라보았다. 부모님은 굽으신 허리를 끌고 옥수수를 따고 감자를 캐어 가마솥에 나무를 때어 잘

익혀 아이들에게 주시며 흐뭇해 하셨다.

　고향은 포근했다. 집 뒤 미루나무에는 까치집이 매달려 있고, 마당가에는 감나무가 무성하게 자리를 지키고 있었다. 매미소리도 변함없이 평화롭게 노래를 부르고 모두 옛날 그대로인데, 나는 왜 이다지도 많이 변해 버렸을까!

　나는 동네 사람들을 만난다는 것이 두려웠다. 그간 부모님을 찾아뵙지 못한 것도 부끄러웠고, 실직된 신세와 손가락마저 잘린 것을 보이고 싶지 않은 심정이다. 더구나 멀지 않은 곳에 혜정이네 집이 있다. 혜정이는 같은 우체국 공무원과 결혼해서 읍내에 살고 있다고 한다. 다행스런 일이다. 그러나 내게서 받은 상처가 아직도 남아 있을 것이다. '혹시 친정에 오지 않았나? 만나면 어쩌나!' 그래도 만나고 싶은 심정으로 혜정이네 친정집을 슬금슬금 살폈다. 마음의 방황이다. 혜정이가 만약 결혼을 하지 않았다면, 그 앞에 무릎이라도 꿇고 사죄하고 싶었다. 흘러간 도랑물은 영원히 돌아올 수 없지만, 기적이 있다면 옛날로 돌아가고 싶었다.

　그곳에 더 머무를수록 부모님께 짐만 된다는 것을 알기에, 나는 일주일 쯤 지나서 서울 집으로 돌아오기로 했다. 부모님께서는 섭섭해서 더 있다 가라고 붙잡으셨지만 다시 오겠다고 약속드리고 집을 나설 때 부모님은 보이지 않을 때까지 손을 흔들고 계셨다. 부모님께 효도 한 번 못해 드리고 한을 품은 채, 다시 지옥 같은 집으로 돌아오기 위해 기차에 몸을 싫었다.

　그동안 부모님은 누님을 통해서 내 가정 문제를 다 알고 계시지만 묻지도 않으시고, 아내에 대해서 서운한 말도 꺼내지 않으셨

　　　　　　　　　　　　　　　봄이 오는 소리

다. 내 건강만을 마음 아파하시며 잘려 나간 손가락 흉터를 쓰다듬으시며 눈물을 흘리시던 부모님, 나로 하여 가슴앓이를 하시면서도 감추시던 모습이 눈앞에 아른거리며 가슴 저며 왔다. 나는 살아 있으나 애물단지, 죽어 마땅한 버러지만도 못한 무용지물이다.

차에서 내리니 밤이 되었다. 비까지 와서 마음을 더욱 어둡게 했다. 길은 질척질척했고 희미한 늙은 가로등조차 생기를 잃고 있었다. 골목으로 돌아서 두 번째 우리 집에 다다라 대문을 열고 들어갔다. 현관문을 여니 불이 켜져 있지 않아서 캄캄했다.

집에 아내가 없는 것으로 알고 마루로 올라가 더듬더듬 전기 스위치를 찾아 불을 켜고 안방 문을 열었다. 순간, 놀라운 장면이 벌어지고 있었다. 벌거벗은 아내와 벌거벗은 남자가 서로 붙어 괴음을 지르느라 문을 여는 것조차 모르고 있었다. 본의 아니게 아내의 불륜을 목격한 나와 딸들은 기겁을 하였고, 나는 딸들의 손을 잡고 허둥지둥 밖으로 나왔다. 비가 조금씩 내리고 있었지만, 우산도 없었다. 딸들은 그 광경을 보고 놀랐는지, 엉엉 울면서 매달렸다. 가게에 가서 빵을 하나씩 사주고 나니 돈은 한 푼도 없다. 딸들을 데리고 철길 옆으로 가서 담배를 피워 물고 하늘을 올려다보며 눈을 감았다. 갈 곳이 없다. 딸들에게 어쩔 수 없이 말해야 했다.

"미란아, 미숙아, 아빠 딴 곳에 가 있으면 안 될까? 너희들은 엄마와 있고……."

"아빠, 어디 갈 거야? 우리도 같이 데리고 가."

"아빠가 지금은 돈이 없어서 너희들과 살 방을 얻을 수 없어. 아빠가 먼저 가서 돈을 벌어 방을 얻은 다음 너희들을 데려 갈게."

"싫어! 우리 데리고 안 가면 콱 죽어 버릴 거야. 엄마는 싫어."

두 딸이 울기 시작했다. 비를 맞아 머리가 생쥐 같고 얇은 옷이 몸에 착 달라붙었다. 유난히 두 딸이 더 불쌍해 보여서 심장이 녹아내리는 듯 처참했다.

"아빠가 잘못했다. 암, 너희들하고 같이 살아야지. 아빠 가지 않을게."

어린 딸들을 달래서 손을 잡고 도살장에 들어가는 소처럼 집으로 들어갔다. 그 남자는 가고 없고, 아내가 눈에 독기를 품고 달려들었다.

"한 달 있다 오라니까, 왜? 벌써 와서 얼씬거려! 머리가 맹한 인간아. 꼴 보기 싫으니 꺼져! 제 목구멍도 못 벌어먹고 살면서 하라는 대로 말이나 들어야 살지!"

적반하장으로 덤벼드는 짐승 같은 아내를 보며 나는 참을 수가 없었다.

"그래, 맞아! 나는 바보 천치야! 나도 네 꼴을 보기 싫어! 그런데 저 어린것들을 버릴 수가 없어서 너의 이 추잡한 꼴을 보며 죽지 못하고 사는 거야! 아직 호적상으로는 엄연한 부부야. 그렇지만 네 불륜 같은 행실은 탓할 필요성조차 느끼지 않아! 거리낌 없이 하고 싶은 대로 하고 살아! 물론 진작부터 그렇게 살았지만……. 그리고 기다려 봐. 곧 해결을 할 테니까. 나도 하루 속히 이 환경에서, 네 앞에서 벗어나고 싶어."

봄이 오는 소리

나는 처음으로 맞서서 극한 감정싸움을 했다. 이미 깨어진 가정에서 언제까지 내가 버틸 수 있단 말인가! 아내의 잦은 외박이나 불륜을 목격해도 말하기조차 역겨운 고문보다 잔혹한 비참한 현실을 더 이상 감내할 수 없다. 땅을 딛고 설 의지력조차 남아 있지 않다. 시골 부모님을 위해서도 두 딸을 위해서도 나는 아무것도 할 수가 없다. 밑동이 다 썩어 들어가는 곧 쓰러질 나무에 불과하다. 딸들을 데리고 다시 밖으로 나왔다. 비는 조금씩 이슬비로 내리고 있다. 나는 결단을 했다. 이 악몽을 벗어나는 길은 오로지 한 길밖에 없다. 기차소리가 가깝게 들려온다. 두 딸 손을 잡고 눈을 감고 철로를 향해 걸어 들어갔다. 그때 딸들이,

"아빠, 기차가 오면 큰일 나. 무서워. 그쪽으로 가면 안 돼."

내 팔을 잡아끌며 소리 질렀다. 아빠가 지금 무슨 행동을 하려는 것인지 아무것도 모르는 딸들은 아버지를 조심시키고 있다.

죽는다는 것을 이처럼 무서워하는 어린 딸들을 보며, 나는 철길을 빠져나와 철둑에 주저앉고 말았다. 내겐 죽음도 허락지 않는다. 이 딸들의 생명을 내가 무슨 권리로, 내 마음대로 해친단 말인가! 이 딸들을 두고 나 혼자 어찌 죽는단 말인가! 나는 두 딸을 가슴에 안고 목 놓아 통곡을 했다. 엄마보다 나는 더 나쁜 아버지라는 것을 깨달았다.

나는 아주 오래전부터 아내의 나쁜 행실을 다 알고 있었으니 새삼스러울 것도 없고, 새로 시작할 부부관계도 아니기에 비참한 내 현실은 오직 딸들을 위해 감내하며 살 수밖에 없다고 다시 다짐하

며, 딸들의 손을 잡고 집으로 들어갔다. 그러나 아내와의 거북한 삶이 나를 허우적거리게 했고, 모든 것을 상실해 가면서 점점 깊은 늪에 빠져들며 죽을 것만 같이 숨통이 막혀 왔다.

나는 점점 몸이 쇠약해졌고, 기력을 잃어 가며 기침을 했다. 직장에 못 나가는 날이 잦아지다가 결국 자리에 드러눕고 말았다. 아내는 병원이나 약은 물론, 마음 써서 하루 세 끼 밥도 따뜻이 해 주지 않았다. 아내는 날마다 딴 집으로 화투를 하러 다녔다.

누님이 찾아왔다. 다 죽어 가는 나를 보고 눈시울을 적시며 아내를 나무랐다.

"부부가 뭔가? 이 지경이 되도록 병원엘 한 번도 안 데리고 가다니…… 너무한 것 아닌가! 화투를 해서 생활비라도 벌어서 사나?"

"돈이 있어야 병원엘 가죠. 벌어 놓은 것이 있어야죠. 누님이 동생을 고쳐 주면 되잖아요!"

"자네는 남이란 말인가? 애들을 봐서라도 그러는 법이 아니네. 동생이 직장 다니며 벌어다 준 돈은 저축도 않고 뭐에 다 썼는가. 애들도 어려서 교육비나 학원비도 들어가는 것 없는데 매달 다 쓰고 살았단 말인가?"

"딴 여자 얻어 주세요. 나는 그 돈 가지고 못 살아요."

"자네는 눈만 뜨면 돈, 돈, 돈 그렇게 볶아서 이 사람을 이렇게 죽게 만들어 놓았지. 자네 앞에 견딜 수 없어서 병이 된 거야."

"저 사람, 애들 다 데려 가세요. 나 없으면 편안하게 살 수 있겠군요. 병도 낫고."

누님은 속이 터져서 더 이상 대꾸하지 않고 즉시 나를 병원에 데

봄이 오는 소리

리고 가서 입원을 시켰다. 그리고 밤낮으로 정성껏 간호해 주었다. 나는 혈육의 끈끈한 정을 뼛속 깊이 느끼며 눈물을 삼켰다. 병원에서 주는 하루 세 끼 밥만 보아도 어린 딸들 생각이 나서 밥이 넘어가지 않았다. 시골에 계신 부모님도 간절히 보고 싶었지만, 마음 아파하실 일을 생각하며 연락을 하지 않고 참아야 했다. 사람은 잘못을 하면 벌을 받아야 한다. 나는 지금 착한 혜정이를 배신하여 아프게 만들고, 그 대가를 받고 있는 것이다.

내가 6개월 동안 병원에 입원해 있을 때, 아내는 가끔 손님처럼 와서 사람들이 듣지 않도록 귓속말로 나를 을러댔다.

"이제 자식들은 거지가 되게 생겼는데 편안히 잘 누워 호강하는군."

아내는 눈을 흘기며 속을 파헤치고 가는 것이 고작이었다. 병실 환자들은 나를 딱하게 보는 눈치였다. 부끄러운 일이었다. 두 딸이 몹시 보고 싶고 걱정이 되었지만, 아이들은 어려서 병원을 스스로 찾아올 수 없다.

내 앞 침대에 있는 사십대의 남자는 그의 아내가 병원에 밤낮으로 함께 있으면서 손발을 주물러 주고 약을 시간 맞춰 정성껏 먹여 주며 애정과 정성을 다했다. 또 다른 오십대 남자 환자도 가족들이 지극 정성으로 돌보며 치료를 잘 받은 덕분에 다 나아서 내일이면 퇴원을 한다고 했다. 가족이란 얼마나 소중하고 애틋한지를 보여 주었다. 그것을 보면서 내가 얼마나 비참한 신세인지 절실히 깨달았다.

병원은 입원실 환자들이 모두 살겠다는 무언의 절규가, 애절함이 넘치는 애석한 곳이다. 나도 살아야 한다고 마음속으로 울부짖었다. 내가 꼭 살아야 하는 이유는 두 딸 미란이와 미숙이 때문이다. 그동안 밥이나 굶지 않는지 아빠를 얼마나 찾으며 울었을까! 생각하면 가슴이 아팠다.

석 달 후, 나는 다행히도 몸이 많이 좋아져서 살 수 있다는 희망이 생겼다. 의사가 나를 통원 치료를 해도 좋다는 허락을 하여 누님이 입원비를 계산하고 퇴원을 시켜 주었다. 집으로 돌아오니 아내는 없고, 어지럽게 흩어진 집 안에는 여섯 살 미란이와 다섯 살 미숙이만 있었다. 꼴이 말이 아닌 두 딸들은 나를 보자 품에 안기며 엉엉 울었다.

"아빠! 우리 두고 왜 혼자 갔어? 아빠, 보고 싶었어. 엄마가 밤에 안 들어오면 우리는 무서워서 울었어. 이제 가지 마."

"그래, 아빠도 우리 딸들이 많이 보고 싶어서 빨리 왔어. 이제 안 갈 테니 걱정하지 마."

이 어린것들을 내버려 두고 밤에 외박을 하다니, 분노가 치밀어 올랐다. 어미로서의 도리가 아니지만, 탓하고 싶지 않았다. 아내는 술집에 나가 일을 했고, 앞집 할머니는 애들이 불쌍하다고 혀를 찼다.

"차라리 내쫓든지, 이혼을 하든지 하게. 어떻게 그 꼴을 보고 살아. 자식도 맡겨 버리고 먼 데로 떠나. 참는 것도 한도가 있는 법이야."

아내는 내 존재를 개의치 않고 무시하며, 외박은 보통이었고 나에 대한 불만과 구박이 직장에 나갈 때보다 더 심해졌다. 직장에

봄이 오는 소리

나갈 수 없음을 알기 때문이다.

 퇴원한 지도 그럭저럭 다섯 달이 되어 가지만, 이제 병원도 가지 못하고 생활고와 아내 때문에 마음 상하다 보니 병이 재발하여 회사에 사직서를 낼 수밖에 없었다. 다시 병원 치료를 하는데, 누님이 도와주셨다. 차도가 생기니 집에 이대로 주저앉아 있다가는 딸들을 책임질 수 없어서 일자리를 구하러 나갔다. 아무 일이라도 해야 한다. 공장에 일을 나가게 되어 다행이었다. 그러나 박복한 나에게는 반년도 못 다니고, 더 큰 불행이 찾아왔다. 기계가 돌아가는 톱니바퀴에 내 손 엄지와 검지가 잘려 나간 것이다. 내 실수였다. 딸들이 굶고 울고 있지나 않는지 신경을 쓰다가 혹시나 밖을 쳐다보는 순간, 사고가 나고 말았다. 그 일로 또 병원에 들락거리며 일자리를 잃었다. 이제는 일자리를 구하기는 더 힘든 상태가 되었다. 모든 것을 다 잃은 나는 집에서 청소를 하고 아이들을 씻기고 주방에 들어가 앞치마를 두르고 밥을 하는 아이들의 어머니로 굳혀 갔다. 아내가 집에 들어오면 나를 식모 부리듯 물을 떠와라, 이것을 빨아라, 머리가 안 돈다, 잔소리를 퍼붓고 줄담배를 피우며, 상전으로 군림했다. 전화를 받으면 때 없이 나가 밤에도 들어오지 않았다.

 오늘처럼 처참한 심경이 든 것이 처음은 아니지만, 이 못난 목숨을 부지하고 살아야 한다는 것이 내 스스로 용서가 안 되는 뼈아프게 고통스런 날이다.

"우리 이혼해! 애들 생활비는 매달 붙여 줄 테니 그렇게 알아!"

아내는 일방적으로 자기 혼자 결정한 일을 나에게 명령조로 통보했다. 그 당당함에는 돈 붙이면 편히 앉아서 애들이나 잘 키우라는 권위를 내포하고 있는 것이다. 나는 더 이상 토를 달거나 항의 없이 받아들였다.

딸 미란이, 미숙이는 아예 데려가겠다는 말도 없이 당연히 내가 키울 것으로 매듭을 지었다. 물론 아내가 맡겠다고 해도 내가 보내 주지 않을 일이지만, 아내에게는 자식에 대한 애정도 없었다.

나는 아내 요구대로 다음 날 법률사무소에 가서 합의서를 작성하고 위임한 뒤 집으로 돌아왔다. 같이 자식을 낳고 살던 부부가 이렇게 쉽게 남이 되어 각자의 갈 길을 간다는 것이 자식들에게는 얼마나 큰 불행을 안겨 줄지, 그것만이 마음 아파 다리가 후들후들 떨렸다. 우리 부부 사이는 오래전부터 부부가 아닌 채 살았으니 새삼스런 충격일 것은 없고 당연히 올 것이 왔으나, 어린 미란이와 미숙이는 엄마가 없다는 사실에 마음이 아팠다.

내 나이 사십, 너무 일찍 인생이 허물어졌다. 일을 마치고 서로 각각 차를 타고 집으로 돌아왔다. 이제부터는 아내가 아니고 한 집에서 동거할 수도 없는 명확한 사이가 되었다. 아내는 집으로 돌아와서 곧바로 필요한 짐을 트렁크에 넣어 가지고 미련 없이 집을 나가며 애들을 돌아보았다. 애들도 그런 엄마를 붙잡거나 울지도 않았다. 딸들의 어머니로서 얼마나 막된 생활을 하였기에 딸들은 엄마가 짐을 싸서 나가도 무관심한 걸까. 분명 우리 가정은 내가 엄마였기에, 아빠만 있으면 애들은 걱정하지 않는 모양이다.

봄이 오는 소리

아내는 술집을 그만두고 제주도에 있는 어느 호텔 주인의 애첩으로 들어앉으면서, 나는 이혼을 당하고 두 딸들은 버려졌다.

그동안 많이도 울분했지만 속으로 삭혀야 했고, 수없이 파헤쳐진 상처로 피도 많이 흘렸지만 이제 끝난 것이다. 좋은 인연이래야 부부가 된다 하지만, 인생을 망치는 원수 같은 악연도 부부가 될 수 있다는 것을 실감했다. 미란이, 미숙이가 엄마를 찾고 울지 않으니 불행 중 다행이었다.

부부가 처음 만날 때 행과 불행을 전혀 예측할 수 없으니 바로 운명적인 만남이고, 인간의 예측능력의 한도가 아닌가 생각했다.

한 달 후 아내에게서 편지와 함께 생활비가 붙여 왔다. 찜찜한 기분, 묘하고 괴로웠다.

아내의 편지는 간단했다.

"미란아, 미숙아 엄마가 너희들 두고 혼자 와서 미안하다. 돈 보내니, 밥 잘 먹고 건강해라."

딸들에게 그런 엄마마저 없다면, 내가 어찌 두고 죽을까! 다행이라는 생각이 들었다. 나의 몸은 점점 정신적인 육체적인 병이 내 갈 길을 재촉하고 있다. 나는 계속 먹어야 할 약도 먹지 못하고 병원도 가지 못했다. 딸들이 더 이상 상처 받지 않고 외롭지 않아야 한다는 희망이 나에게 채찍질을 하여 일으켜 세웠다. 나는 병원에 가고 약도 먹어야 한다고 결심했다. 이 비참한 운명을 이겨 내야 한다. 다시 시작해야 한다. 방문을 모두 활짝 열고 아내의 썩은 공기를 다 내보내고 새로운 신선한 공기로 갈아 가득 채워 넣었다.

그리고 딸들을 데리고 공원에도 가고 동물원에도 가고, 기분 전환을 위해서 움직였다.

봄날에 새순이 싹트듯이 우리 세 식구 상처에도 새살 돋아 날 그 날이 오겠지 하는 생각에 악몽에서 차츰 벗어나기 위해 굳은 의지로 노력을 했다. 아마도 불가능할지 모르지만 그대로 쓰러질 수는 없었다.

두 번째 달에도 애들 엄마에게서 돈과 편지가 왔다. 그런 것을 받을 때마다 나는 정신적으로 비굴함과 부끄러움을 맛보게 된다. 딸들이 이다음 성장해서 이 아빠를 어떻게 생각할까! 못난 아버지, 무능한 아버지, 자존심도 없는 아버지로 판단할지도 모른다. 그러나 나는 현재 아무런 방법이 없다. 미란과 미숙이가 없었다면 나는 노숙자가 되든지, 어디 경비라도 하면서 애들 엄마 곁에서 진작 떠났을 것이다. 그런 수모와 상처는 받지 않았을 것이다.

슬픈 마음이 들지만 딸들이 이해하지 않아도 나는 상관없다. 아빠의 희생을 딸들이 몰라도 좋다는 생각이다. 딸들을 돌봐야 할 내 책임이 더 크기 때문이다. 아빠마저 딸들을 버릴 수는 없다. 나는 반쪽이라도 죽는 날까지 책임을 질 것이다.

아이들과 함께 공원에 갔다가 만난 여인이 있다. 여인은 온통 절망으로 차서 회생 불가능한 사그라지는 촛불 같았다. 그런 여인이 나를 바라보다가 깜짝 놀라 입을 벌린 채 멍하니 서 있다가,

"어머, 영천 씨 아닌가요? 고등학교 때, 시골 할머니 댁에 갔다

봄이 오는 소리

가 근처에 사는 영천 씨와 매일 만나며 그 여름 방학을 행복하게 보냈던 일이 있었어요. 아시겠어요? 그 뒤 할머니 집이 서울로 이사하면서 다시 만나지 못했지만, 나는 잊지 못하고 살았어요. 생각이 안 나시나요?"

나는 그 여인을 자세히 쳐다보았다. 분명 옆집 할머니 손녀딸이 방학 때 시골에 와서 같이 놀러 다닌 학생이었다.

"아, 맞아요. 인해 씨죠? 알아보지 못해서 미안해요. 많이 변하셨군요. 저도 그때 일을 잊지 않고 행복했던 추억으로 간직하고 있습니다. 여기 근처에 사십니까?"

"아뇨. 그렇지만 자주 와요."

"네. 마음이 답답하면 나도 애들과 자주 나옵니다."

"부인은요?"

"아, 이혼했습니다. 부끄럽군요. 인해 씨는 왜 혼자 나오셨습니까?"

"남편과 아들이 교통사고로 같이 죽고, 나만 멀쩡하게 살아남아서 이렇게 슬프게 살아갑니다."

"어쩌다! 안됐군요. 살다 보니 모든 일이 다 운명인 것 같아요. 너무 오래 아파하지 말아요. 나도 죽음 같은 인생을 살면서 이렇게 버치고 견딥니다."

나는 잘려 나간 손가락을 보이며 악수를 청했다. 인해 씨는 내 손을 두 손으로 잡고 얼굴을 묻고 한참을 흐느꼈다.

우리는 자주공원에서 만나서 이야기를 나누었다. 3개월이 지난 어느날 인애씨가 내 손을 잡고

"내가 이 손을 대신해 주면 안 될까요? 나는 영천 씨를 진정으로 사랑했고 지금도 그 불꽃이 일면서 살 힘이 솟아나고 있어요. 나를 위해서, 또 영천 씨를 위해서 우리 다시 그 옛날처럼 손을 잡고 같이 걸어가요. 서로 의지하고⋯⋯."

"미안해요. 나는 옛날의 내가 아니에요. 몸과 마음이 다 망가지고 썩어서 회생할 수 없는 불치의 인간이 되었어요. 두 딸 때문에 죽지 못해 살아 있을 뿐이에요."

"그 아픔을 서로 나누면 되잖아요. 내 아픔을 나눠가 주세요. 나는 영천 씨 아픔을 가져갈게요. 우리 서로 의지하고 살아요."

"나는 인애 씨 할머니 댁이 서울로 이사 간 후, 많이 보고 싶었지만 만날 수 없어서 괴로웠어요. 그 뒤 혜정 씨와 만나면서 사랑하게 되었고 결혼까지 약속했었죠. 그러나 내가 배신하고 애들 엄마를 만났고, 지금은 이혼을 당했어요. 인애 씨를 사랑할 자격이 되지 못합니다. 나는 생활 능력도 없고, 딸들에 대한 책임감만으로도 숨이 막힐 것 같아요."

"그런 지난 과거나 아픔은 문제 삼지 말아요. 현실과 앞날이 중요하니까요. 둘이 마주 볼 수 있다는 것이 중요하니까요. 나에게 경제적 능력이 있으니 걱정하지 않아도 돼요. 나를 붙들어 주세요. 나는 요즘 남편과 아들을 따라가고 싶은 충동에 인생 끝낼지도 몰라요. 손잡아 주세요. 새 인생을 살게 해주세요."

잊을 수 없었던 아름다운 추억의 인해 씨를 까마득히 잊고 살았던 것은 혜정과의 짙은 사랑 때문이었다. 인애 씨가 좋은 학생이었던 것을 헤아려 본다. 명랑하고 순수했는데, 지금의 인애 씨는 가뭄에 시들어 가는 나뭇잎 같고 웃음을 잃고 얼굴에 그늘이 덮쳐 있다. 뭐라고 위로해 주고 서로 아픔을 나누고 싶었지만, 나는 딸들이 자랄 때까지만 내 목숨을 연기하고 있을 뿐이다. 담보로 잡혀 있을 뿐이다.

"인애 씨, 그런 약한 마음 가지지 말아요. 우리 다 불행한 사람들이 되었군요. 신앙에 의지해 보세요. 봉사도 다니고, 여행도 다니고, 운동도 열심히 하고…… 그러노라면 반드시 햇빛이 들 겁니다. 나는 죽을 수 있는 것도 호강이라고 생각하지만, 인애 씨는 살 권리가 있어요."

"그게 가능할까요? 나는 캄캄할 따름이에요."

"나는 경제력이 없어서 그 어떤 것도 할 수 없이 시들어 가고 있어요. 인애 씨 고마운 뜻을 함께할 수 없는 것은 딸들에 대한 책임으로 목숨을 연장하고 있기 때문이에요. 나는 목표가 정해져 있어요."

"아뇨. 나는 영천 씨를 놓지 않을 거예요."

다시 삼 개월이 흘렀고, 애들 엄마에게서 돈과 함께 장문의 편지가 왔다.

"미란아, 미숙아!
엄마가 너희들과 살면서 엄마로서 너무 나쁜 엄마였다는 것을 이제야 깨닫는다. 엄마는 엄마의 쾌락만 위해 살았던 것 같다. 돈을 버는 방법을 나는 잘못 선택했다. 노점상이면 어떻고, 돌아다니는 떠돌이 장사면 어떠냐. 돈을 조금 벌어 조금 써도 그것이 사람답게 옳게 사는 길이라는 것을 늦게야 뉘우치고 후회한다.

엄마는 너희들을 위해 너희 아빠를 위해 따뜻한 밥 한 번 제대로 해주지 못했다. 너희들이 좋아하는 소시지 한 번 해주지 못하고, 사랑으로 감싸 안아 보지도 못했다. 지금 생각하니 가슴이 아프다. 너희 아빠도 너무 착한 사람인데, 엄마가 나빠서 병들게 만들었고 불행하고 불쌍하게 만들었다. 엄마를 만나지 않고 딴 여자를 만났더라면 행복하게 잘 살 사람인데, 내가 희생시켰다. 후회하고 있다. 너희 아빠가 너희들을 그렇게 희생적으로 엄마가 되어 키워주지 않았더라면, 너희들은 고아나 다름없이 되었을 거야. 아빠한테 효도하고 감사하고 살아야 한다.

이곳은 내가 살 곳이 못 된다. 내가 선택했던 사람은 마음이 변해서 나를 무시하고 학대해서 견딜 수 없이 비참하지만, 참을 수 있을 때까지 참고 견디는 수밖에 없다. 본처와 그 자식들까지 합세하여 행패가 심하고, 엄마는 이곳에서 죽은 목숨이나 마찬가지다. 허리까지 아파서 병원에 다니고 있다. 엄마가 너희 아빠에게 지은 죄로 벌을 받고 있다는 생각이 든다. 어린 너희들에게 이런 말하면 뭣 하겠니.

사랑하는 미란아, 미숙아, 엄마를 용서해 준다면, 우리 다시 만나서 좋은 엄마가 되고 좋은 아내가 되고 싶다. 내가 편지에 쓴 모든 말들을 너희와 너희 아빠는 읽지도 않고 찢어 버릴지도 모른다는 생각을 하니 슬프구나. 아빠 말 잘 듣고 건강하게 커 주길 바란다.

나쁜 엄마로부터"

'때늦은 후회', '엎어진 물'이라는 속담이 바로 이런 것을 두고 한 말인 것 같다. 혹 딸들은 천륜이니 이다음에 용서하고 화해를 할지도 모른다. 그러나 딸들의 마음속 그 많은 상처와 기억들을 어떻게 지워 버릴 수 있단 말인가! 그 상처는 영원히 치유될 수 없이 남아 있을 것이기에 그것이 가슴 저리게 아프다. 늦게라도 두 딸들이 의지할 엄마가 있다는 것이 마음 놓이는 감사한 일이다. 그래야 딸들을 맡기고 내가 눈을 감을 수 있기 때문이다. 완전히 파멸해 버린 영원히 소생할 수 없이 뿌리 채 썩어 버린 내 인생이여! 불타 버린 내 가정이여!

인애 씨와 나는 두 딸 손을 잡고 다정히 정원을 걸으며 이야기꽃을 피운다. 올해 큰딸 미란이가 대학에 입학을 하고 작은딸 미숙이는 고등학교 3학년이 된다. 새엄마를 나만큼이나 좋아하고 따른다. 인애 씨도 두 딸을 친딸이나 다름없이 진심으로 사랑한다.

출근하는 나에게 넥타이를 매어 주며, 행복해 하는 인애 씨는 건강하고 애교스런 모습이다. 내 이마에 입을 맞추고 밝게 미소를 보낸다.

넓은 정원에는 예쁜 꽃들이 활짝 피어 나비들이 모여들고, 백합 향이 온 정원에 가득하다.

응보(應報)

누가 버렸는지 쓰레기봉투 옆에 멀쩡한 메는 가방이 눈에 띄자, 철판은 횡재라도 만난 것처럼 누가 보기라도 할까 봐 힐끔거리며 다가갔다. 쓰레기에서 이리저리 냄새를 맡고 있던 떠돌이 개가 슬금슬금 뒷걸음쳐 물러나고, 검은 도둑고양이가 놀라 잽싸게 달아났다. 철판은 가방을 주워서 툭툭 털어 내고 찢겨진 데라도 있는지 살펴본 뒤 흡족해 하면서 급히 방으로 가지고 들어갔다.

구로동 시장 근처에 있는 허술한 여인숙 월세방은 그동안 방세를 내지 못하고 석 달치나 밀려 있으니 주인이 나가라는 호통이 수차례 떨어졌다. 더 이상 버틸 수가 없으니 꼼짝없이 나가야 한다. 세간이래야 옷 몇 가지뿐이지만, 그것을 담아 가지고 나갈 가방조차 없어서 걱정했는데 다행이다. 철판은 주워 온 가방에 옷가지를 다 쑤셔 넣고 나니, 방구석에 남는 것이라곤 헐어진 담요 한 장밖에 없다. 그것은 전 사람이 쓰다 버리고 간 것을 그동안 덮고 지냈던

봄이 오는 소리

것인데, 날씨가 더우니 미련 둘 것이 아니다. 돌아오지 않으면 그뿐이다. 나갈 때 주인에게 인사를 할 필요도 없는 처지이다.

가방을 걸머메고 부지런히 구로동 재래시장에서 멀지 않은 좁은 골목길을 걷고 있다. 가방이 작아서 가을 옷을 한 벌 더 껴입어서 땀을 줄줄 흘리며, 메모한 주소를 연신 들여다보고 집을 찾느라고 바쁘다.

골목 가로등은 늙어서 희미하게 길을 비추고 있었고, 그것이 더 안성맞춤이란 듯, 십대 두 남녀가 서로 맞붙어 난잡하리만큼 문란한 짓을 했다. 성질이 고약한 철판이 그냥 지나갈 리가 없다. 버리기 아까워 가지고 나온 둘둘 만 헌 우산을 휘휘 휘두르며 소리를 질렀다.

"이 개만도 못한 쌍것들아! 어른들이 지나다니는 길가에서 무슨 망측한 짓이냐? 이게 네 집 안방인 줄 알아? 배워먹지 못한 천하에 쌍것들아!"

두 남녀는 얼굴만 돌리고 그대로 붙은 채 무슨 개가 짖느냐는 태도로 맞섰다.

"당신이 뭐야? 이 길 당신이 샀어? 그대로 꺼져!"

"뭣이 어째? 이 개 망나니 년 놈들아!"

남자 녀석이 몸을 풀고 오히려 한판하려는 듯이 철판에게로 다가서며,

"그래, 어쩔 건데? 이 늙은이야! 거지꼴을 하고는!"

더 울화가 치민 철판이 우산으로 후려치려 하자, 녀석이 확 채어 꺾어 버렸다. 우산발이 다 꺾여 찌그러지자 더 화가 치민 철판이

쫓아가 멱살을 확 잡아끌면서,

"네, 어미 아비한테 가자! 내가 가서 자식교육 똑바로 시키라고 훈계를 해 주마!"

하고 버럭 소리를 질렀다.

"이 늙은이가 독약을 먹었나. 재수가 없게!"

"이놈아! 너 같은 망나니들 때문에 나라가 안 된다! 세상이 망하려고 피도 안 마른 것들이, 차라리 길바닥에 누워서 해라!"

"이 늙은 거지야, 더 이상 건드리면 죽여 버릴 거야! 살고 싶으면 아가리 닥쳐."

철판을 확 떠다밀어 쓰러뜨리고 침을 탁 뱉고 돌아서갔다. 철판은 간신히 일어나서 분을 참지 못해 씩씩거렸다. 이미 저만치 걸어가서 들리지도 않을 것 같은데 목청 높여 욕을 퍼붓는다.

"내가 경찰관이 되었다면 너 같은 놈들을 붙들어다 매를 쳐서 버릇을 고쳐 놓겠다만, 경찰들은 다 뭣해먹는 것들이야! 네 에미 애비도 자식 만들 줄만 알았지, 자식교육을 시키지 못한 부모자격이 못 되는 것들이다."

세상이 변하고 청소년들이 얼마나 불량하게 삐뚤어가고 있다는 것을 경험한 철판은 그 책임이 부모에게 있다고 훈장 같은 행세를 한다.

철판은 다시 골목길을 이쪽저쪽 문패를 살피며 한참 걸어갔다. 허술하고 칙칙한 대문 앞에서 유심히 문패를 확인했다. 그리고 전깃줄을 늘여 밖으로 내 놓은 동그란 방울 벨을 눌러 댔다. 시끄럽던지 안에서 누구냐고 소리를 질렀다. 철판은 들었지만 대답하지 않고 계속 눌러 댔다.

대문이 열리더니 짐짓 놀라며,

"아니, 대답도 하지 않고, 왜 이렇게 시끄럽게 눌러요!"

"날세, 질부, 조카 있는가?"

"이 밤중에 와서 왜 그래요?"

철판은 힘껏 밀고 안으로 들어서려고 하는데, 질부는 밖으로 밀고 힘겨루기를 했다. 이때 현관문을 열고 나온 조카 기철이가 소리를 지른다.

"누가 그렇게 시끄럽나 했더니, 재수 없게 뭐야?"

"나다. 큰 애비다."

"나한테 큰 애비가 어디 있어? 얼굴에 철판을 깔아서 그런가. 이름이 철판이라 그런가. 왜 그렇게 뻔뻔해? 속 뒤집어지기 전에 딴데로 가 보슈."

밖으로 밀어내려고 할 때, 철판은 있는 힘을 다해 안으로 들어가려고 바둥거리며 사정을 했다.

"힘들게 찾아왔는데 인심도 박하구나. 너는 내 조카가 아니냐! 그리고 네 집에 온 손님을 잘 대접해야지, 내쫓으면 벌 받는다."

"조카라고? 헛소리 하지 마! 무슨 놈의 손님! 내 성질 돋우네! 당신 말대로 조카라면 잘살 때 굶는 조카한테 밥 한 술이나 먹였어? 어머니와 내가 헤어져야 했던 것도, 나를 고아원에서 살게 만든 주범도 바로 당신이야! 할아버지 재산을 아버지 몫까지 다 독차지하고 호의호식하고 살 때는 눈먼 장님이었다가, 거지가 되니까 이제야 눈을 떠서 조카로 보여?"

조카 기철이의 불끈 쥔 주먹이 무서운지 철판이 뒷걸음질 치자, 기철은 철판을 밖으로 밀어 버리고 대문을 잠갔다. 큰아버지와 조카의 살벌한 상면(相面)이 이렇게 끝났다.

철판은 주먹으로 대문을 두드리다가 발길로 차면서 소리를 질렀다.

"공부를 못했으니 무식해서 법이나 아느냐? 내가 네 부모 다음이야! 이놈아! 큰 애비를 내쫓아! 고약한 놈아!"

계속 떠들다가 아무 응답이 없자, 철판은 돌아서서 다시 골목길을 걷기 시작했다. 문전박대를 당하고 나니 분하고 맥이 탁 풀렸다. 철판은 밤이 되자 갈 데가 없으니 할 수 없이 아주 나왔던 여인숙으로 살금살금 다시 들어갔다. 그런데 방에는 벌써 딴 중년 남자가 누워 자고 있었다. 철판은 하는 수 없이 다시 밖으로 나왔으나 마땅히 갈 곳도 없었다. 공원으로 가서 벤치에 한참을 앉아 있다가 배가 고파서 공동수도에 가서 물을 들이켜고 와서 가방을 베개 삼아 하늘을 보고 누웠으나 잠이 오지 않았다. 주마등처럼 지난 세월이 떠올라 지금의 신세가 악몽을 꾸는 것만 같았다.

철판은 아직 기죽지 않았다. 처자식과 조카에겐 잘한 것이 없지만 남들에게는 베푼 것이 많으니 저금을 한 셈이라고, 받을 것이 넉넉히 있다고 자부하며, 배에 힘을 주었다.

철판에게는 남자 동생 떡판이 하나 있었는데, 결혼하고 아들 기철이 하나 달랑 낳아 놓고 일찍 병으로 죽었다. 그래서 그 재산은 모두 큰아들 철판의 몫이 되었다. 남동생이 죽고 제수씨와 조카

봄이 오는 소리

기철이가 먹고 살기가 어려웠지만, 그 많은 재산 한 푼도 나눠주지 않은 것은 물론, 쌀 한 되, 보리쌀 한 되도 도와주지 않았다.

바로 아래동네에 사는 어린 조카 기철이가 아장자장 걸어 큰아버지 집으로 밥을 얻어먹으러 오면, 버릇 든다며 그대로 보내곤 했다. 철판 부인이 몰래 몰래 곡식 깨나 퍼다가 도와주다가 어쩌다 철판에게 들키면, 마구 엎어 버리고 도와주지 못하게 욕을 퍼부었다.

"이년아, 남편 몰래 곡식을 퍼내? 그렇게 얻어먹고 사는 버릇에 길들여지면, 커서 거지밖에 안 된단 말이다. 또다시 네 멋대로 하면 너도 내쫓을 테니 그리 알아!"

"그래도 큰아버지인데, 어린것이 배를 곯고 있으니 좀 도와주세요. 쌀 한 말, 보리 한 말만 주어도 한참 동서랑 어린것이 먹고 살 텐데 그렇게도 아까워요? 당신 하루 용돈도 안 되잖아요."

"이년이 내가 하는 말이 말 같지 않아?"

드디어 주먹이 올라가 아내의 얼굴을 쳤다. 아내라면 얼굴도 보기 싫고 목소리도 듣기 싫은데 옳은 말을, 더구나 보기 싫은 조카를 감싸고도는데 순순히 받아줄 리가 없었다. 착한 아내를 만난 것은 큰 축복이었지만 내쫓을 궁리만 했으니, 복을 털어 버리는 것과 같은 것이다. 아내는 이래서 맞고 저래서 맞고 동네북처럼 맞으며, 오직 큰아들 경철이와 딸 소리, 소라를 위해서 참고 견디고 인내하고 살았다.

조카 기철이가 다섯 살 때 그 어머니는 먹고 살 수가 없어서 견디다 못해 외갓집에 아들 기철을 맡기고 재가를 해 버렸다. 기철이는 엄마를 찾아 이리저리 돌아다니다가 길을 잃고 경찰이 발견하여 파출소로 데려다 하룻밤 재워 고아원으로 보냈다. 누구 하나 찾을 사람도 없었다. 그렇게 기철이는 그곳 고아원에서 자랐다.

그러다가 초등학교 졸업도 하기 전, 엄마를 찾는다고 몰래 고아원을 뛰쳐나와서 처음에는 배가 고파서 거지나 다름없이 얻어먹고 살다가 나중에는 신문팔이를 시작했다. 어머니를 찾는다는 것은 막연하여 포기하다시피 하고, 먹고 살기 위해서 열심히 구두닦이를 하면서 스무 살이 되었다.

기철이는 조금씩 모아온 돈으로 리어카를 사서 호떡 굽는 장사를 시작했다. 딴 사람들은 아침 먹고 늦게 나와서 장사를 하지만, 기철이는 식전 일찍부터 나왔다. 아침 굶고 출근하는 아가씨들이 호떡을 사서 먹고 가거나 가방 속에 넣고 가기도 했다. 저녁에는 퇴근하는 가난한 아버지들이 자식들을 주려고 호떡을 잘 사갔다. 하나라도 더 팔겠다는 욕심에 재미도 났다. 그래서 밤이 되어도 열두시 전에는 집에 들어가지 않았다.

그렇게 고생하여 모은 돈으로 산동네에 허술한 무허가 전셋집도 장만했다. 기철이는 이제 부러울 것이 없었다. 자리를 잡고 살 방이 있고 돈을 벌 수 있는 직업이 있기 때문이다.

그해 겨울은 몹시 추웠다. 천막을 빙 둘러 바람을 막고 호떡을 구웠다. 기철이는 추위 같은 것은 겁도 나지 않지만, 기다리는 손님이 잠시라도 추울까 봐 마음을 썼다. 어느 날 아가씨 둘이서 오

봄이 오는 소리

들 오들 떨며 천막 안으로 들어왔다. 아가씨가 기철이를 보자 놀라 말을 걸었다.

"아니, 어디서 많이 본 분 같아요. 혹시 저 몰라보시겠어요?"

그때서야 얼굴을 들고 아가씨들을 자세히 쳐다보던 기철이가 눈이 휘둥그레지면서 큰소리로 말했다.

"저, 혹시 사랑 고아원? 현숙이 아닌가?"

"오, 맞아요. 그때 고아원에서 도망갔던 기철 오빠, 맞죠?"

"그래, 맞아. 네 모습이 그대로 있구나! 그때 내 친구가 동생 소연이를 만날 때마다 너도 같이 나와서 우리 넷이서 만나곤 했지. 생각나지?"

"그럼, 잊겠어요. 오빠도 별로 모습이 변하지 않았어요. 오빠 그동안 어떻게 살았어요?

"고생 많이 하고 외로웠지."

"나도 오빠가 늘 보고 싶었고, 오빠 만나는 꿈도 많이 꾸었더니 정말 만났네!"

"너는 언제 고아원에서 나왔니?

"응, 나는 12살 때, 어느 양부모님이 나를 데려다 중학교 보내 준다고 해서 원장님이 보내 줬는데, 일만 시키고 학교를 보내 주지 않아서 도망 나왔다가 어떤 아줌마가 양말 공장에 보내 주어서 지금까지 다니고 있어. 이 친구와 같이 자취하고 있어."

정말 다시는 만나지 못할 줄 알았던 두 사람은 우연히 만나게 되어 매우 반가웠다.

그 후부터 현숙이는 노는 날이면 천막에 와서 일을 도와주었다.

서로 성장하면서 외롭고 슬펐던 이야기들을 나누며 같이 눈물을 흘렸다.

그로부터 석 달이 지난 어느 날, 두 사람은 손을 꼭 잡고 다짐을 했다.

"우리 이렇게 의지하고 함께 결혼하고 살자."

"그래요. 그러면 우리 외롭지 않고 행복할 수 있을 거야."

그리고 며칠 후 두 사람은 성당 신부님께 가서 혼배성사로 부부가 되었다.

현숙이는 공장을 그만두고 기철이와 같이 하루도 쉬지 않고 매일 부지런히 호떡 장사를 해서 돈을 버는 대로 저축하면서 행복이 넘쳤다. 기철이는 현숙이를 만남으로 해서 가정이 생겼고 행복하고 즐겁기만 했다.

오늘이 있기까지 악몽 같은 날들이었다. 큰아버지에게 어릴 때 당한 학대를 잊을 수가 없었다. 그는 이웃집 아저씨만도 못하고 용서가 안 되는 인간이었다. 그런데 이제 거지가 되어 찾아왔으니 받아줄 리가 없었다. 세상풍파에 부대끼고 고생하고 살면서 잔인한 큰아버지에 대한 감정은 결코 죽을 때까지 잊지 못할 것이다. 큰아버지가 거지가 다 된 것을 보면서, 죄를 받는다는 생각으로 흡족했다.

그런 독한 큰아버지와 구박하는 외숙모 곁에 아들 기철을 버려두고 혼자 잘 살겠다고 재혼해 나간 어머니가 새삼 밉고 원망스러웠다. 언젠가 찾아온다면 만나지 않을 작정이다. 자식을 위해서 지켜주며 희생을 해야 어머니로서 자격이 있다고 생각하기에, 어머니는 이미 자격을 상실했다고 인정하는 기철이었다.

철판의 부모님은 김포 시내에서 논이며 밭, 그 일대를 다 차지한 알부자였다. 그 후 개발이 되어 근처에 건물들이 들어서면서 논과 밭이 금값이 되어 더 큰 벼락부자가 되었다.

부모님이 무식한 농사꾼이라 고등학교라도 다닌 철판이 집안 모든 장부 관리를 맡아서 했다. 부모님은 한글도 모르니 은행일이나 계산 문제는 알 길이 없었다. 철판은 빌딩 짓는 부지로 밭 일부를 떼어 비싸게 팔아서 은행에 넣어 놓고, 야금야금 빼다가 마음대로 쓰고 다녔다. 부모님은 철판이 희다고 하면 희고 검다면 검은 줄만 알고 태평하게 맡겨 버렸다.

동네 식자(識者)나 있는 어른들이 철판이 하는 잘못된 재산 관리를 보고,

"집안 다 들어 먹을 놈이야. 부모가 불쌍하지. 오래 살다가는 부모도 갈 곳도 없을 텐데 딱한 일이야. 철판 부모에게 누가 이야기를 해 주어야 하는데, 철판이 감정 품고 칼 가지고 덤빌까 무서워 말도 못해."

집안 친척들이 걱정이 되어 귀띔을 해주었다.

"아저씨, 철판이 재산 관리를 어떻게 하는지 알고 계신가요? 모르시는 건가요? 답답하고 염려되어 여쭙니다."

"철판이 말하는 대로 알고 있지. 우리가 더 이상 알 수 있겠는가. 우리 죽으면 다 제 것이니 알아서 잘하겠지."

"태평도 하십니다. 돌아가시기 전에 재산이 바닥이 나면 어떻게

사시려고요. 소문이 자자한데, 철판만 철석같이 믿고 계시지 말고
채근 좀 하세요. 잘못되면 모두 길바닥으로 쫓겨날 테니 걱정되어
하는 말입니다."

부모님은 마음속으로는 걱정도 되었지만, 철판을 믿어 왔으니
지켜보는 수밖에 없었다.

철판은 부모님이 일찍 돌아가시자, 그 많은 재산 때문에 고민이
생겼다. 농사를 짓자니 사람 부리기도 힘들고 일도 하기 싫어서
연구를 하다가, 모조리 팔아 절반은 사채놀이를 하고 절반은 은행
에 맡겼다. 그리고 당구장이나 다방, 카바레, 술집으로 돌아다니
며, 하루 종일 유흥비를 펑펑 썼다. 이자를 받아쓰다가 부족하면,
예금에서 찾아다가 썼다. 그러나 집에 있는 부인과 자식들은 돌아
도 보지 않고 인색했다. 아내를 못생겼다고 구박하고 폭행을 하여
얼굴에 시퍼런 멍이 가실 날이 없었다. 자식들이 울면 시끄럽다고
자식들에게도 손찌검을 했다.

집을 나가서 돈을 잘 써서 소문이 나자, 새파랗게 어린 술집 계
집애들이 서로 다투어 달라붙어 여관으로, 여행으로 신바람 나는
방탕생활을 즐겼다. 어느 때는 일주일씩 묵어 돌아왔다. 그리고는
데리고 간 여자가 일주일 영업 못한 배상도 톡톡히 해주었다.

다방 하는 약삭빠른 송 마담이 요염한 수법으로 철판을 옭아 챘
다. 철판은 송 마담과 살림을 차리면서 아예 집에도 들어가지 않
았다. 옷이라도 갈아입으러 들어가면 트집을 걸어 아내를 더 때리
고 나가라며 학대가 심해졌다.

봄이 오는 소리

"너만 보면 밥맛이 다 달아난단 말이다. 더 때리기 전에 애들은 네가 낳았으니 데리고 빨리 나가!"

"아무것도 바라지 않으니 집에서 살게만 해 주세요. 갈 곳이 없어요."

"보기가 싫다는데 못 알아듣겠냐? 남자는 여편네를 잘 만나야 출세를 하는 법이야. 무식한데다가 생긴 꼴이 식모처럼 추하게 생겨 가지고, 야들야들하고 예쁘고 젊은 여자들이 붙잡는데, 왜 내가 너하고 살 것 같으냐?"

먹을 것도 없는데 나가라고 하니, 애들과 죽어 버리려고 양잿물을 구하러 다녔다. 물론 빨래를 하려고 한다고 거짓말하며, 돈이 없으니 외상을 하려 했지만 주지 않았다.

아내는 할 수없이 삼 남매를 데리고 친정으로 갔다. 그리고 남의 집 날품을 팔러 다녔다. 외갓집도 농사처가 작고, 외삼촌이 일찍 세상을 떠나서 힘들게 살아갔다. 어머니는 미안해서 속이 안 좋다는 핑계를 대며 번번이 굶었다. 경철이는 아무것도 모르고 어머니 밥도 그대로 받아먹었다.

큰아들 경철이 일곱 살 때 세 번째로 아버지 철판에게 돈을 받으러 갔다. 갈 때마다 혼만 나고 왔지만, 살기가 어려워서 또 보낼 수밖에 없었다. 철판이 대낮에 송 마담을 끼고 누워 있다가 큰아들 경철이 들어오자 끌고 밖으로 나와서 발길로 한 번 걷어차고 나서 눈을 부라리며 호통을 쳤다.

"네 에미년이 시키더냐? 돈 달라고? 당장 가! 이놈아! 다시 또 오면 가만두지 않을 테다. 다시는 찾아오지 말거라. 알았지!"

새파랗게 공포에 질린 큰아들 경철이 이렇게 혼만 나고 돌아와서는 다시 아버지 철판을 찾지 않았다. 굶기를 밥 먹듯 하면서도 남편 철판에게 애들을 보내지 않았다.

큰아들 경철이 열네 살 때 어머니는 몸이 쇠약해지고 시름시름 화병으로 앓다가 세상을 떠났다. 애들은 숨진 어머니를 부둥켜안고 밤새도록 울었다. 어머니마저 잃은 아이들은 고아나 마찬가지로 버려졌다. 그래도 삼 남매는 아버지 철판에게는 가지 않았다.

외할머니마저 세상을 떠나시자, 삼 남매는 외숙모의 구박에 못 이겨 외갓집을 나왔다. 그리고 망해서 비어 있는 어느 목재공장을 찾아가 몸을 의지하고 지냈다. 그리고 경철이가 종이나 깡통을 주우러 다니면서 돈을 벌어서 라면을 사다가 동생들과 연명하며 살았다. 경철이 다시 두부공장 직공으로 들어가서 온갖 궂은 허드렛일을 하면서 동생들을 벌어다 먹였다. 그럭저럭 동생들이 자라 공장에 가서 일을 하게 되고 경철이 힘을 펴게 되자, 작은 칼국수 분식점을 차리고 삼 남매가 같이 열심히 장사를 했다. 함께 일을 하니 의지가 되고 외롭지도 않아서 좋았다. 장사도 잘 되어서 버는 대로 은행에 저축을 했다.

어머니 생각이 나면 삼 남매는 한 달에 한 번씩, 가게 문을 닫고 어머니 산소에 찾아가곤 했다. 삼 남매는 산소에 가면 어둑어둑할 때까지 어머니 산소 앞에서 떠나지 못하고 울었다. 어머니가 아버지에게 매를 맞으며, 배를 곯다 돌아가신 지난날이 선하게 아른거려서 견딜 수 없이 불쌍하고 슬펐다. 삼 남매는 서로 의지하며 위

　　　　　　　　　　　　　봄이 오는 소리

로해 주었다.

철판은 차츰 은행에 맡긴 돈이 바닥나자, 사채를 거두어 유흥비로 쓰기 시작했다. 남은 사채를 알고 있는 건달 친구가 사기꾼과 공모하여 철판을 속였다.

"돈은 그냥 빼만 쓰다가는 금시 바닥나고 거지가 되네. 사업을 해야 해. 내가 잘 아는 사람이 있는데, 납품업을 하자고 하는데 나는 돈이 없고 자네가 같이 하게. 똑같이 넣고 똑같이 나누면 되네."

"그러지 않아도 돈이 쓰기만 하니 쑥쑥 들어가네. 그러면 어떻게 하면 되겠나? 자네만 믿네."

"그 친구가 ○억 ○천만 원 투자하겠다니, 자네도 똑같이 투자를 하면 수입을 똑같이 나누면 되네. 자네가 마련해서 직접 주게."

"알았네. 내일 준비해서 오후에 여기로 올 테니 데리고 나오게."

철판은 약속대로 사채 남은 것을 모두 찾아 동업한다는 사람에게 넘겨주었다. 편안히 앉아서 큰돈을 벌 수 있다는 생각에 기분이 좋아진 철판은 동업자와 친구를 데리고 요정에 가서 흥청망청 돈을 썼다.

그런데 한 달, 두 달이 지나도 아무 소식이 없자, 건달 친구를 채근하며 안달이 났다. 그러나 한 달 더 기다려라. 또 지나면 한 달만 더 기다려 보라. 차일피일 미루다 보니 철판은 의심을 하기 시작했다. 그러자 친구는 자기도 돈을 사기 당했다며, 같이 찾아다니는 척 속임수를 썼다. 철판은 이제 빈 털털이가 되었다. 하소연

할 데도 없고, 돈을 얻어다 쓸 데도 없었다.

　한참 돈 쓰고 다닐 때 송 마담 앞으로 집을 사 주고 같이 살았었
다. 그러나 철판이 돈 한 푼 없이 되자, 대접이 달라지고 철판에게
생활비를 내 놓으라며 잔소리가 심해졌다. 성질을 참지 못한 철판
은 그 집 명의를 바꾸라고 엄포를 했다.
　"그럼, 그동안 데리고 산 몸 값 내 놓고, 내가 장사 못한 손해 보
상하고, 계산이 모자라면 오히려 더 내 놓아! 그러면 명의를 바꿔
주지!"
　송 마담의 앙칼진 독설에 억지를 당할 수 없는 철판은 울화가 치
밀어 주먹으로 얼굴을 쳤다. 송 마담은 당장 나가서 진단서를 떼
어 가지고 와서 고소하겠다며 으름장을 놓았다. 그리고 다음날은
딴 남자를 집으로 데리고 와서 막걸리를 사다가 주거니 받거니 마
셔 대며 희희낙락 약을 바싹 올렸다. 일부러 싸움을 청하는 것은
내쫓으려는 계산이었다. 딴 남자와 외박을 해도 법적인 부부도 아
니니, 법에 간통죄로 고소를 할 수도 없고 철판은 위기를 느꼈다.
송 마담에게 바친 돈이 아깝지만, 내쫓으려고 작정한 송 마담과
더 이상 싸우다가는 교도소에 가게 생겼다. 그 길로 집을 뛰쳐나
온 철판은 다시는 들어가지 않았다. 송 마담을 죽이고 싶은 충동
을 느꼈지만, 참을 수밖에 없었다. 배은망덕한 송 마담에게 복수
를 하고 싶어도 방법이 없었다. 돈이 없이 빈 털털이가 되니, 배짱
부터 없어지고 용기도 없어졌다.

　　　　　　　　　　　　　　　　봄이 오는 소리

철판은 과거 신세진 사람들이 하나하나 머릿속에 떠올랐다. 철판이 재산을 다 탕진할 때까지 따라다니며 형님 형님하면서 밥 얻어먹고 용돈 타 쓰고 따르던 동생이나 다름없던 춘삼이를 찾아가기로 마음먹었다. 내심으로 '제가 내 신세를 얼마나 많이 졌는데 나를 보면 반갑게 맞아 주겠지' 하면서 기차 둑길 밑에 사는 춘삼이 집을 찾아갔다. 철거장이 나온 지역으로 허술한 집이라 대문도 없으니, 마당 안으로 들어가 이름을 불렀다.

"이보게, 춘삼이 집에 있는가? 날세."

"……."

대답이 없었지만 계속 불렀다. 한참 후, 자고 있던 춘삼이가 문을 열고 철판을 찡그린 면상으로 쳐다보더니 호칭도 형님에서 노인으로 바꾸어 못마땅한 어조로 퉁명스럽게 말했다.

"노인네가 여긴 웬 일이슈? 거기 마당에서 기다리슈."

잠시 후 방에서 나온 춘삼은 여전히 하던 버릇대로,

"담배 있수? 꼴이 담배도 없겠구먼."

"너와 내가 어떤 사이였는데, 손님이 왔으면 방으로 들어오라고 해야 옳지 않아?"

"손님은 무슨 놈의 손님. 우리 마누라 들어오기 전에 빨리 가 보슈. 나도 간당간당 목숨만 붙어서 살고 있는 형편이니, 노인네 끌어들였다고 나 쫓겨나게 하지 말고……."

"야, 이놈아! 그래서 이대로 가란 말이냐? 마누라가 그렇게 무서워? 못난 놈!"

그때 춘삼이 마누라가 들어오다가 두 사람이 마당에 서 있는 것을 보았다. 팔을 걷어 부치고 주먹을 불끈 쥐었다. 그리고 입에 거품까지 내며 소리를 질렀다.

"당신 잘 만났어! 젊을 때부터 당신은 우리 집을 망쳐놓은 장본인이야! 거지가 되어서 찾아왔군. 우리 집 밥벌레인지, 땡감인지가 젊은 세월 당신만 따라다니며 계집질이나 하고 걸핏하면 주먹이 올라가 살 수 없이 만들어도, 나는 자식들 돈 벌어서 키우면서 얼마나 고생을 했는지 알아? 이젠 방구석에 귀신처럼 앉아서 밖에도 나가지 않고 꼴 보기 싫은데 잘 왔수. 자식들이 모두 가출하여 깡패 건달이 다 되어서 집에 들어오면 '아버지가 아버지 노릇이나 했느냐'며 애비를 치러 덤비고 세간이나 집을 다 때려 부수고 개판이야. 이 인간 데리고 당장 나가서 예전처럼 다정히 붙어 다니며 빌어먹어! 내 눈앞에 보이지 말고!"

성난 부인이 춘삼이 옷 보따리를 마당에 내던져 버렸다. 그리고 문을 쾅 닫고 들어가 버렸다.

철판은 괜히 찾아왔다는 생각을 하면서, 게다가 춘삼이마저 달라붙으면 큰일이다 싶어 꽁무니가 빠지게 밖으로 나와 버렸다. 춘삼이도 불쌍하다는 생각이 들었다.

이번에는 노랑머리가 생각났다. 노랑머리는 마누라가 젊어서 진작 애들 데리고 집을 나가서 헤어지고, 홀아비로 혼자 살았다. 그러다가 철판이 망하자 살 수 없어서, 지게를 지고 다니며 세운상가 앞에서 품삯 일을 하며 먹고살았으나 용달차 배달이 많아지면서 일거리가 거의 없어지고 돈벌이가 말이 아니었다. 그런 중에도 철판이 찾아가자 빈정거리며 깔보았다.

"그러기에 진작 정신 차리고 살지. 재산 있을 때 그렇게 계집질만 하고 다니더니, 다 뜯기고 이젠 거지가 되었구면. 나는 왜 찾아 왔우?"

"야! 너는 나를 만나 반기지는 못할망정 막보는 거냐?"

"노인네가 성질은 아직도 살았구먼. 내가 알려주는데, 부인하고 자식들을 내버리고 살았으니 원한이 클 것일세. 아예 찾을 생각도 말게."

"네 놈도 진작 정신 차리지. 처자식들 돌보지 않고 나한테 뜯어다 계집질이나 했으니, 마누라나 자식들이 다 도망간 것 아니냐? 네 놈 걱정이나 해라."

서로 똥 묻은 개가 재 묻은 개 나무란다고 제 눈에 티는 보지 못하고 서로 비웃는 꼴이 가관이었다. 승산 없는 입씨름만 하고 아무 도움도 받지 못한 철판은 그대로 헤어졌다.

젊어서 잘못 산 춘삼이나 노랑머리도, 사실은 철판이 버려 놨다고 해도 과언이 아닌 것이다. 밥 사주고 용돈 주고 어울려 돌아다니며 같이 계집질을 하고 문란한 생활을 했으니…… 돈 있을 때는 떠받들더니, 이제는 모두가 외면하고 박대를 하니 처량했다. 그 인간들을 호강시켰던 것이 후회 막심했다.

철판은 터벅터벅 걸어 갈 곳을 찾고 있다가, 그래도 한 이불 속에서 정을 주고 산 여자들이 생각났다. 설마 분이야 은혜를 잊지 않았겠지. 술집에서 주인 마담에게 귀퉁이를 얻어맞으며 손님 접대를 하던 어린 분이가 너무 불쌍해서 철판이 하루저녁 데리고 잔 다음, 보란 듯이 마담 술집 옆에 건물을 사서 대포 장사를 차려 주었다. 그리고 하루 수입하고 맞먹을 돈을 하루도 빠짐없이 손에 쥐어 주었다. 분이는 철판이 옆에 있어야 잠이 온다고 매달리곤 했다. 막상 분이를 생각했으나 좀 꺼려지는 것이 있었다. 송 마담과 살림을 차리면서 송 마담의 강짜가 심해서 발을 끊고 다니지 않았던 일이다. 그때 분이는 울고불고 춘삼이나 노랑머리를 시켜서 만나 주지 않으면 죽겠다고 전갈을 보내곤 했지만, 냉정하게도 만나 주지 않았다. 철판은 그만큼 송마담이 무섭고 또 좋았기 때문이었다.

아직도 그때 사준 집 건물에서 장사하고 있다는 말을 저번에 노랑머리에게 들었던 터라 그래도 반가워하리라 마음먹고 찾아갔다. 문 앞에 길게 내린 발을 걷어 올리고 철판이 큰 기침을 하며 들어가자, 사람 자취를 듣고 방문이 열리더니, 분이가 얼굴을 내밀었다. 그리고 철판을 보더니,

"요새 장사도 안 되는데 재수 없게 파리야! 왜 빛 받으러 온 사람처럼 버티고 섰어? 애, 옥이야! 이 손님 막걸리 한 잔 갖다 먹여서 내보내거라."

하고는 방문을 닫아 버렸다. 옥이가 막걸리 한 사발을 김치 두어 쪽과 가지고 와서 앞에 놓고 갔다. 철판은 분이의 푸대접에 울컥 격분하여 앞에 놓은 막걸리 잔을 들어 분이가 있는 방문에다 힘껏 내던지고 소리를 질렀다.

"배은망덕한 년아! 네가 나한테 그럴 수 있단 말이냐? 이 건물도

내가 사 준 데서 벌어먹고 살면서, 고약한 년! 내 돈을 또 얼마나 여우 짓 하면서 많이 빼앗아 갔는지 잊지는 않았을 것이다. 돈밖에 모르는 년 같으니!"

분이가 방문을 열고 나와서 철판을 밖으로 떠다밀며 악을 썼다.

"나를 먼저 배신한 것은 너 늙은 놈이었어! 송 마담 년한테 미쳐서 나를 돌아다보지도 않고, 송 마담에게 내가 억울하게 머리 다 쥐어뜯기고 매를 맞아도 막기라도 해주었냐? 송 마담한테 다 뜯기고 거지가 되니 날 찾아와서 대접해 달라는 거냐? 낯짝도 두꺼워!"

"너는 이년아, 나 하나만 바라보고 살았느냐? 내 돈 빼앗아다가 젊은 놈, 이놈 저놈 먹여 살리며 대낮에 여관으로 끌고 돌아다닌 것 모르는 줄 알았느냐? 밤이면 나한테 붙어 떨어지지 않고 돈돈 하고…… 앙큼한 년 같으니라고!"

"그래, 늙은 놈이 딸 같은 나를 떡처럼 주무르고 살았으니, 그만한 돈 주어 아까울 것 없지! 무슨 공치사야? 이제 와서 받아줄 줄 알고 찾아와서 추잡스럽게 떼 쓰냐? 송 마담에게 가 봐! 옥이야, 밖으로 내몰고 굵은 소금 가져다 문 앞에 뿌려라."

큰소리로 험한 악담까지 서로 퍼부었다. 철판은 분에 못 이겨 의자를 들어 방문을 내리치자, 안에서 어떤 젊은 놈이 이불 속에서 나오며,

"이봐, 노인 양반! 돈 없으면 거지야. 그걸 깨닫지 못하고 이 행패야? 내가 몽둥이맛을 보여 줘야 정신 차리겠어? 내가 누군지 몰라?"

웃통을 벗은 젊은 남자의 팔에 커다란 구렁이 문신이 팔을 감고

있었다. 철판은 두려운 마음이 들어 분이 얼굴을 향해 침을 탁 뱉어 주고 돌아서 나왔다.

잠잘 곳도 없고 배가 고팠다. 식당들을 기웃거려 보지만, 돈이 없으니 들어갈 수가 없었다. 마침 한 식당에서 쓰레기를 버리고 들어가는 아주머니를 보고 용기를 내어 따라 들어갔다.

"아이고머니나! 식당 문 닫는 거 빤히 보면서, 어디서 이런 거지가 눈치 없이 들어와? 당장 나가!"

하더니 힘껏 떠다밀었다. 넘어진 철판이 일어나서 문짝을 막고 서서,

"야, 누구를 거지로 보는 거야! 내가 돈 많던 세월에 꽃 같은 어린 계집애들이 서로 다퉈서 나를 붙들었어! 이따위 식당이나 하는 주제에, 호박처럼 못생긴 너 같은 여자는 내가 거들떠보지도 않았어. 알기나 해?"

"꼴값 하네! 옛날에 금송아지 매 놓고 살았으면 무슨 소용이야! 그렇게 살았으니 거지가 되었지. 주제에 입은 살아서……."

식당 아주머니는 힘껏 떠다밀고 문을 닫았다. 또다시 넘어진 철판은 이제 일어날 기운도 없었다. 악이 점점 받쳐 올랐다.

한 군데, 또 찾아갈 곳이 있었다. 나이 많은 십 년 연상의 유부녀가 있었다. 인물이 반반하고 요기가 넘치는 유부녀는 남편이 일을 나가면 철판을 집으로 끌어들여 잠자리를 했다. 어떤 젊은 계집애들을 능가하는 보기 드문 요부였다. 철판은 미쳐서 틈틈이 드나들며 돈을 듬뿍듬뿍 아깝지 않게 쥐어 주며 재미를 보았다.

그러기를 11개월째 되던 날, 도가 넘쳐 지쳐서 같이 품고 잠이 들었다가 벌떡 일어나 급하게 막 뛰어나오다가 때마침 퇴근해서 집으로 들어오는 남편과 대문에서 마주쳐서 멱살을 잡혔다. 무조건 궁여지책으로 집을 잘못 찾았다고 변명을 하고 빠져나오려 했지만 믿을 리가 없었다. 죽지 않을 만큼 매를 쳐서 시체가 다 되었다.

　"네 놈이 어디라고 감히 남의 계집을 넘보고 다녀! 한 번만 또 눈에 잡히면 사잣밥 될 줄 알아!"

　설설 기어 도망쳐 나온 철판은 다시 얼씬거리다가는 뼈도 못 추릴 것을 알고 아예 포기해 버렸다. 그런데 7년이 지나고 소문에, 남편이 죽었다는 말을 들었다. 희망을 가지고 찾아갔다. 그런데 웬 철판보다 훨씬 젊은 남자가 대문 밖을 쓸고 있었다. 벌써 남자가 생긴 것이다. '광기 있는 계집년이 젊은 놈만 찾는 군. 혼자 살고 있을 리가 없지. 늙어도 아까운 계집이야. 여자들이란 믿을 수 없는 것들이지. 그래도 조강지처와 가족밖에 믿을 것이 없어.'

　조강지처에게 생활비도 주지 않고 나가라고 수없이 구박하고 때려도 참고 살았던 지난날 착한 아내의 멍든 얼굴이 떠올라서 가슴 뭉클하게 아파 왔다. '자식들은 애비인데 막보지는 않겠지'하면서 아내와 자식들을 찾기 위해 처갓집을 찾아갔다. 그러나 이웃 사람들 말에 아내는 죽은 지 오래되었고, 애들은 어디로 갔는지 모른다고 해서 실망하고 그대로 돌아왔다.

　그 후 우연히 길에서 노랑머리를 또 만났다. 노랑머리는 전보다 더 행색이 말이 아닌 것이 거지나 다름없었다. 그러면서도 철판을 보고는 전처럼 혀를 차며 야유했다.

"돈 있을 때 잘 쓰지 그랬나. 어디를 가는 중인가?"

"너도 젊어서 건달로 남의 것만 빼앗다가 계집질만 하더니 지게 벌이도 시원치 않아 굶었나 보구나."

만나기만 하면 서로가 제 흉은 모르는 족속들이 말씨름만 했다. 노랑머리가 약을 올리듯 또 말을 이었다.

"자네, 자식들 찾을 생각 말게. 고아처럼 고생고생 하다가 요즘 구로 시장 근처에서 칼국수 장사를 하는데, 돈을 많이 번다고 소문났지. 나도 한 번 찾아갔는데, 애들은 나를 몰라보아서 슬그머니 나왔네."

철판은 반가운 소식을 듣고 보니 전에 여인숙에 살 때 얼마 안 떨어진 곳에서 가게를 하고 있었는데, '등잔 밑이 어둡다'는 말이 맞았다. 다음날 일찍 식당으로 찾아갔다. 식당 문을 열고 들어가자 경철이 홀 바닥을 닦느라 엎드린 채,

"애들아, 손님 오셨다. 나와 봐라."

라고 말했다. 둘째 딸이 나오면서,

"손님 이쪽으로 앉으세요."

하면서 물 잔을 가져다 놓았다. 자리에 앉았으나 큰아들은 쳐다보지 않고 일만 하고 있었다. 동생들은 어릴 때 외할머니 집으로 가고 나서 본 적이 없으니 알아볼 리가 없었다. 경철은 일곱 살 때도 철판을 찾아왔었으니, 알아볼 것이다. 용기를 내어 바닥을 닦고 있는 큰아들에게 말을 걸었다.

"네가 경철이냐? 소리, 소라 다 여기 있구나."

경철이가 고개를 들고 쳐다보니, 거지나 다름없는 아버지 철판이었다. 기절할 마큼 충격을 받은 경철은 얼굴에 경련을 일으키며 소리를 질렀다.

"당신이 누구신데 헛소리 하시나요?"

"내가 너희들 아버지다. 모르겠니?"

"우리한테 아버지가 어디 있어? 우리는 고아야. 나가서 세상 사람들에게 물어보시죠. 잘못 들어왔으니, 빨리 나가!"

"내가 너희 엄마나 너희들한테 잘못을 했지만 천륜은 버릴 수 없단다."

"천륜이라고? 당신은 왜, 천륜인 자식들이 다 굶어 죽을 비참한 지경에 이르도록 돌아다보지 않고 당신 혼자 배가 터지도록 호강했어!"

"지난날을 말하면 할 말이 없고 후회스럽다. 내가 죽을죄를 지었다. 그러나 너희들은 엄연한 내 자식들이다. 용서해 주고 여기 앉아 이야기를 하자꾸나."

"필요 없으니 나가줘! 당신에게 비참하게 매나 맞다가 쫓겨나서 불쌍하게 배를 곯으며 살다 병이 들어서도 돈이 없어서 병원도 못 가 보고 돌아가신 어머니를 생각하면 대신 갚아 주고 싶을 정도로 분노하니까 빨리 눈앞에서 사라져! 당신이 가족이나 자식이 어디 있다고 찾아다녀? 뻔뻔하게!"

삼 남매는 나가지 않으면 끌어내겠다며 '불쌍하게 돌아간 어머니를 살려 내라'고 고함을 지르고 악을 썼다. 자식들은 이제 애들이 아니었다. 험난한 세상 속에서 오늘에 이르도록 증오해 왔던 아버지를 용서할 수 없는 것이 당연하다. 철판은 자식들이 무서웠다. 한이 맺힌 자식들의 감정이 드세게 폭발했기 때문이다.

철판은 쫓기다시피 밖으로 도망쳐 나왔다. 그러나 자식들이 조금도 괘씸하거나 불효자식이라는 생각은 들지 않았다. 자신이 과거 어린자식들에게 잔인하게 했던 악에 비하면 너무 가볍다고 생각했다. 자식들이 험난한 세상을 부모 없이 서로 의지하고 그만큼 살아가고 있다는 것이 고마웠고 안심이 되었다. 자식들의 상처를 다시 건들이지 않으려면 죽는 날까지 찾지 않는 것이 도리라고 생각했다. 어린것들이 자라면서 얼마나 배가 고프고 추웠을까를 생각하며 가슴이 미어지게 아팠다. 이제야 진정한 뉘우침과 천륜이 발동했다. 자식들을 한 번 만나보고 굶지 않고 잘 살아가는 모습을 확인했으니, 안심하고 돌아설 수 있었다. 철판은 당연한 대접을 받은 것이니, 섭섭함도 억울함도 없다고 다시 뇌까리며 발걸음을 옮겼다.

식전 일찍부터 아내의 산소를 수소문해서 찾아갔다. 아내 묘소 앞에 엎드려 백 번 절을 하고 백 번 용서를 빌었다. 이제 와서 듣지도 못하는 산소에 대고 사죄를 한들 무슨 소용이 있겠는가! 여기저기 산소들이 많이 있으나 유독 아내의 산소만이 봉이 낮고 엉성하고 붉은 흙이 나와, 풀 옷도 제대로 입지 못하고 가난하게 누워 있었다. 그것이 더욱 불쌍한 생각이 들고 목까지 슬픔이 차올라 대성통곡을 했다. 남이 본다면 울기도 부끄러운 죄인, 울 자격조차 없는 죄인이다.

봄이 오는 소리

아내가 집을 나가지 않겠다고 처절하게 애원하던 목소리가 들리는 듯 가슴을 찔렀다. 철판은 혼자인데도 갈 곳이 없고 살 길이 막막한데 아내는 어린 삼 남매를 데리고 어떻게 견디고 살았을까! 그렇게 잔인하게 내쫓고 철판은 얼마나 호강하고 살았던가! 요괴스런 여자들의 요염한 여우 입에 아낌없이 넣어 준 낭비한 재물과 세월을 어찌 찾을 수 있겠는가! 꿀처럼 달기만 했던 문란하고 부도덕한 삶은 자신의 살을 다 발라먹고 뼈까지 삭게 만들었다.

하늘은 베푼 대로 갚는다는 것을 알았다. 돈이란 옳게 쓰지 못하면 없는 것만도 못하다는 것도 가슴 깊이 깨달았다. 그리고 철판은 이 세상에서 가족보다 더 소중한 것이 없다는 것도 뼈저리게 뉘우쳤다.

베푼 대로 받는다는 진리, 곧 응보(應報)는 하늘의 정의로운 심판이라고 머리를 숙였다. 철판은 깊은 생각 끝에 바삐 서울역으로 갔다. 음성 꽃동네를 가려는 것이다. 죄의 보속을 하기 위해서였다. 아직 나이 육십이니, 일할 수 있는 해가 조금은 남아 있다. 그곳에 가서 사족을 쓰지 못하고 가족이 없는 노인들을 위해 뼈 빠지게 봉사하면서, 나머지 인생을 바치고 더불어 안식처로 삼으려는 것이다. 마음이 조금은 가벼워지고 이제야 인간답게 남을 위해 일할 수 있다는 생각에 용기를 가져 본다.

지난 삶이 부끄러워 하늘을 보지 못하고 발등만 내려다보며 걷는 그 모습은 수갑 찬 죄인과도 같았다.

여성을 중심으로 놓고 보다

— 김종숙 단편소설집『봄이 오는 소리』출간에 즈음하여 —

이성림 교수(문학박사 · 은평문인협회 회장)

I 소설은 무엇을 말하고자 하는가

소설은 허구를 기본으로 한다. 진짜 이런 이야기가 현실적으로 있을까 하는 것을, 있을 법한 이야기를 재미와 주제를 중심축으로 하여 풀어 놓는 산문문학이 바로 소설이다.

이번에 김종숙 작가가 처음으로 펼쳐 내는 단편소설집『봄이 오는 소리』에는 총 9편의 작품이 실려 있다. 9개의 이야기 속에는 다양한 인물과 사건들이 단단한 구조와 배경으로 펼쳐진다.

소설은 일반적으로 등장인물과 일련의 사건들을 통하여 작가의 생각을 생생하게 전달하고자 하는 주제의식이 잘 표출되어 있다.

소설 창작은 인간성 탐구 작업이기도 한데, 그러한 목적을 달성하기 위하여 감동을 수반해야만 하는 예술이란 점을 충분히 살리고자 노력한 작가의 집필 태도를 높이 사고 싶다.

또한 소설은 서사문학의 백미로 여러 가지 사회적인 사건이나 배경, 역사적인 다양한 현상 등에 관하여 그 모든 것들의 총체적이며 필연적인 결과물들을 배경으로 하고 있다. 작가가 독자에게 보여 주고 싶어 하는 가치 있는 메시지가 바로 주제의식이라고 할 수 있다.

여러 작품에는 작가의 목소리가 여성주의적 관점에서 간절하게 하소연하듯이 행간에 스며들고 있어, 때로는 가슴 저미게도 한다. 그것은 다양한 삶을 살아가는 억척스러운 여성 내지는 피해의식에 사로잡힌 여성, 그런 줄도 모르고 멍청하게 살아가야 하는 시대의 희생자등 여러 가지 모습으로 나타나고 있다.

어떤 이데올로기나 사상성을 함축하고 포함하기 위하여 때로는 간접적이고 우회적으로 드러나게 하기도 한다. 작품 속에 메시지가 너무 직접적으로 드러나지 않도록, 호소력을 담아서 사건 중심으로 엮어 나가는 솜씨가 김 작가의 숙련된 문장력으로 뒷받침 되고 있다. 그러면서도 작가가 말하고자 하는 메시지가 암묵적으로 혹은 암시적으로 숨어 있으면 숨어 있을수록 감동적인 설득력이 커지게 마련이어서, 과연 작품의 귀결이 어떻게 매듭지어질까 궁금증을 자아내게도 한다.

소설 속에는 이런저런 여러 여성 인물들이 등장한다. 물론 여성을 둘러싸고 있는 환경적 · 시대적 배경이 한몫 거들면서, 무능력한 남성들이 참혹하게 휘두르는 폭력 앞에 무대응으로 일관하는 전시대적인 희생양의 모습도 보인다. 아날로그적 사고를 가진 여성 의식과 디지털적인 인물들의 얼크러짐 속에서 자아를 찾아가는 가슴 아픈 정착을 보이기도 한다.

소설의 다양한 기능 중에 사회 고발적인 속성이 있다. 어두운 이면에서 당하고만 살아가고 있는 이 땅의 여성들의 생활상을 낱낱이 고발하고 싶은 작가의 심정이 엿보인다. 적잖은 세월을 살아오신 김종숙 소설가가 아니면 도저히 풀어 놓을 수 없는 신산(辛酸)스러운 삶의 폭로물이다.

가령 왜곡된 사회 윤리도덕이라든지 사회 악행에 대한 폭로, 가치 있게 사는 길이 무엇인가, 인간다운 인간이란 어떤 사람인가, 이 시대의 도덕적 양심은 살아 있는가, 언제까지나 약자는 당하고만 살아야 하는가, 과연 정의와 양심은 살아 있는가, 남성 앞에 여성은 왜 그렇게 무기력하기만 한가, 때로는 무능력하고 포악하기만 한 남성의 뒷바라지를 아내뿐만 아니라 딸까지도 도맡아서 해야만 하는가 등등 수많은 문제 제기를 하고 있다. 그것은 소설을 통하여 원한 맺힌 삶에 대한 위로제적인 측면까지도 모색하지 않으면 안 된다는 작가의 심정 노출을 짐작하게 하기도 한다. 억울한 주인공들에 대한 위령적인 차원인 것이다.

이러한 갖가지 내용이 소설의 주제적인 측면을 강조하기 위해 생활 속에 담고 있는 사연이요, 이야깃거리인 것이다. 소설이 차지하는 영역의 폭이 얼마나 넓으며, 사회에서 얼마나 많은 역할까지도 담당하고 있는지 확인할 수 있다. 소설문학이 유용한 장르라는 것을 충분히 입증하고 있는 셈이다.

소설은 타인의 영혼 속을 들여다보게 한다. 더 많은 인생들의 삶을 간접적으로 체험하게 한다. 다양한 갈등으로 몸부림 치고 있는 주인공들의 생과 사를 간접적으로 살아보게 하여, 마치 실제 주인공이 자신인 듯 몰입하게 하는 김종숙 소설가의 글 솜씨가 예사롭

봄이 오는 소리

지 않다.

소설이 원칙적으로 거짓말임을 인정하면서도 탓하게 되는 것은 때로는 일그러진 도덕성의 회복, 인간성 중심의 사회구현 등의 가치 투입을 부르짖는 것을 견제해야만 한다. 그래서 독자는 때로는 비판적인 태도를 견지할 필요도 있다.

몰입의 대상들이 술꾼, 노름꾼, 깡패, 바보건달, 성추행범, 인격파탄자, 알코올 중독자, 정신적으로 모자라는 이, 육체적 불구자, 성격파탄자 등을 내세워서 평범한 범부 필부가 잘 살 수 있는 사회의 소중함을 강조하고자 등장시키기도 한다. 그것은 더 좋은 세상, 균형과 조화가 잘 이루어져 골고루 잘 사는 사회를 희구하려는 작가의 염원이 짙게 깔려 있기 때문이다. 이는 사람다운, 사람 냄새 나는 가족과 건실한 가정의 회복에 대한 갈구이기도하다. 그렇기 때문에 작가의 긍정적 시각과 통하는 해피 엔딩 설정과 비인간적인 기득권층에 반발하는 적대감 등이 전지적 시점으로 작품 전체를 관통하고 있다

또한 이야기가 사람들의 호기심을 만족시키는 구실을 훌륭히 수행함으로써 읽힌다는 점을 눈여겨 볼 필요가 있다. 흥미 있는 이야기 소재, 독자를 유인하는 요소들을 소설의 바탕에 깔고 있다.

소설은 원칙적으로 재미가 있어야 한다. 그러나 재미는 소설의 필요조건일 뿐 충분조건은 아니라고 생각한다. 다시 말하여 재미 외에 뭔가가 있어야 한다는 것 이다. 어떤 교훈을 노린다든지, 시대상을 기록하고자 했다든지, 쾌락 추구에 목적을 두었다든지, 미래를 예견한다든지 등 어찌하건 그것은 주제적인 측면에서 논의되

어야 함을 외면해서는 안 된다. 이 뭔가가 소설작품의 의미와 가치라는 것이며, 그것을 탐색하기 위한 작업의 결실이 소설이 말하고자 하는 주제의식이라는 것에 주목할 필요가 있다.

우리네 같은 보통 사람이 살아가고 있는, 혹은 보통 세상에서 일어날 수 있는 이야기들 속에서 재미와 그 밖의 것을 잘 버무려 놓는다는 것이 사실 쉽지는 않다. 그렇다고 평범한 이야기를 꼭 비켜나자는 것은 아니다. 보통 사람의 이야기지만 뭔가 조금은 특별한 데가 있는 이야기를 충실한 구조로 엮어 놓아야만 한다는 것이다. '특별한'이라는 말에는 재미 외에 어떤 가치가 있어야 한다는 의미이다. 그것이 바로 작가의 고뇌이다. 작가는 대부분 이러한 특별한 가치를 부여할 수 있는 주제의식을 이야기 구조를 통하여 구현하고자 한다.

김종숙 소설의 가장 큰 관심사는 인간을 중심으로 하고 있다는 점이다. 그중에서도 특히 여성들의 삶을 중심축으로 하고 있다. 인간을 늘 염두에 두고 소설의 힘을 빌어서 여성에 대한 관심사를 표출하고자 하였다. 이번 소설집의 핵심적인 내용은 여성 생활에 대한 다양한 스펙트럼인데, 읽고 있는 이 소설이 과연 말하고 있는 가치는 무엇인가, 무엇을 노리고 이야기 구조를 엮어 나가는가 등 끊임없이 회의하고 판단하며 읽어야 한다.

인간은 매일같이 자신의 인생 경험에 비추어 사람이나 등장인물이나 사건들의 상황을 파악하게 된다. 소설 속의 사건에 대하여 주변 환경이나 본인의 체험에 비추어 민감하게 반응하기 때문이다. 거짓말의 진짜 같음에 독자는 소설을 읽고 흥미를 느끼며 가

봄이 오는 소리

치 있는 메시지를 얻고자 함에 틀림없다. 그래서 때로는 작가가 들려주는 소설을 비판적인 태도로 읽을 필요도 있다.

김종숙 소설읽기를 통하여 인간 이해의 시야를 넓혔다는 점에서 일단 소설쓰기의 목적을 훌륭하게 수행했다고 본다. 그것은 소설이 시간을 통한 인과관계의 중요성을 인식하면서 시간적·공간적·환경적 배경을 중시한다는 것이다. 작가는 등장인물들의 내적 고뇌를 사건에 따라 드러내고자 한다. 이는 소설의 사회학적 역사성과 상황논리가 긴밀하게 관련되어 있음을 뜻하기도 한다. 고급의 독자가 훌륭한 소설가에게 거는 기대감이기도 하다.

Ⅱ 물질만능의 리얼리티를 그리다

소설 속에는 세상의 여러 모습을 보이고자 하기 때문에 이런저런 다양한 모습을 한 인물들이 드러나기 마련이다. 선인도 있고, 악인도 있다. 우유부단형도 있고, 천둥벌거숭이 같이 때 모르고 날뛰는 이도 있고, 때로는 적응하기 어려운 성격 파탄자에 노름과 주벽에 얼룩진 패배자적인 인생도 나온다. 바로 현실적인 이야기라는 점이다.

보통 사람이 살고 있는 평범한 이야기는 흥미를 잃게 마련이다. 좀 더 새롭고 충격적이고 자극적이며 지저분하기도 한 이야기들을 포함한 이 세상의 이야깃거리들이 다양한 사건들과 얽혀 여러 가지 인간 군상들의 삶을 보여 주고자 한다. 김종숙의 소설 속에는 독자가 현실에서 접할 수 있는 인물과 사건이 나타나기도 하고, 그렇지 않은 허구적인 사건이 순전히 작가의 상상력에 동원되어 나타나기도 한다. 그중에서도 특히 물질 만능주의적인 속물적 속성을 리얼하게 그리고 있는 작품들이 여럿 보인다.

〈갈등의 양면성〉은 외모 콤플렉스가 있는 젊은 여성이 돈 많은 남성 노인이 건네는 많은 월급에 결국은 서서히 빠져들게 된다는 내용을 다루고 있다. "나는 내 곁에서 나를 외롭지 않게 이야기 상대가 되어 주고 보필해 줄 사람이 있었으면 좋겠다. 그런 젊고 건강한 사람이 있으면, 내 재산이 많으니 아깝지 않게 도와주고 싶다. 나를 외롭지 않게 곁에만 있어 주면 돼!"라는 할아버지의 요구사항이다. 그러나 주인공인 '나'는 곁에 있어 주는 차원이 아니라 차츰 마음을 열고 "위험의 길로 빠져들어 가고 있었다."라고 본인이 인정한다. 끝내 "나는 할아버지가 하는 대로 이십오 살 모든 것을 바치면서 싫지 않았다. 몸이 닿는 순간만큼은 나이나 신분이 아무 쓸모가 없는 듯싶었다. 나는 여자로서의 새로운 딴 세상을 경험하고 싶지 않았다."라고 까지 토로하고 있다. 자신이 놓인 상황과 환경에 따라 변질되는 인간의 속성을 느낄 수 있는 대목이다.

　정상적인 인간관계가 아님을 직감적으로 파악할 수 있다. 돈에 팔려 가는 것이 아닌가. 겉으로 표출되지만 않았지, 이면에는 돈으로 젊은 여성을 사고파는 행위나 다름없다. 과연 돈을 이렇게 써야만 하는가. 고령화 시대에 노인들의 외로움에 대한 이해의 측면을 고려해 보기는 하지만, 반드시 이런 방식으로 돈을 앞세워 젊은 여성의 어려운 형편을 꿰뚫어 보고는 성적인 욕구와 만족을 추구해 나가야 하는가. 회의적이다. 용납이 안 된다. 돈 없는 젊은 여성이 무엇을 필요로 하는지, 그것을 약점 삼아 미끼 던지듯이 돈으로 회유하는 노인의 노회(老獪)함이 역겹기까지 하다.

지극히 잘못된 도덕성의 붕괴 현상을 보여 주고 있다. 중간 중간 주인공의 고뇌어린 면도 없지 않으나, 결국 쉽게 살아가고자 하는 젊음이나 돈으로 쉽게 성을 사고자 하는 노인의 사고가 맞아 떨어지는 듯한 리얼리티를 잘 그려 내고 있다.

〈원점〉에서는 논 다섯 마지기를 가지고 여러 아들네를 시위하듯이 다니는 노부부의 모습을 보이고 있다. 재산을 줄 테니 나를 모시라며 이집 저집, 네 아들네로 다녀본 끝에 큰아들네에 정착하는 과정을 그리고 있다. "늙은이들이 논 좋은 걸루 닷 마지기 떼 가지구 둘째 아들 집으로 가마. 그리 알구 있그라. 부모가 하는 권리를 다 뺏으려는 네 놈은 부모 모실 큰아들 자격이 못 된다."라고 논 다섯 마지기를 마치 조건을 걸 듯 자식들을 휘두르고 있다. '효행(孝行)이라는 본질을 흐리게 하는 물질만능적인 사고가 이미 어른 세대에까지 잠식해 들어가고 있음을 보여 준다. 가는 집마다 불화를 일으키고 있는 노인세대의 자화상을 보는 듯 씁쓸하기만 하다.

마음속에서 우러나오는 인간미나 진정성은 이미 사라진 지 오래다. 현 사회의 세태를 그대로 보여 주고 있다. 아무리 허구적인 소설 속의 이야기라 하더라도 잘못된 가치관임에 틀림없다. '논 다섯 마지기'라는 물질과 자식의 효도를 맞바꾸고자 하는 그릇된 가치관이 그려진 것이다. 물신주의사상은 어느 때, 어느 상황에서도 배척당하고 있음을 주제의식으로 잘 형상화시킨 수작(秀作)이다.
〈영원한 죄수복〉에서는 결혼을 앞두고 시어머니 될 사람의 언사
가 인격적인 사람 중심의 생각과는 거리가 멀다는 것을 알 수 있
다. "긴 말은 않겠고 우리 현욱이와 어울린다는 생각은 하지 않겠
지? 다시는 만나지 말아요. 그리고 우리가 이사를 갈 수는 없으니
아가씨가 직장을 바꾸어 주었으면 좋겠어요. 방 얻을 돈이 부족하
거나 취직이 쉽지 않으면 모두 도와주겠어요."라고 매몰차게 말한
다. 돈이면 무엇이든지 전부 해결된다고 믿는 사고방식이다. 천박
한 물신주의의 표상이다.

소설 속에 등장하는 인물을 통하여 타인의 영혼을 들여다보게 된
다. 사회 악행의 요소를 많이 가지고 있는 인물을 등장시키는 것
은 주제의식을 강조하기 위함이다. 그것은 그렇게 살아서는 안 된
다는 폭로 같은 것을 여실히 드러나게 하고자 하는 작가의 의도이
다. 독자는 자기의 견해와 다르더라도 자기를 일단 접어놓고 허심
탄회하게 소설가가 개진하는 의견에 일단 동조하는 태도를 가져야
한다. 가공의 이야기를 뼈대로 삼는다 하더라도 소설의 성격은 결
국 리얼리즘으로 귀결하기 마련이다. 현실을 외면할 수는 없기 때
문이다. 이야기도, 인물도, 인과율도, 배경도, 모두 리얼리즘에
어긋나지 않게 설정되고 리얼리즘에 투철하게 전개되고 있음을 간
과할 수 없다. 거짓말을 사실처럼 믿게 하고 다루는 여러 문제가
곧 현실의 문제라고 신뢰하게 만드는 장치가 바로 리얼리즘이다.
따라서 소설은 살아 있는 개성적인 인물들이 구체적인 배경 안에
서 펼쳐지는 인과율로 얽힌 현실적인 이야기이다.

오랜 기간의 잘못된 습속에 길들여진 인간상들이 너무도 주변에 만연해 있음을 고발하고 싶은 작가적 욕망을 외면하고는 작품 집필의 의의를 찾을 수 없겠기에 말이다.

타자와의 만남을 가능케 하는 소설적 형식을 취하면서 동시에 이야기는 간단한 형식으로 끝나지 않는다는 것이 또한 김종숙 소설가 작품의 특징이기도 하다. 하나의 등장인물에 얽힌 사건이 매듭지어지면, 인과응보처럼 또 다른 복선과 인물들의 이야기가 전개된다. 그것이 결국 파탄으로 끝날 수밖에 없는데, 그 과정이 매우 설득력 있게 형상화되어 있다는 점이 큰 장점으로 작용하기도 한다.

인간이 인간으로서 인간답게 처신하는 것, 인간답게 사는 방법의 제시, 인간답게 살지 못하게 하는 사회적 요소, 이런 것들로 인해 피폐해지는 인간 삶을 고발과 폭로로 드러내는 역할도 소설의 한 중요한 부분이라는 것을 작가는 인식하고 있다.

그것을 구현하는 것이 바로 소설가가 전달하고 싶어 하는 메시지이며, 이런 메시지를 효율적으로 잘 담기게 하는 것이 바로 소설이라는 그릇이다.

Ⅲ 무능력과 야수의 남성을 고발하다

소설 속에 등장하는 인물들은 여러 가지 모습으로 드러난다. 인물들에 대하여 결정적으로 판단하는 것이 아니다. 그들의 여러 가지 언동이나 사건과 발생하는 일들의 얽힘을 통하여 또는 어떤 상황에 대처하는 태도를 비롯한 다양한 변수들이 간접적으로 드러나는 것을 보고 유추할 따름이다. 인물은 시간의 흐름을 따라 동일성을 유지하면서도 경험에 의해 변모하기도 하고 타락하기도 하며, 여건과 형편의 영향을 받아 몇 가지 얼굴로 변화하게 된다.

그것은 인물들이 놓여 있는 공간적 · 시간적 · 환경적 배경이 중요한 변수로 작용하기 때문이다. 공간과 환경, 집이나 직장 같은 장소의 묘사를 중요시하게 되는 이유가 여기에 있다. 배경을 중시하는 것은 인간이 환경의 지배를 받지 않을 수 없다는 자연과학적 원리와 밀접하게 관련되어 있다. 현실감을 주기 위해서도 공간적 배경은 눈에 잡힐 듯이 확연하게 그려내야 한다. 세상의 참모습을 관찰하게 하고, 외부 세계에 대한 타인들의 반응에 참여하게 하는 것이다. 그것은 소설의 사회고발적인 속성을 효과적으로 잘 활용하기 위함이다.

〈어두운 터널을 지나〉에 나타나는 남성 등장인물은 남편으로서도 가장으로서도 자식들에게 전혀 도움이 되지 않는다. 도움은커녕 패악과 횡포를 부리다가, 끝내는 거지행색으로 몰락하는 것을 딸자식의 구원으로 아버지의 모습을 갖추게 된다. 술만 먹고 건들건들 놀다가 아내가 행상하여 힘들게 돈을 벌어 오면, 그 돈을 내놓으라며 야단을 한다. "어머니는 말없이 돈을 모두 내 주었다. 아버지는, '이년아, 이걸 어디에 써! 숨겨 놓은 것 마저 내놔, 뭣이 어째?' 하면서 어머니 머리채를 잡고 이리저리 굴리며 발길로 차고 사정없이 때렸다."

끝내 폭력에 시달리던 어머니는 돌아가시고, 남은 딸아이는 이웃에 사는 친구의 아버지로부터 살아남기 위해 결국 성폭력까지 당한다. 불행의 연속이다. "나는 이제껏 아버지만을 두려운 존재로 알았으나, 이 세상에는 아버지 말고도 또 다른 무서운 적이 있다는 것을 알고 나니 정말 세상이 무서웠다. 아버지가 가장으로서 인간 구실을 했다면 그런 일은 당하지 않았을 거라는 생각을 하니 아버지가 더 증오스러웠다."라는 딸아이의 독백이다. 잘못 살아온 아버지가 나중에 거지가 되어 얻어먹으러 돌아다니는데, 딸아이에게까지 손을 벌린다. 남성인 아버지가, 가장이, 이렇게까지 무능력할 수 있나 싶을 정도이다.

작가는 이 작품을 통해 거머리 같은 남성 이미지를 표출시키고 있다. 비속어 남발이 때로는 작품의 분위기를 더욱 실감나게 고조시킨다. 어머니는 전통적인 여성상의 전형적인 인물로 그려지고 있다. 나중에 좋은 배필과 결혼하게 된 딸아이는 결국 아버지를 받아들이는 것으로 작품의 막이 내린다. 아내에 이어 딸아이에게까지 빌붙어 살아가려는 무능력함으로 인하여 여성들은 희생의 제물이 되고 만 것이다. 남성에 비하여 오히려 여성이 야무지게 더 이상 당하지 말고 결심하여 가정을 일구어 내는 모습을 보이고 있다. 천륜을 어쩌지 못하고 받아들이는 것도 어린 여성이다. 딸아이의 포용력이 돋보이는 작품이다.

〈영원한 죄수복〉에서는 학교 선생이라고 사기를 치면서 돈도 뺏고 임신까지 시켜 여성을 궁지에 몰아넣고 있는 남성상을 그리고 있다. 육촌형이라는 사람을 찾아가니, "강원도 철원 고향에 아내와 애들이 있는데, 집에는 가지도 않고 돌아다니면서 여러 명의 여자들과 동거하고 돈을 손해 보게 만들고 도망 다니고…… 창피해서 집안들도 상대하지 않는 사람입니다. 학교 선생이라는 것도 모두 상습적인 거짓말입니다. 속지 마세요."라는 이야기를 듣는다. 세상에는 선인들도 많지만 이렇게 여자를 등쳐 먹는 악인형의 남성을 등장시킴으로써 녹록치 않은 세상살이를 보여 주고 있다. 결국 불법인 낙태를 감행하면서 평생 죄의식에 사로잡힌 연약한 여성을 그려 내고 있다.

짐승 같은 남성들의 세계관 속에서 순진한 여성들은 언제까지 당하고만 살아야 하는지를 묻지 않을 수 없다. 물론 결말에는 고아들의 엄마 역할을 하는 것으로 매듭을 지으며 해피엔딩을 하고 있으나, 그것이 궁극적인 삶의 보람인가에 대해서는 해석의 여지를 남겨 놓고 있다. 상처 입은 착한 심성의 여주인공이 결혼을 포기하고 여러 고아들의 엄마로 정착하는 것이 과연 그녀가 애초에 추구했던 행복했던 삶의 방식이었는가를 묻지 않을 수 없다. 작품의 제목도 〈영원한 죄수복〉이라 하지 않았는가. 죄수 같은 심정으로 일생을 살아가고 있는 한 여성의 가슴에 박힌 대못을 무엇으로 뽑을 수 있으며 치유해 줄 수 있겠는가. 이렇게 남성에게 당한 여성의 가슴속에 쌓인 상처는 평생의 진로를 바꾸어 놓게도 하는 무서운 트라우마로 작용하는 것이다.

〈운명의 수레바퀴〉에서는 우유부단한 남성의 성격으로 인하여 연결된 여러 여성들이 결국은 원치 않는 불행의 길을 가게 된다. 부모의 결혼 반대로 첫 여성은 자살로 생을 마감하게 되고, 다음 여

봄이 오는 소리

성은 연탄가스 사고로 보내게 된다. 그리고 운명의 수레바퀴는 또 다른 여성과의 관계로 인하여 아이를 낳게 됨으로써 또 다른 불행을 예고하는 이야기를 전개해 나가고 있다. 하나같이 정상적인 행위에서 안정된 가정의 분위기로 시작하는 것은 처음부터 없다. 등장인물이 고아이거나 허약한 빈혈증세의 여성이거나 약간 모자란 저능아적인 여성을 어떤 상황에서건 육체적인 관계를 맺음으로써 문제를 야기하고 있는 것이다.

"형달의 일생은 돈도 없고 반반한 직업도 가져가지 못하고 살면서 주위에 불쌍한 사람을 보면 몸으로라도 도와주고 싶은 마음 때문에 본의 아닌 운명을 걸머지었다."라는 독백에서 무능력과 변명으로 일관하는 남성 인물의 사고를 엿볼 수 있다. 결국 비극적인 결말을 암시하고 있다.

〈응보〉에서도 무능력한 남성 주인공은 조카에게까지 문전박대하는 신세로 전락한다. 이렇게 현실에 적응하지 못하는 인물들은 언어 사용에 있어서도 비속어 남발은 물론, 거칠고 욕설이 난무하게 된다. "이년아 내가 하는 말이 말 같지 않아? 드디어 주먹이 올라가 얼굴을 쳤다." 이렇게 아내는 이래저래 동네북처럼 맞고 있다. 조카 기철이를 감싸 준다는 이유 아닌 이유였다. 성격적인 결핍 요소가 이렇게 황폐하게 드러나고 있다. 어느 한 곳에 정착하지 못하고 이 여자 저 여자에게로 떠돌다가 끝내는 피폐해지는 주인공의 삶을 목도하게 된다.

인과율의 응보인 것이다. 간접 경험을 얻게 하는 소설문학의 속성이다. 독자는 소설을 읽음으로써 세계 인식과 인간 이해의 지평을 넓히게 된다.

〈짝짝이 신〉에서도 우유부단한 지식인 남편의 독백을 통하여 차라리 시골에서 공부하지 않고 부모님 모시고 살았으면, 본처와 후처 사이에서 갈등하지 않고 살아갔을 것이라고 한다. 가장의 그릇된 판단과 무능력함, 성적 욕망으로 인한 유약함 때문에 정상적인 가정생활이 파괴되고 있음을 보여 주고 있다.

『봄이 오는 소리』에 실린 여러 편의 작품을 통하여 공간적·환경적 배경으로 접근해 볼 때 인물 군상들이 놓인 환경, 직업, 여건, 교육 수준, 가족 구성원 등의 상황이 사람의 성격을 광폭하게 만들고 현실에 적응하지 못하게 하는 결핍적 요소로 드러나고 있음을 볼 수 있다.

현실은 칼바람만 가득한 세상이다. 비루한 자들로 넘치는 세상, 거기에 균형과 조화를 이루어 골고루 잘 살게 만들고자 하는 어머니 같은 염원을 작가는 담고자 하였다.

인간들의 이면사는 항상 고달프고 허전하고 쓸쓸하기만 하다. 구체적인 환경 속에서 활동하는 개별화된 인물들의 제시에서 무너져 내리는 남성 이미지를 찾기는 어렵지 않다. 구체적인 환경이란 인물의 행동과 사건의 진행에 중요한 기능을 담당하는 시간이고, 인물의 발전 변화에도 크게 작용하는 요소이다.

작가는 이 작품을 통해 아버지로서, 지아비로서의 바른 모습은 보이지 않고 온갖 패악을 저질러 구제 불능의 모습을 보여 준다. 그랬다가 비로소 현실로 돌아오게 되는 것, 그것은 타인과의 삶을 발견함으로써 자기반성을 불러일으키고 있다. 타인의 발견에 잠시 멈칫거리는 가족 서사를 그려내고 있다. 그러나 결말에는 해피 엔딩으로 긍정적 인간상을 감동적으로 형상화하려고 한 작가의 심정이 눈물겹다 하지 않을 수 없다.

인과율적인 측면에서 고찰해 볼 때, 과거가 현재의 원인이 되기도 하고 현재는 미래의 원인이 되는 사건 진행을 다양하게 표출시키고 있다. 이야기도, 인물도, 인과율도, 배경도, 모두 리얼리즘에 어긋나지 않게 설정됨으로써 현실감을 고조시키는 것이다. 거짓말을 사실처럼 믿게 하고 다루는 여러 문제가 곧 현실의 문제라고 신뢰하게 만드는 장치가 곧 리얼리즘의 기법인 것이다. 따라서 소설문학은 살아 있는 개성적인 인물들이 구체적인 배경 안에서 펼치는 인과율로 얽힌 현실적인 이야기라 할 수 있다.

때로는 불길한 조짐을 묘사하는 장면에서는 섬뜩하게 나타나기도 한다. 자살로 매듭을 짓거나 화재가 나서 형체 없이 스러지는 장면에서 암전 효과를 여운으로 설정하기도 한다. 불길한 미래 예측인 것이다.

궁극적으로 인간이 인간답게 하는 것, 인간답게 사는 방법의 제시, 인간답게 살지 못하게 하는 사회적 요소 등의 여러 가지 장치들이 개입되는 것도 소설에 담을 수 있는 내용이라는 것을 보여 주고자 함이다. 그것이 바로 작가의 메시지를 전달하기 위함이며, 이런 메시지를 담아내는 소설은 유용한 장르로 자리 잡게 되는 것이다.

오랜 시간 사회로부터 유리되어 결국 불화를 일으키는 쌈꾼들, 어쩔 수 없이 무능력함과 그릇된 성적 욕망의 분출로 어긋난 삶을 살아가고 있는 남성 인물의 행패로 희생되는 여성들의 현상을 고발하고 싶은 작가의 의도를 독자들은 읽어 내야만 한다. 초라한 적대와 분열이 대립되고 반복되고 절단할 수 없는 현재의 불화가 미래에까지 영향을 끼칠 암시도 매우 강렬하게 작용하고 있다. 절름발이 같은 인간형들의 배치를 통해서 작가는 이 사회의 근원적인 적대감과 분열 양상을 실감나게 드러내고 있는 것이다.

Ⅳ 질곡 '너머'의 세계를 꿈꾸다

작가는 소설을 통하여 때로는 전통과 현대의 모습을 보여 주고자 한다. 그렇게 함으로써 전(前) 시대의 용납할 수 없는 질곡의 세월과 현대의 분방하며 조금은 느슨한 삶을 대비시킴으로써 둘의 접목을 시도해 보고자 하는 것이다. 마치 아날로그와 디지털의 접점에서 바람직한 인간 삶의 모습을 추구해 보고자 하는 것이다.

일반적으로 여성들의 고정적인 삶의 방식은 전통사회에서 내려온 관습을 그대로 답습한 사고방식이 지배적이었다. 몹시 구속당하고 속박된 삶의 방식으로, 자유를 가질 수 없는 인간성이 말살된 고통스런 삶을 살아왔다고 하여도 과언이 아니다.

그래서 본 항목에서는 시간적 배경 중심으로 여성들이 살아온 삶을 반추하면서 어떤 문제점이 있어 왔나를 살펴보고 동시에 현대와의 조화를 모색해 보고자 한다.

〈짝짝이 신〉은 본처의 장례식에 나타난 남성의 이야기로부터 출발하고 있다. 본처가 있는데도 불구하고 후처와 살림을 차린 것이다. 거기에 아이까지 출산하였다. 그러나 본처는 이를 감수하고 살아가다 끝내는 화병으로 죽게 된다. "본처는 눈앞이 캄캄하고 남편과 미림(후처의 이름)의 잠잘 방에 이부자리를 챙겨 보내주고 부모님이 남편과 한 자리에서 대면하지 않으려는 것을 알기에 갈 때까지 남편과 미림을 겸상하여 밥상을 따로 차려 주었다. 남편 대접을 깍듯이 다하는 본처의 모습은 차라리 천사라고 함이 옳았다."라고 하였다. 그러나 다음 문장에서, "어질고 착한 성품은 절망과 분노를 드러내지 않았지만 속으로 피를 토하고 있을 것이다."라고 속마음을 적어 놓은 대목에서 인간 본연의 찢어질 듯한 마음을 짐작해 볼 수 있다.

  그러나 아랑곳하지 않는 전 시대의 남성들은 이렇게 이중적인 생활을 버젓이 하였던 것이다. 후처에게 구박을 당하다가 화병으로 죽고 말았는데, 결국 남성은 뒤늦게 자신의 인간성이 좋지 못한 것을 깨닫고 후회와 자책을 하는 것으로 막을 내린다.

  떳떳하지 못한 남성의 우유부단함과 도덕적 윤리 의식도 문제이지만, 여성끼리의 대결도 지극히 합리적이지 못하다. 본처는 종래의 관습대로 어떤 상황이 되어도 시집 귀신이 되어야한다는 순종족인 사고를 지닌 전통적인 여인으로 나타난 반면, 후처는 표독스러운 계모형 인물로 그려진다. 인물의 전형성을 보여 주고 있다. 그러나 같은 여성끼리의 바람직하지 않은 대결 구도도 일방적인 관계로 나타나고 있으며, 여기에서 빚어진 비극은 끝내 자식들에게 증오감만 남기게 된다.

〈원점〉에서의 고부갈등도 만만치 않은 양상을 보여 준다. 논 다섯 마지기 가지고 왔으니 늙은이들 괄시 말거라 하시면서, "에미야, 너는 청소도 안 허구 사냐? 설거지통두 개밥그릇마냥 드럽게 싸 놓구 어딜 그리 쏴 다니냐? 그때그때 당장 깨끗이 씻쳐 치우지 않구, 시에미보고 허라는겨? 부려먹을 생각일랑 꿈에두 허지 말그라."라는 어투에서 종래 전통적이며 보수적인 시어머니 이미지를 고수하고 있음을 볼 수 있다. 같은 여성끼리의 좁혀지지 않은 간극은 언제쯤 해소될 수 있을지 참으로 안타깝기만 하다.

〈봄이 오는 소리〉에서는 혼자 사는 여성에 대한 편견이 노출되고 있다. 남매를 남기고 남편은 심장마비로 죽고 말았다. 그래서 연아 엄마는 어떻게 해서든지 아이들을 키우려고 장사를 나섰다. 그러나 세파(世波)에 시달리는 것보다 주변의 왜곡된 시선으로 인해 더욱 살아가기 힘든 세상이다. 옆에서 거들어 주는 이웃 아저씨의 부인이, "한 동네에서 마누라가 버젓이 있는 남자와 무슨 엉큼한 수작이야? 네가 꼬리를 치니 흑심을 갖는 거야! 아예 계집 없는 남자 찾아서 재가를 해! 사람들 손가락질 받지 말고!"라고 요부 취급을 하며 악을 쓴다.

여기에서 연아 엄마의 독백이 현실을 말해 주고 있다. "혼자 사는 여자는 분명 울타리가 없어서 짐승들이 혓바닥을 널름 거리며 기웃거리고 사위가 음습하다. 그래서 억울한 일을 당해도 여자의 탓으로 인정해 버린다. 그런 일이 있고나서부터 어느 땐가는 이 동네를 떠나야겠다고 다짐한다." 참으로 살아가기 어려운 세상임을 직감할 수 있다. 현대 사회는 여러 가지 상황으로 인해 혼자 살

봄이 오는 소리

아갈 수밖에 없는 환경적 여건이 많이 발생하게 된다. 그러나 주변은 이렇게 어려운 처지에서 질곡의 삶을 살아가게 만든다.

〈영원한 죄수복〉에서는 아들 못 낳는다고 구박받는 장면이 나온다. 지극히 전시대적인 유물이라 하지 않을 수 없다.

〈갈등〉은 외모가 아름답지 않아 취직도 안 되고 모든 일에 걸림돌이라 생각하는 부정적인 여성 인물이 주인공으로 나온다. 결국 주인공은 주체적으로 살지 못하고 비정상적인 타락의 길을 걷게 된다.

〈운명의 수레바퀴〉에서는 사주가 나쁘다는 이유로 사랑하는 사람과의 혼인이 이루어지지 않으면서 끝내 여러 번의 쓰디쓴 경험을 맛본 끝에 파국으로 치닫는다.

많은 작품에서 이혼과 성폭력, 그리고 무능력한 남성의 행패 등이 필수적인 요소처럼 담겨 있다. 그만큼 현실에서 벌어지고 있는 결혼 생활이 어렵다는 것을 간접적으로 보여 주고 있는 것이다.

이제는 현실에 대응하는 인물 창조가 필요한 시대이다. 또한 같은 여성끼리의 대척점을 보이는 것도 지양하는 사고의 성숙이 필요하다. 물론 작품의 절정미를 강조하기 위하여 실제 인물상보다 더 과장되게 묘사할 수는 있다. 풍부한 작품 효과를 노리기 위함이라 생각해 보며 때로는 그 반대의 경우도 필요에 따라 매우 유약하고 지극히 미화적인 여성 인물로 창조하기도 한다.

세상의 이런저런 모습 중에서 가치 있는 모습을 모색하고 강조하기 위해서 반윤리적인 인물들을 등장시키기도 한다. 선인형의 여성과 악인형의 여성 인물을 등장시키기도 하고, 잘못된 윤리 의식의 소유자, 사회악의 노출을 일삼는 자, 감추어진 성격 파탄자 등의 다양한 인물들이 어떻게 살아가는 것이 올바른 삶의 길에 대한 모색인가를 진지하게 추구하기 위한 장치라 생각한다. 폭로적인 소설의 기능을 달성하고자 함이다.

작품에서 그려 내는 최악의 악인도 선한 인물에 대한 강조로 생각해 보지만, 속마음으로는 이것이 질곡된 여성의 삶을 조명해 보기 위함이었다는 생각을 거둘 수 없다. 인간의 가치관, 인생관, 세계관의 확립에 자기 체험만큼 결정적인 요인은 없다. 그러나 간접적인 취재활동을 통한 획득된 체험 또한 소중하다고 하지 않을 수 없다. 그것은 당대의 작품이 당대의 문제를 가장 잘 안고 있다는 점에서이다. 그래서 어쩌면 소설은 당시 사회에서 살아가는 삶의 반영인지도 모른다.

그러나 때로는 이제까지 없었던 새로운 인물과 새로운 세상의 가치를 지니고 사는 인물의 창조도 필요하다. 시대에 동떨어진 인물 그리기에 멈춰서는 안 될 것이다. 소설을 읽는 이유 중에 미래를 가늠해 보고 예측해 보게 하는 효과도 크기 때문이다. 결혼에 대한 사고도 필수에서 선택으로 향하고 있는 요즘의 현실상을 보여 주는 것이 오히려 리얼리티를 살리는 길이다.

전시대적인 아날로그 너머를 생각해 봐야만 한다. 과거의 시간을 질곡의 테두리에 가두어 놓고 보았을 때, 소설은 그 너머의 것을 제시해 주지 않으면 안 된다. 그것이 곧 소설을 읽고 난 다음의 감동과 감흥에까지 연결될 수 있어야만 창작 의도가 달성된다. 감흥에 휩싸여 읽고 오래 갈 수 있는 감정적 상태를 유지시킴으로

써 가능하다는 것이다.

V 마무리를 지으면서

김종숙 작가의 삶은 소설의 사회 고발성과 미래 예시적인 기능을
말함으로써 질곡 너머의 세계를 희구하며 살아온 세월이었다. 좀
더 여성이 인간다운 생활을 할 수 있는 날이 오기를 꿈꾸어 왔던
것이다.

눈 밝은 고급 독자들의 역할이 앞으로 작가를 더욱 성장하게 할
것이라 믿으며 펜을 내려놓는다.